桂冠译丛

# 修配工
## The Fixer

〔美〕伯纳德·马拉默德 著
Bernard Malamud

杨仁敬 译

人民文学出版社
PEOPLE'S LITERATURE PUBLISHING HOUSE

著作权合同登记号　图字 01-2018-3321

Copyright © 1966 by Bernard Malamud
Published in agreement with Russell & Volkening, Inc, a subsidiary of Lippincott Massie
McQuilkin, through The Grayhawk Agency.

**图书在版编目(CIP)数据**

修配工/(美)伯纳德·马拉默德著;杨仁敬译.
—北京:人民文学出版社,2018
　(桂冠译丛)
　ISBN 978-7-02-014201-9

Ⅰ.①修… Ⅱ.①伯… ②杨… Ⅲ.①长篇小说-美
国-现代 Ⅳ.①I712.45

中国版本图书馆 CIP 数据核字(2018)第 087410 号


责任编辑　甘　慧　潘丽萍
装帧设计　李　佳


出版发行　人民文学出版社
社　　址　北京市朝内大街 166 号
邮政编码　100705
网　　址　http://www.rw-cn.com
印　　刷　上海盛通时代印刷有限公司
经　　销　全国新华书店等
字　　数　225 千字
开　　本　890 毫米×1240 毫米　1/32
印　　张　10
插　　页　2
版　　次　2018 年 12 月北京第 1 版
印　　次　2018 年 12 月第 1 次印刷
书　　号　978-7-02-014201-9
定　　价　48.00 元

如有印装质量问题,请与本社图书销售中心调换。电话:010-65233595

# 第一章

## 1

雅柯夫·鲍克住在砖厂马厩上面的一个房间。那天清早，他从十字形的小窗口往外看，发现人们穿着长大衣往什么地方跑，个个朝着一个方向。"我很不好受，"他心神不安地想，"准是出了坏事啦。"俄罗斯人从坟场四周的大街小巷出来，冒着春雪单独地或成群地往那深谷山洞的方向赶去，有的从崎岖不平的卵石路中间跑过去。雅柯夫急忙将存放卢布银币的小锡罐子藏好，然后奔下楼到厂里，看看这阵骚动究竟是怎么回事。他问了正在乌黑的砖窑附近闲逛的工头普罗斯柯，但是，普罗斯柯啐了一口痰，什么也不说。厂门外有个农妇，面容瘦削，头披黑头巾，身上穿得鼓鼓的。她告诉雅柯夫：附近发现了一具小孩的尸体。

"在哪里？"雅柯夫问，"多大的小孩？"

但是，她说不知道，便匆匆走开了。

第二天，《基辅人》报纸报道：一个十二岁的俄罗斯男孩基尼亚·戈洛夫，在距离砖厂不到一俄里半的一个深谷的湿洞里被谋杀了，他的尸体是两个名叫卡基米尔·斯里万诺夫和伊凡·谢斯津斯基的男孩发现的。他俩的年纪比他大一点，都是十五岁。基尼亚死了一个多礼拜了。他浑身刀伤，鲜血都流光了。他的葬礼在砖厂附近的坟场举行之后，有个汽车司机叫里斯特捎来一把传单。传单上指责这桩谋杀案是犹太人干的。雅柯夫仔细地看了一张，发现这些传单是黑色百人团印的。传单的封面上印着他们那个帝国双头鹰的徽章，徽章下面写着："将俄国从犹太人手中拯救出来。"那天晚上，雅柯夫在房间里像着了迷似的读着："这个男孩为了宗教的原因而流血牺牲了，因此犹太人可以把他的鲜血收集起来，送到犹太教堂去供逾越节做未发酵的面包之用。"虽然这是顶荒谬的，他却有点怕。他站起来，坐下又站了起来，走到窗口，然后匆忙走回来继续看报纸。他挺担心，因为他做工的砖厂恰好在卢基安诺夫斯基区。这个区是不准犹太人居住的。他在那里已经住了几个月了，用的是假名，又没有居留证。他生怕报纸上威胁要对犹太人进行大屠杀。他出生还不到一年，他父亲就在一次事件中给枪杀了——那还谈不上一次什么大屠杀呢！其实那是毫无意思的：两个醉醺醺的士兵开枪把三个在前面赶路的犹太人杀了。他父亲刚好是第二个。但是，雅柯夫上小学时，躲过了一次大屠杀——哥萨克人历时三天的袭击。第三天早晨，房屋还在燃烧，雅柯夫和其他六个小孩被带出他们躲藏的地洞。当时，他看到一个胡须乌黑的犹太人，嘴里塞着一条白色的香肠，正躺在路上一堆血迹斑斑的羽毛里。一头农民的猪紧咬着那个人的手臂。

## 2

五个月前，在十一月初一个温暖的星期五，第一次大雪还没有降临到这个犹太人居住的小镇。雅柯夫的岳父赶着骨瘦如柴的马和东歪西倒的车子来了。他是个瘦骨嶙峋，愁肠满腹的老头子，身上穿的衣服快散掉似的。他看起来好像是由枯枝用鞭子鼓打的气体装配起来似的。他们两人坐在冰冷而空荡的屋子里，共饮最后一杯茶。屋里死气沉沉、凌乱不堪，雅柯夫的妻子拉伊莎对他不忠，离家出走两个月了。斯莫尔年逾花甲，嘴上蓄着乱蓬蓬的灰胡子，眼角挂着黏液，前额布满了一条条深深的皱纹。他把手伸进长袍的口袋里，掏出半块黄色的方糖递给雅柯夫。雅柯夫摇摇头。斯莫尔是个小商贩。他变成他女儿的嫁妆——他没什么给她陪嫁，只好在方便时出出苦力，帮帮忙。他呷了一口放糖的茶，而他的女婿则喝他那不放糖的茶。这茶喝起来味是苦的。他便埋怨生活。老头子虽然不责怪任何人，却不时地对生活评议一番，或问些不痛不痒的问题。雅柯夫沉默不语或简单回答几句。

斯莫尔呷了半杯茶，叹着气说："用不到成了预言家就能知道你为我女儿拉伊莎的事在骂我。"他悲伤地说着。头上戴的那顶硬帽子，是他从附近小镇上的垃圾桶里拣来的，一淌汗就粘在头上。但是，作为一个教徒，他并不在乎。此外，他还穿着摞满补丁的长袍，一双干瘪的手从长袍里露出来。他的鞋子很肥大，他没有靴子，跑路穿这个，到处流窜也穿这个。

"谁叨咕过什么？你自己在骂自己吧！你养了个妓女。"

斯莫尔二话没说，掏出一块脏的蓝色手帕，慢慢地哭了。

"那么，你如果原谅我，为什么你几个月不跟她……能这样对待妻子吗？"

"没那么久，好像是几个礼拜吧！……"

"你为什么不听听我的恳求，去找找拉比[1]呢？"

"别叫他来管我的事。我也不管他的事。总而言之，他是个无知的人。"

---

1 拉比：犹太教名词。专指犹太教内负责执行教规、教律和主持宗教仪式的人。

"你总是缺乏慈悲。"斯莫尔说。

雅柯夫勃然大怒，站起来说："别跟我谈什么慈悲。我一生究竟有了什么？我有什么可给的？我生来是个地地道道的孤儿。我生下来才十分钟，我母亲就死了。而你知道我可怜的父亲后来出了什么事。如果有人为他们祈祷的话，那也是几年后的我了。假如他们在天堂门外等着，那可要等得很久很冷啦，但愿他们别再等着。我那苦难的童年是在臭气冲天的孤儿院里度过的，我好不容易才活下来。我在梦中吃，也在吃中梦。我善于学习语言，学过希伯来文，但关于律法，我懂得不多，犹太法典我懂得更少。不管怎么说，我懂一点《诗篇》。他们教我一种手艺。我十岁时当过五分钟学徒，这我倒并不感到遗憾。所以，我就去工作——那也算工作吧！用我的双手工作。有人说我很'平凡'，说句实话，很少人懂得究竟谁真的是平凡的。对于那些看起来像是派头十足的人，我们倒要仔细看看。卖酒贩子维斯柯夫，在我看来是个平凡的人，可他搞到的全是卢布。当他开口闭口的时候，你就可以听到它们叮叮当当地作响。而我自己呢，学的是不同的科目，尤其是我给抓去当兵以前，自学了一口地道的俄语，那比向农民学的要好得多。我虽然懂得不多，但我是靠自己努力学来的。学了一点历史和地理、一些科学知识和数学，以及一两本斯宾诺莎[1]的书。我学得不多，但总比不学好一些。"

"虽然我们谈的大部分是些鸡毛蒜皮的事，我对你是信任的，"斯莫尔说。

"让我把话讲完吧。我为了糊口，不得不靠双手去劳动。一个

---

1 斯宾诺莎（1632—1677）：荷兰哲学家、唯物主义者和无神论者。

人没有本钱能干些什么？别人能干的我也能干，但能干的事不太多。什么东西破碎了，我就去修配一下。当然，要是谁的心碎了，我就没办法。我们这个犹太人居住的小镇上，样样东西都是支离破碎的。如果他家的屋顶漏雨了，也许他恰好从屋顶的裂缝可窥视上帝，他还用为漏雨操心？谁肯出钱叫个人去修一下？就说他要修吧，他也不肯付钱。即使他叫我去修了，我有一半时间等于白干。如果我碰上好运气，也许可弄一盘面条吃吃。这里是从来没什么好机会的。坦率地说，我的心情很不好。"

"机会嘛，你不用跟我提了……"

"俄日战争时，我给抓去当兵，可是到了军队，战争就结束了。谢天谢地！我一生病，他们就把我踢出来了。一个患气喘病的犹太人他们是不屑一顾的。谢天谢地！我回来后又靠我的破残的手指勉强度日。我遇到你女儿时开始去长期奔波，后来我就跟她结婚了。可是五年半以来，她不曾怀孕。她不给我生孩子，我有脸见人吗？现在，她跟着她在小旅馆遇到的一个陌生人跑了，我敢肯定说这个人不是犹太人。这已经够受的了，谁还要再受罪？我可不要人们来可怜我，也不要他们怪我这么不近人情。我什么也没有做过。这是上帝恩赐的，我清白无罪。我做孤儿的时间太长了。我在这个像坟墓一样的地方待了三十年，所拥有的一切，就是变卖我所有的家产得来的十六个卢布。请别跟我谈什么慈悲，我实在没有慈悲可发的。"

"尽管你得不到慈悲，你对别人也要发发慈悲。我不是指钱。我是说对我的女儿。"

"你女儿不配。"

"我带她跑遍了所有城镇，她找了一个又一个拉比，可是没有一个说她会生小孩。她身上有了一个卢布，就跑去找医生，但他们给她的回答是一样的。找拉比看还便宜些。所以，她就跑掉了。愿上帝保佑她！即使她是个罪人，她是属于上帝的。她有罪，但她太想要一个孩子了。"

"让她永远跑掉吧！"

"她做了你多年的贤妻。每次你遇到了不幸，她都为你分担了。"

"她造成的不幸，她就该分担。直到她逃跑前的最后一分钟，也许是最后一个月，或者再早一个月，她都是个贤妻。但是，逃跑就是她的不贞。她活该染上黑死病！"

"上帝，"斯莫尔站起来嚷着，"不许你骂人！"

他眼里迸出怒气，把修配工大骂了一顿，然后从屋里溜了出去。

雅柯夫只留下身上衣服，把别的东西全卖光了。他的穿着打扮，活像个农民：绣花衬衫，裤子外面系着皮带，裤腿塞进皱巴巴的高筒靴内，身上披着一件农民的棕色羊皮袄。羊皮袄已很破旧了，全是补丁，有时还可闻到一股羊肉味。他随身带着他的工具和几本书：斯米尔诺夫斯基的《俄语语法》，一本《生物学入门》，一本《斯宾诺莎选集》和一本至少有二十五年之久的破旧的地图册。他用一条打结的细绳子把这些书扎成一小捆，将工具放在捆住袋口的面粉袋里，横切刀伸出袋子外面。他还用报纸卷着一点食品。他几乎没丢下什么破烂的家具——有个废品商说如果他给点钱，他就代他拿走——两套破碟子也卖不掉，斯莫尔要怎么办就怎么办，使用也好，砍掉也好，烧掉也好，这些东西是一文不值的。拉伊莎给了她父亲两套，这跟她自己留着没多大差别。但是，斯莫尔用一匹马和那个车斗可换到一头挺不错的母牛。这样，他就能接管他女儿小小的乳品生意。这可能和做小买卖的本钱差不离。他是雅柯夫所知道的买空卖空的唯一的人。他用零零碎碎的东西去换真的戈比。有时，他不用什么东西就搞到猪鬃、羊毛、谷物和甜菜，然后小批量地卖给农民鱼干、肥皂、头巾和糖果。这就是他的天才。他就靠这玩意儿，奇迹般地混日子。"给我们牙齿的上帝，会给我们面包的。"然而，从他嘴里却闻不出什么——那既不是面包，也不是别的东西。

雅柯夫是个瘦瘦高高的忐忑不安的人。他穿着松散的衣服，戴着尖尖的帽子。他的耳朵大大的，双手又脏又硬，肩膀宽宽的，满面愁容，灰色的眼睛有点闪闪亮，头发是棕色的，鼻子有时像犹太人的鼻子，有时却不像。拉伊莎跑掉后，他刮掉了微微发红的短胡须。这并不令人感到意外。斯莫尔警告他说："你把胡须刮掉，就不像你的祖先了。"打从那时候以来，他受到了不止一个犹太人的奚落，说他看起来像个非犹太人。可这既没给他带来痛苦，也没给他带来欢乐。他看起来是年轻的，但他感到老了。这一点，他并不责怪什么人，也不责怪他妻子。他只责怪自己的命不好，因而只好原谅自己。他的忐忑不安的心情表现在他的行动上。他的行动，一般比他应该做的快些。虽然考虑到他能做的事那么少，他总是做一点。他毕竟是个修配工，总不能让自己的双手闲着吧！

他将他的东西扔在没有篷盖的车斗上。车斗下面两个后轮之间挂着一只脏水桶。他看到这匹老马的外貌就打心眼里不高兴。这匹马是头光秃秃的牲畜：细长的腿，皮包着骨的棕色身躯，呆滞的大眼睛。可是它跟斯莫尔倒相处得不错。他俩相安无事，彼此无所苛求。这匹老马一高兴起来就拼命干，而斯莫尔也往往纵容它。然而，在这疯狂的世界上，有点拖拉究竟算得了什么？反正他明天成不了富翁。雅柯夫自己生了自己的气，干吗要了这匹老弱的牲畜呢？但是，想想跟斯莫尔交换虽然不占点便宜，总比把那头母牛换给农民什么也捞不到要好一些。农民是很想要这头母牛的。丈人的血比水浓嘛。他和斯莫尔毕竟还是亲家。这里四周虽然没有火车站，赶马车的人也只是每两周为旅客跑一次。雅柯夫要是不把这匹马和车斗拿过来，还是可以上基辅去。斯莫尔打算帮他赶三十俄里左右，但雅柯夫倒喜欢躲开他，独自去旅行。他心里琢磨着：一旦进了城，就能把这匹马和车斗权当个大货车卖掉。如果不卖给屠宰夫，卖给废品商也能弄几个卢布。

那头黑乳房的牛德瓦拉正在茅屋后面的地里，在一棵光秃秃的白杨树下吃着草。雅柯夫走出去看它。这头白色的牛便抬起头，望着他走近。他拍拍它瘦削的肋腹。"再见，德瓦拉，"他说，"祝你多福！把你剩下的气力献给斯莫尔吧！他也是个穷苦人。"他想多说几句，但说不出来。他顺手拔了一把柔软发黄的草给牛吃，然后回到马车这边来。斯莫尔又出现了。

虽然他像是抛弃我的那个人，为什么他会有这样的举动？

"我并不是回来跟谁打架，"斯莫尔说，"对她做的事，我不想包庇。她伤了我的心，跟伤了你的心一样。不仅如此，拉比说她死了，我嘴上没说什么，可心里很难受。不管怎么说，她总是我的独女。难道我们还要多死几个不成？我不止一次地骂她，但我祈求上帝不要听到。"

"好吧，我就走了，"雅柯夫说，"好好照料这头牛吧！"

"不要走呀！"斯莫尔说着，眼睛里露出可怜的神色，"你在这里待下去，拉伊莎也许会回来的。"

"她回不回来，谁感兴趣？"

"要是你耐心一点，她就不会离开你的。"

"已经五年，快六年了，够耐心的了。我受够了。也许我可能等上法定的十年，但她跟一些不三不四的陌生人溜走了。我确实受够了。谢谢你。"

"谁怪你？"斯莫尔悲伤地叹着气。过了一会儿，他问道："雅柯夫，你身上带了些烟丝，能让我做支烟抽抽吗？"

"我袋子里空空的。"

斯莫尔轻快地擦擦他的干手掌。

"所以，你没带，你没带。但是，我不明白的是你干吗到基辅去。那是个危险的城市，那里有许多教堂和反对犹太人的人。"

"我一开始就受骗了，"雅柯夫痛苦地说，"我个人的经历，你已经知道了。不用说在这里住的日子，除了在军队里的几个月外，我的一切经历你都知道了。犹太人住的小镇是个监狱，从克梅尔尼特斯基时代到现在，什么变化也没有。这个小镇衰落了，犹太人也在小镇里衰落了。这里，我们全是囚犯，用不着我跟你说。因此，我最后决定：现在是到别的地方碰碰运气的时候了。我要去谋生。我要去见见世面。近年来，我读过几本书，知道各个地方变化惊人，可我们谁也不知道。我并不要求去西藏。我感兴趣的是我在彼得堡的见闻。以前谁曾想到白夜呢？但，这是科学的事实。那里确有白夜。我离开军队时，就想尽快地离开这里，但有些事把我给缠住了，包括你女儿。"

"我女儿一跟你结婚，就要离开这里，可你不愿走。"

"不错，"雅柯夫说，"那是我的过错。当时我以为这里不会再变坏下去，一定会渐渐好起来。结果我都错了，现在够受就够受吧！我最后选定了自己的路了。"

"在犹太人定居点以外，唯有那些有钱的犹太人和有技术的知识阶层才能搞到居留证。沙皇不要穷犹太人留在国内,至于斯托雷平呢,让他的肺烂掉,拖着他去见阎王。呸!"斯莫尔从两个指缝间啐了一口痰。

"我没受过教育,当不了技术员。但是发财我倒不反对。正如俗语所说的:为了做个百万富翁,我愿把自己最后的一件衬衫卖掉。也许,碰碰运气,我在外地可以发家致富。"

"外地怎么样,"斯莫尔说,"我们这个小镇也怎么样:有许多人,有他们的苦难和忧愁,有各种各样情况。但是,这里,至少上帝同我们在一起。"

"上帝曾同我们在一起,可是哥萨克人骑着马冲来了,他就到别的地方去。他正在厕所里吧?那是他住的地方。"

斯莫尔做了个鬼脸,但他让雅柯夫说他的。"将近五万名犹太人住在基辅,"他说,"他们给限定只能住在几个地区。如果发生什么新的大屠杀,他们免不了会首当其冲先遭殃。较大的地方比这里遭殃更快。一听到他们的狂叫声,我们就跑进森林里去。你为什么要径自跑去落入黑色百人团手中呢?让他们给吊死见鬼去吧!"

"事实是:我是个具有各种要求的人。我永远不会满足,至少在这里是不满足的。该是出去碰运气的时候了。人家总说:换个地方就会时来运转。"

"大约从去年起,你变了个人啦,雅柯夫。你究竟有什么要求是这么重要的呢?"

"我那些要求是很迫切的,简直不能过夜,使我睡不着觉。我跟你说过,这些要求是:时常能吃饱肚子,找个挣卢布的职业,而不是仅弄点面条吃吃。还有,如果有机会就受点教育——我不是指工人业余学点犹太教的经文。那些东西,我自己已经学够了,我想知道的是世界上正在发生的事。"

"你所说的一切全在经文里边。经文是学无止境的。抛开那些邪恶的书吧! 雅柯夫。那些不干不净的书。"

"没有什么邪恶的书。邪恶的是怕这些书。"

斯莫尔松开他的帽子,用手帕擦擦眉毛。

"雅柯夫,假如你到外国去,不管你是不是穆斯林,为什么不到巴勒斯坦去呢? 在那里,一个犹太人能看到犹太人的树木和山峰,呼吸犹太人的空气。哪怕我有半点机会,那里就是我要去的地方。"

"在这贫困的小镇,我过着乞丐般的生活。现在,我要去基辅试试。如果我在那里能过着像样的生活,那就是我奋斗的目标。如果不行,我会作出牺牲,积点钱,到阿姆斯特丹坐船去美国。总而言之,我本钱不多,但我有许多打算。"

"不管有没有打算,你这是自找麻烦。"

"我决不会去自找麻烦,"雅柯夫说,"好吧,斯莫尔,祝你幸运! 快中午了,我该走了。"

他爬上马车,伸手抓住缰绳。

"我陪你坐到风车那边,"斯莫尔上了车,坐在另一边。

雅柯夫取出老头放在鞭插中的桦木鞭,抽了一下马背。这鞭插是在座位边上钻的一个洞。老马起先惊跳起来,猛跑了一阵子,但很快就停下来,一动不动地站在道路中间。

"我这个人从来不用鞭子,"斯莫尔说,"只把鞭子放在旁边作为一个警告。如果马偷懒,就让它知道鞭子在那儿。它好像喜欢听我提起鞭子似的。"

"假如情况真是这样,我宁愿走路。"

"不要急!"斯莫尔哑哑嘴唇说,"快跑,我的乖乖——它太虚弱了。雅柯夫，你什么时候能搞到燕麦，就给它吃一点。草吃得太多，它就容易泄气。"

"它泄气，就叫它放屁！"他轻轻地拉着缰绳。

雅柯夫连头也不回就走了。老马沿着弯弯曲曲的道路，穿过犁过的黑色的田野往前走。田野四周到处是黑压压的一垛垛干草堆。远处的左边，农民的教堂清晰可见。马车缓慢地走上坟场狭窄的石路。几棵淡黄色的柳树在坟墓中间飘拂。低低的山坡上，四周全给墓碑覆盖着。那里埋着雅柯夫的双亲，一对二十岁出头的男女。他想到他们那杂草丛生的墓地上去看看，但到了最后一分钟他又没心思去了。过去的事成了他心灵上的创伤。他想起拉伊莎，觉得很沮丧。

雅柯夫用鞭子抽着那匹老马的肋部噼啪作响，但老马的动作并未加快。

"我要经哈汝卡市去基辅。"

"如果你到不了基辅，那是因为上帝的意志决定的，可你不会有任何损失。"

一个衣衫褴褛的乞丐从一块倾斜的墓碑旁对雅柯夫喊道："嗨！喂！雅柯夫，今天是礼拜五，拿出两个戈比，为安息日祈神赐福怎么样？慈悲使人免予死亡。"

"死亡是我苦恼的终结。"

"借给我一两个戈比吧！雅柯夫，"斯莫尔说。

"今天我一个戈比也没挣到。"

这个乞丐是个双脚很丑的男人。他诅咒雅柯夫是非犹太人。他的嘴歪向一边，眼里闪着怒火。

雅柯夫朝路上啐了一口痰。

斯莫尔做了除邪去恶的祷告。

老马开始小跑，拉着车轴上挂着摇摇晃晃的水桶的破车子颠来颠去地过了坟场小山，走下弯弯曲曲的道路。他们经过贫民院——一座破旧的房子，边上增建了一间孤儿院。雅柯夫的目光避开了这些建筑物，然后嘚嘚地把马车赶过木桥，走到镇上的闹市区。他们路过斯莫尔的茅屋时，谁也不看一眼。靠近狭窄的小河边有一家用木板堵住窗子的熏得乌黑的浴室。雅柯夫突然觉得身上痒得很，想洗个澡。他仿佛置身于浓烈的蒸气之中，用一把柔软的刷子猛擦着涂了肥皂的一边，而侍者则用水从他头上往下冲。拉伊莎常常说：上帝保佑我们有水和肥皂。几小时后，这个从墙缝里冒气的浴室将挤满为星期五晚上来洗澡的犹太人。

他们的车沿着布满车辙的肮脏的街道嘎啦嘎啦地前行。街道的一边是一些小茅屋，另一边是辽阔的杂草地。一个戴长假发的犹太女人坐在她家门口的台阶上正给在两膝间夹着的一只脖子上血淋淋的母鸡拔毛，嘴里不停地咒骂一头农民的猪践踏了她土豆园里剩下的庄稼。附近阴沟里满满的血水说明了这种屠杀的宗教仪式的经过。再远一点，一只有弯角长胡子的黑山羊给拴在一根柱子上。它对着马叫并往前冲，但是，它脖子上的绳子把它拖住了，虽然柱子倒了，但山羊也背着地给摔倒了。有些小屋的门松散了，没有支撑的地方就往下垂。篱笆都变了形，随时可能坍塌，但一点也未引起人们的注意和重视。这使雅柯夫很恼火。他喜欢把东西整理得井井有条，让它很好地发挥作用。

今晚，那白色的蜡烛将在那些明亮的窗子里闪烁，为了除他以外的每一个人。

老马沿着弯弯曲曲的路走向市场。这时，四周房屋的质量就好多了，有引人注目的深宅大院，还有夏季鲜花盛开的花园。

"留给卑鄙的有钱人去吧！"雅柯夫喃喃自语。

斯莫尔无话可说。他常常说，他的心情不好，这种事就腻谈了。他并不妒忌有钱人，他只要求分享一点他们的财富——够他活命就行了。他辛辛苦苦地干活就是为了糊口度日。

市场是个巨大的露天广场，两旁有许多木屋。有些木屋一楼是商店。市场上挤满了农民们载着谷子、蔬菜、木材、皮张等等的车辆。聚集在货摊和货箱四周的大部分是妇女。他们在为安息日购买东西。虽然这个市场是雅柯夫经常去的地方，可他没跟什么人打招呼，也没有一个人跟他打招呼。

我离开这里并不遗憾，他想。几年前，我早该走了。

"你跟谁说话？"斯莫尔问道。

"我能跟谁说话？实际上什么人也没有。这跟他们无关吧！坦率地说，我的心情很沉重。说句老实话，我对这个地方可厌倦了。"

他和两个老朋友雷比斯·保利柯夫和哈斯克尔·丹波告了别。前者耸耸肩膀，后者无言地拥抱了他，就这么回事。一个屠宰手将一只母鸡又黄又粗的双脚提了起来。母鸡扑打着翅膀，粗声地尖叫着。他看到马车走过去，便对他的顾客说了几句俏皮话。顾客中有个妇女转身一看，对着雅柯夫呼喊。可是，这时马车已经走出市场。当它嘚嘚跑过去时，驱散了窝在路上的一些小鸡和一群嘎嘎叫的鸭子。

他们走近那座圆顶的教堂。这是一座墙皮剥落的黄色建筑物，屋顶上有个铁制的风标，大门是栎木的，暂时显得很宁静。它曾不止一次遭到劫掠。院子里空荡荡的，一个戴黑帽子的犹太人坐在一条长凳上，在阳光中读着一张折叠的报纸。雅柯夫近年来很少到教堂里面去，可他清楚地记得那个天花板高高的、狭长的房间和它那铜制的枝形吊灯、椭圆形的油漆过的窗子以及那放着凳子和木制烛台的祭坛。他曾在那里度过了许多小时，可多半是白白浪费时间，一无所得。

"快跑！"他说。

在小镇的另一边是犹太人居住的地方，它像是四周被俄罗斯人包围的一块飞地。当他们走到一部风车旁边时，只见它那修补过的扇片在慢慢地转动，雅柯夫勒住马缰，老马便停下来。

"我们就在这儿分手吧！"他对老丈人说。

斯莫尔从口袋里摸出一只绣花的布包。

"别忘了这些，"他尴尬地说，"是我们走之前我在你抽屉里找到的。"

布包里是一只装有记载犹太经句的羊皮纸的经匣，还有一条教徒的头巾和一本《圣经》。拉伊莎在他俩结婚前，用她的衣服做了这只包，并在上面绣上"十诫"的字样。

"谢谢。"雅柯夫把那只包扔在车上他的东西中间。

"雅柯夫，"斯莫尔热情洋溢地说，"可别忘了你的上帝！"

"究竟谁忘了谁？"雅柯夫生气地说，"我从他那里得到的是头上挨了一拳，脸上给撒了小便。这还有什么可崇拜的呢？"

"不要说起话来像个异教徒那样。保持一个犹太人的本分吧！雅柯夫，不要放弃对上帝的信仰。"

"异教徒总是不信这个上帝，去信另一个上帝，可两者我都不要。我们住在一个世界上，时钟滴答滴答地走着，而上帝却住在没有时间限制的山上遥望着太空。他看不到我们，而且对我们漠不关心。今天，我要的是一份面包，而不是上天堂去。"

"听我说，雅柯夫，接受我的忠告吧！我总比你多活了几岁。基辅的波多尔区有个犹太教堂。你每星期六去看看吧，你的感觉会好一点。'祝福那些信仰上帝的人们。'"

"我应该去的地方是参加社会主义联盟的会议，那才是我该去的地方，而不是犹太教堂。但实际上，我并不喜欢政治，不过，别问我什么原因。假如你不是个积极分子，这有什么好处？我想，这是我的本性吧！虽然我懂得不多，可是我喜欢哲学。"

"千万小心，"斯莫尔说着，有点焦虑不安，"我们生活在敌人的包围之中。最保险的办法是祈求上帝的保护。记住：如果说上帝不是十全十美的，那么我们大家更不是十全十美的。"

他们匆匆地拥抱了一下，斯莫尔便下了车。

"再见，亲爱的！"他对着那匹老马喊着，"再见，雅柯夫！当我念着十八祝愿时，我会想起你的。如果你能碰到拉伊莎，就跟她说：她父亲在等着她回来。"

斯莫尔步履艰难地朝着那座教堂往回走。当他消失在远处时，雅柯夫觉得心里一阵极度痛苦，因为他忘了悄悄塞给他一两个卢布。

"好了，走吧！"老马轻轻地拍着一只耳朵，跃起小跑了几步，然后慢慢减慢速度，开始了劳累的步行。

"也许要跑不少路吧？"雅柯夫心里想。

当一只田鼠窜过马路时，老马突然停了下来。

"快跑！去你的！"可是，老马一动也不动。

有个农民牵着一头长角的小公牛从雅柯夫身边走过去。他用一根棍棒戳着这头小牲畜。

"马识鞭。"他从路对面用俄语说。

雅柯夫用桦木鞭子抽打着老马，直到打出血来。可是，老马嘶声叫着，在路中间还是一动不动地站着。那个农民朝他们望了一会儿便继续赶路去了。

"你这个狗崽子！"雅柯夫对着老马说，"这样下去，我们可到不了基辅啦。"

他正在失望之际，忽然有一只棕色的狗从树林下一大片枯叶里迅速地冲到路上来，对着老马狂吠。老马急忙往前走。雅柯夫几乎来不及抓住缰绳。那只狗追赶着他们，对着马蹄尖声吠叫，然后在路的拐弯处消失了。马车继续朝前走，车上的水桶摇来晃去，车轮左右颤动着，老马尽量快地小跑前进。

马车沿着坚硬的泥路嘚嘚地走着。路的一边有一条温暖的小溪从陡峭的岸边流下来，另一边是农村的分散的木屋，屋顶盖着腐烂的稻草。尽管村里很穷，猪养得太多，跑来跑去的，但这些茅屋看起来比犹太人住的小屋好些。一个蓄有胡须的农民在劈柴，一个妇女在村里的井边打水。他们都停下来望着雅柯夫。这里离他家乡只有一俄里，可是他却完全成了一个陌生人。

老马不停地往前走。雅柯夫望着田野，有的田块刚犁过，种着燕麦、饲料草和甜菜。干草堆在树林的衬托下显得黑糊糊一片。一只乌鸦缓缓地飞过麦茬田。雅柯夫发觉自己在数着浓云密布下正在公共草地上吃草的绵羊和山羊。这是个阴湿沉闷的秋天。田野四周的树林里许多树上还半悬挂着枯叶。去年这个时候已经下雪了。虽然雅柯夫像平常一样喜欢这景色，但他心里感到沉重。夏天蜜蜂嗡嗡的叫声和闪光的美景已经消失了。在紫色的远方，那没有树木的大平原仿佛望不到尽头，真令人忧郁。

马的肋腹虽长着皮，伤口仍渗出一小滴一小滴的血水并招来许多小虫。他没有碰到马的身上就把小虫赶开了。他以为一旦离开了犹太人的小镇，他的精神会振作起来，可是并非如此，他一点也没有舒服的感觉。他对于现实不满意，因此，他心里很苦恼。他除了出走别无其他选择，这种意识比他所要承认的更深刻。他丢下了几位朋友。但他的习惯，他最美好的回忆依然如故，没有失掉。他的羞耻也是这样。他离开了家乡，因为他实在混不下去，比他所知道的许多既没有头脑、技术又差的人更过不下去，尽管他还没有变成一个掘墓人。他离开了家乡因为他是个没儿没女的丈夫，也是个受折磨的被遗弃的人，诚如犹太法典所描绘的那样的男人："名存实亡"。假如他妻子对他忠心耿耿，也许他不会离开家乡。可是，她对他不忠，这倒反而好些。他应该庆幸自己从那种徒劳无益的生活中逃脱出来。然而，他害怕到一个陌生人住的城市里去，不管是犹太人或非犹太人，陌生人总归是陌生人。在某种意义上说，那是个禁区。神圣的基辅，你乃是俄罗斯城市之母！他知道这城镇只在十二俄里左右以外的地方，但他唯有一次，在夏天到基辅待了一周。他对这个城市还很生疏，因而感到不满意。他不知道那个地方叫什么，没法预言或清楚地加以想象。他所能记得的是波多尔区那一排排破旧而拥挤不堪的经济公寓。他是到跟他一样穷的犹太人群众中去过跟他们同样没有希望的穷苦而单调的生活呢，还是最终能过上好一点的生活？到了他这个年龄该怎么办？他已经三十岁啦。适合他的职业总是找不到。他口袋里仅有几个卢布，究竟还能维持多久？为什么明天应该比今天好一点？他有这种特殊的荣幸吗？

他心里充满了恐惧。由于他很少长途旅行，所以他也惧怕旅行。他的脚后跟发痒，这意味着，如同老妇们所说的："你将旅行到遥远的地方去。"假如真是这样，那敢情好。但他能到达那里吗？老马又减慢了速度，它年岁大了，脑袋瓜不灵。假设那朵朵云彩变得又浓又密,在下面爆裂开来,把阵阵大雪倾注到大地上,这匹老马吃得消吗?他想象:雪下得很厚,顷刻间把道路和田野变成白茫茫一片,使你分不清哪里是这条路的尽头,哪里是另一条路的起点;马车上积满了白雪,老马停步不前。雅柯夫也许会抽打它,直打得它鲜血直流,骨头露了出来才住手。但这头牲畜是这种类型的:它会默默地安卧在雪地里刁难他。"老兄,我累了。假如你想在这样的暴风雪中再走下去,那就走吧!祝你健康!可我不行了。我要睡觉,假如能长眠不醒,那就更好了。至少雪是暖和的。"雅柯夫仿佛看到自己在雪堆中走来走去,直到他给冻死为止。

然而,老马什么也没说,老天既不下雪,也没落雨。这是凉爽的一天,开始刮风啦。马的鬃毛竖起来了。老马慢慢地向前走,虽然不快,可步子挺稳的。当他们穿过一片黑树枝的丛林时,光秃秃的树干在雅柯夫头顶上高高交织成一片黑黝黝的阴影。小树林变得很阴暗。雅柯夫仍在主动寻找天气变化的迹象。他变得很紧张,目光注视着那古怪的亮光,窥视着前方那弯弯曲曲的一点雪也没有的路。这可够我受的了,他想。我最好吃点东西。那匹老马似乎看透了他的心思,没等他拉紧缰绳就自己停下来了。雅柯夫从座位上跳下来,抓住缰绳把马带到路旁。老马伸伸后腿,在路上溅起一阵黄泥水。雅柯夫在一片棕色的蕨类植物上小了便,觉得舒服些,就抽出几把干生草。由于他的马车上没有饲料袋,他就用手拿着,一把一把地喂马。老马鼓起两腮,用它那又黄又蛀的牙齿嚼碎干草,直到干草变成泡沫状物才吞下去。雅柯夫饿得肚子咕咕响。他坐在一棵有阳光的树下,竖起他的羊皮领子,然后打开食品包。他咬了一口冷冰冰的熟土豆,慢慢嚼碎,然后吃了半条黄瓜拌粗盐和一块发酸的黑面包。啊,有点茶喝多好呀!他想。如果没有茶,喝点甜开水也行。雅柯夫背靠着树睡着了。不久，他醒过来，匆忙爬上马车。

"迟了，他妈的！快呀！走吧！"

老马寸步不动。雅柯夫去拿了鞭子。他思索了片刻，便跳下马车，取下生锈的水桶，然后去找水。他找到一条小溪，可水桶漏了，但他还是装了半桶给老马拎去，老马却不喝。

"我不跟你开玩笑。"雅柯夫把水倒掉，将水桶挂在马车下面的钩子上，然后跳上他的座位。他挥一挥鞭子，鞭子发出嘘嘘声，老马垂下耳朵往前走动——假如这叫做"走动"的话，至少它不是在原地踏步。雅柯夫又用鞭子抽得空气发出嘘嘘的响声，老马犹豫了片刻，便开始快步走，马车也就嘎啦嘎啦地前行了。

他们走了一阵子才碰到一个老太。她是个朝圣者，手里拿着一支长拐杖，在路上慢慢步行。她是个穿着黑色衣服的忧郁的乡下人，脚上穿着男人的鞋子，肩上挂着一只背包，头上围着一条厚厚的围巾。

雅柯夫将马车赶到路旁，从她身边过去，这时，他喊道："坐车吧？老奶奶！"

"愿上帝保佑你！"她说着，露出三个灰色的牙齿。

上帝嘛，他可不需要。"我运气不佳。"他想。雅柯夫伸手拉了老太太一把，帮她上了马车坐下，然后用桦木鞭子轻轻抽了一下。没料到，这么一抽马就开步走了。可是跑到拐弯处，马车右轮撞上一块石头，咔嚓一声断了，马车后头塌了下去，左轮直往里倾斜。

那位老太太在自己身上画个十字，慢慢从车上下来。她拿着沉沉的拐杖在路上走着，头也不回就走了。

雅柯夫咒骂斯莫尔把这辆破车塞给他。他从车上纵身一跃跳下来，检查断裂的轮子。断裂开的金属轮圈已经掉了。木头边给刘开了，裂成两块。润滑脂从裂开的中轴漏出来。他哀叹了一声。

雅柯夫一时不知所措，过了五分钟后，他从车上取下工具袋，解开它，把工具铺在路上。他虽然有锯子、小斧、刨子、白铁工用的大剪刀、三角板、油灰、金属线、尖嘴刀和两把钻子，但他没办法把破车子修好。在最好的情况下，要修好这只轮子，他得花一整天。他考虑：假如能搞到一个合适的轮子或能凑合用的轮子，就向农民买一个算了，可是，想得倒好，农民哪里去找呢？你不需要他们的时候，他们就在你面前。雅柯夫将断裂的车轮碎片扔进车斗，把工具扎好，闷闷不乐地等着人来。可是，一个人也没有来。他想干脆回老家算了，但他忘不了：他受够了，不能回去。风越刮越冷，越刺骨，一直透过他的外套，吹进他的肩膀。太阳徐徐西沉，天渐渐黑了。

假如慢慢地走，也许我能够用三只轮子撑着车子，走到下一个村庄。

他动手试试，尽量轻轻地往座位的左边坐，叫老马不慌不忙地朝前走。车子终于往前跑了，他大为欣慰，但后轮嘎嘎响了足足有半俄里远。他又赶上了那位女香客。他刚要开口说她不能再坐他的马车时，另一个后轮猛撞上车轴断裂了。后车斗砰的一声，落在地下，水桶给砸碎了，老马东倒西歪地向前，发出哼哼的叫声，然后用后腿站起来。雅柯夫的身体以危险的角度倾斜着，他给吓呆了。

末了，他从座位上下来，心想："是谁给了我这条命？"在他背后是一片寸草不生的空荡荡的平原，那位老太太刚好在他前面。她在路旁一个巨大的木十字架前停了下来，在自己身上画了个十字，然后慢慢下跪，用头叩着坚硬的土地。她猛叩着，仿佛要叫雅柯夫感到头疼才停止。这里茫茫的大平原荒无人烟。他害怕暴风和雾。他松开老马，把它从木轭下面拉出来，再将缰绳收集在一起。他把马拉到马车座位旁边，爬上去，骑着它，可是马上就下来了。他将工具袋、书捆和包裹放在倾斜的座位上，将缰绳绕在马背上，然后再骑上马。他把工具背在肩膀上，用左手抓着放在马背上的别的东西，用右手握住缰绳。老马飞跑向前，雅柯夫却没摔下来，这一点他可真没料到呀！

他沿着那位老太的身边走过去。她仍拜倒在十字架下面。他在马背上觉得太别扭了，而且坐不稳，但他仍坚持着。老马放慢步伐，变成小跑，然后就慢慢步行，情绪不高，后来干脆站着不动。雅柯夫骂得它要死，最后它居然又复苏过来，再一次缓慢地向前移动。说真的，雅柯夫从来没骑过马，也从没想到他会有一匹马，所以他骑在马上，又梦想着自己会有好运气，会发家致富，有所成就。他会有个舒服的家庭，良好的职业，也许还有个小工厂什么的。他会有个忠实的妻子，黑油油的头发，漂亮的脸蛋和三个健壮的小孩。上帝保佑他们！可是，他在马背上想到这些，心情舒畅时，忽然又怒气冲冲地记起了他的老丈人，便用拳头擂着老马，觉得自己的前途暗淡无光。他想叫老马跑快一点，因为天黑了，寒风袭人。但老马一摔掉车斗，就自由自在多了。它不时停下来吃吃草，用它的龋齿咬得嘎嘎响，从路的这一边逛到那一边，还偶尔回头，往回跑几步。雅柯夫急得要命，想用鞭子抽它，但老马仿佛知道他手上没有鞭子。他不顾一切地用脚跟踢它。老马猛然弓背跃起，那一刹那可真危险，犹如一只小船在暴风骤雨的海上漂流。雅柯夫总算没出事，也不敢再踢了。他想抛弃他的东西，以为这样减轻负担，它会跑快些，但他不敢这么做。

"我真是吃苦头呀！你这混账的马。你给我放明白点，否则你也会吃苦头。"

这对他一点用处也没有。

那时，天变得漆黑，狂风呼啸。平原仿佛是一片黑茫茫的大海，充满了各种离奇古怪的声响。这里，没有一个人讲意第绪语，老马好像也觉得新奇，开始小跑，不久几乎就飞奔起来了。雅柯夫小时候虽然有点迷信，但现在可不迷信了。他想起鬼魂女皇李丽斯和那位鱼巫，她们不是把旅客搞死，就是助人一臂之力。鬼魂像烟一样在乌克兰出现。他越想越感到他背后有鬼，连头也不敢回。过了片刻，一轮明月冉冉升起，犹如一朵初放的鲜花，照亮了草原的旷野，一直到那阴暗的远方。阴影越来越大，雅柯夫想，这将是个漫长的夜晚呀！他们跑过一个农民的村庄，那教堂高高的尖塔在月光下淡淡发光，那低矮的门户紧闭的小屋一片漆黑，到处是黑乎乎的，没有亮光。他闻到了木头的烟味，可没见到烟从哪儿来。他想下马看看，去敲一家陌生人的门，请求借宿一宵，但他又觉得一下了马，也许再也骑不上去了。他害怕身上几个卢布会给抢走，因此，他留在马背上，小心翼翼地往前走。天空中繁星密布，寒风吹在他脸上。他稍睡片刻，醒来时吓得直哆嗦，仿佛做了一场噩梦。他以为他迷路了，迷得无法挽回了。可是，使他惊讶的是：在他前面的远处，从茫茫的月色中升起一片宽广的高地，那里闪烁着依稀的灯光。在高地下面有一条宽阔的河流，河面上映照着半掩的月亮。老马停止前进。它走完最后半俄里到河边，几乎花了整整一小时，中途也未休息。

3

天气极冷。第聂伯河上的风减弱了。没有渡船。船工说："停开了，停开了，关闭了。"雅柯夫虽然跟他讲俄语，他把手一挥了事，好像是跟一个外国人讲话。渡船停开的消息使雅柯夫过河的愿望更加强烈。他希望在小旅馆里租个床位，大清早一醒就去找工作。

"我摆渡送你过河，给一个卢布。"船工说。

"太贵了，"雅柯夫回答说。他觉得累死了，"到那座桥怎么走？"

"有七八里呢，够远的。"

"一个卢布，"雅柯夫自言自语道，"谁有那么多钱？"

"去不去由你。在这么漆黑的晚上，摆渡过河可不容易。这太危险了。也许我们两人都会给淹死。"

"那我的马怎么办？"雅柯夫又自言自语。

"这可与我无关。"船工说。他的肩膀粗得像树干，脸上蓄着浓密的胡子。他往一块石头上抹了一把鼻涕，然后又抹了一把。他右眼球挂着血丝。

"瞧，老伙计，这马能值几个钱？你干吗多找麻烦？即使我能把它运过去——实际上我办不到，它也会把你拖累死。一看就知道它已经老态龙钟了。你瞧，它在发抖！听听它呼吸的声音，简直像一头抵伤的公牛！"

"我打算到基辅把它卖了。"

"哪个傻瓜要买这堆烂骨头？"

"我想，也许屠夫或别的人会要的，至少马皮会有人要。"

"我说，这马像死的一样，"船工说，"如果你机灵，倒可以省一个卢布。我就把它当做摆渡费。这对我来说有点麻烦。不过，把这匹马宰了，能弄到五十个戈比，我也就心满意足了。你是个客人，我会帮你一点忙。"

他只能给我添麻烦，雅柯夫想。

他带着工具、书本和别的东西跨进渡船。船工解开缆绳，将双桨插入水中，两人就走了。

那匹老马给拴在一个木桩上。它在月光皎洁的岸边眼巴巴地望着他们。

它像个犹太老人，雅柯夫想。

老马哀鸣着，眼看白叫了一阵，毫无用处，便放了一个大屁。

"我听不出你说话的腔调，"船工划着桨说，"你说的是俄语，不知道是从哪个省来的？"

"我在拉脱维亚和其他地方住过。"雅柯夫低声说着。

"起先，我以为你是个他妈的波兰人。波兰小子，波兰什么鬼东西。"船工哈哈大笑，然后窃笑着说，"或者，你可能是个他娘的犹太人。你尽管打扮得像个俄国人，其实你更像德国人。愿魔鬼把他们全干掉，当然除了你自己和你家里人以外。"

"我是拉脱维亚人。"雅柯夫说。

"不管怎么说，上帝保佑我们大家不受血腥的犹太人的杀害，"船工一面划着桨一面说着，"他们是高鼻子，大麻子，骗子，吸血鬼，寄生虫！如果可能，他们连阳光也不给我们。他们用他们那发臭的身体和呼出的臭气搅乱了天空和大地。他们传播的疾病将把俄国推向死亡，除非我们把它消灭掉。犹太人是魔鬼，这是尽人皆知的事实。如果你注视一个犹太人脱去他臭气冲天的靴子，你就能看到一只裂开的脚。这真是一点不假。我知道得一清二楚。上帝给我作证，我亲眼看过一只裂开的脚。他以为没人在注视着他，但我看到了他的脚，一清二楚。"

他用充血的眼睛盯着雅柯夫。雅柯夫的脚发痒，但他连碰也不敢碰。

让他尽管说去吧！他想着，但有点颤抖。

"他们一天天在侵蚀我们的祖国，"船工乏味地继续说，"我们要拯救自己，唯一的办法是消灭他们。我并不是说，时刻对准他们的脑袋拳打脚踢将某个犹太人杀掉，而是说要把他们统统杀光，这方面，我们曾试过一阵子，但没有做好应该做的事。我说，我们应该号召同胞们一起行动，用刀枪、长矛、棍棒武装起来，用一切能杀死犹太人的东西武装起来，等待教堂的钟声一响，我们就向犹太人居住区进军（你只要闻闻他们的臭味就能分辨出来）。把他们从隐藏的小阁楼、地下室和老鼠洞等各个角落赶出来，砸烂他们的脑袋，挖出他们的心肝，打掉他们的高鼻子，老人小孩概不例外。因为他们像老鼠一样滋生，你如果留下一个人，就得从头再干一遍。

"然后，当我们把这混蛋的民族全部杀光以后——俄国各省同时采取行动，不管他们在什么地方，我们都能把他们查出来。我们已经搞出他们的大部分人来并限定他们住在一定的地区——我们就把他们的尸体堆起来，用汽油和烈火烧，全世界的人将会拍手称快。这一切都干完后，我们就用水龙头把那些发臭的骨灰冲掉，然后，就把他们偷来的卢布、珠宝、银器、皮毛和别的物品还给或分给穷人，他们是这些东西应得的原主。你可以相信我：我说的这一切不久就会实现，我们一定要做到，因为我们的耶稣给他们钉死在十字架上，上帝要我们为他报仇，这是理所当然的。"

他放下一支桨，在身上画了个十字。

雅柯夫不得不跟着他画个十字。他袋子里的《圣经》扑通一声掉进了第聂伯河，像铅块一样往下沉。

# 第二章

## 1

　　假如你以前什么地方都没有去过，现在上哪儿去呢？他起先躲在犹太人居住区，时而偷偷地跑到外面看看这新地方有啥好看的，试探试探地球究竟有多硬。基辅这个"俄国的耶路撒冷"仍然使他又害怕又不安。他应征入伍后，夏天在那里待过一些炎热的日子。如今，他又感到仿佛自己一方面在观察这个地方，另一方面在为自己的苦恼而烦心。然而，当他从这条街逛到那条街时，景色是美丽而明亮的。傍晚，空中悬着一片金色的烟雾。繁忙的大街上到处是行人，其中有穿着本地服装的乌克兰农民、吉普赛人、士兵和牧师。入夜，那白色的雾气泡在街上闪闪发光，河面上浓雾重重。基辅屹立在三座小山上。他记得第一次从尼古拉斯桥眺望全城时的动人情景：绿色屋顶的白房子、教堂和修道院星罗棋布，那金色银色的圆顶显露在绿叶上面。他并不是对这美丽的景色视而不见，虽然这景色对他的生活无所帮助。正如人们所说的：如今一个人不过比匹负重的马好一点罢了。

　　另一条路穿过那平静如镜的褐色的河流。他就是骑着那匹奄奄一息的马从那条路来的。大平原伸向辽阔的绿色的远方。只走了三十俄里，那犹太人居住的小镇就看不见了——呸！消失了，湮没无闻了，也许完蛋了。他想家，但又晓得他是永远回不去的。这又会怎么样呢？拉伊莎不止一次地骂他不敢离家一步，也许这是真的，但终究不是这么回事吧！他想，我就这样离家了。这对我有什么好处呢？他不知道她是否回家了。可是，一想起她，他就骂她。

他到他以前没去过的地方去，跟他所接触的人讲俄语。他对自己解释说：多练练，考考自己。一个人为什么要害怕这个世界呢？因为他害怕，可又说不出什么道理。一想起他会给认出是犹太人并撵出这个地方，他真是吓呆了。当农民们（有的背上挂着挎包）在一个高大的金十字架和镶宝石的圣母像前面跪着祷告时，当那位穿着华丽的厚祭服的高个子神父在唱圣诗布道时，雅柯夫躲在一家教堂的走廊里偷偷地看着。他看得浑身发抖。烧香的怪味使他的神经更紧张。他的手臂给碰了一下，回头看到他旁边有个长黑胡子的驼背的人指着下面往石地板上叩头并深情地吻着地板的农民们说："你去跟他们一起祷告吧！吃吃咸面包，听听上帝的福音！"他吓得靴子差点掉了，赶快溜走。

雅柯夫想想自己竟敢冒这个风险，吓得发呆了。后来，他就朝拉夫拉地下墓穴走去。这些墓穴在俯瞰第聂伯河的彼奇尔斯基小山上的一座古庙下面。他混在一群受惊的脸色苍白的农民当中。他们手里拿着点燃的蜡烛，排着松散的队伍，沿着又低又湿的小道往前走。雅柯夫从钉着铁条的窗子瞥见躺在敞开的棺材里的东正教圣徒，身上盖着金红色的褴褛的衣裳。几只小红灯在墙上他们圣像的下面闪亮。队伍走过去时，有个肩上披着长头发的教士，在一个点着蜡烛的小房间里，拿出一个"圣安德烈之手"的遗物，给虔诚的信徒们吻一吻。每个人都跪下去，用嘴唇吻一下那只羊皮纸做的圣手。轮到雅柯夫下跪时，他本想匆匆地吻一下那些瘦指头，后来却把蜡烛吹熄了，然后在一片漆黑中溜之大吉。

外面有一群乞丐。最近的战争使他们有的成了缺手缺脚的残疾人。有三个人成了瞎子。他们一个眼睛往里眍，一个眼珠凸了出来，看起来像鱼目；一个手上拿着一本福音书，大声地念着："承蒙神灵启示"，眼睛盯着雅柯夫。雅柯夫也盯着他。

2

雅柯夫住在一幢漏雨的经济公寓里。它位于波多尔区犹太人住宅区的中心。公寓上面挂着一些破旧衣服和垫子在晾干，下面的院子里几个木工场挤在一块。大家都忙得很，但谁也挣不了多少钱。它们只够糊口活命。雅柯夫想过好一点，至少比原先好些。以前，他太一无所有了。秋末，冷雨阵阵之时，他一度躲在犹太人住宅区，不敢越雷池一步。他进城一个月左右，城里第一次下了大雪以后，他才开始溜出去找工作。他肩上背着工具包，从波多尔区到普罗斯基区串街走巷，从平坦的商业区走到河边，然后上了山岗，到达附近禁止犹太人打工的地区。他不断地鼓励自己：找机会去！但有时，他觉得这样乱闯，真像个深入敌后的间谍。犹太人住宅区几百年来还是老样子，住房拥挤不堪，臭气熏天。它世袭的财产就是精神财富。它所欠缺的就是繁荣。雅柯夫远离故乡小镇来到此地，碰到不繁荣很恼火。他曾想试着给一个刷子匠干活。那个人蓄着泡沫状的胡子，答应过教他做刷子的手艺，薪金嘛，就是给碗汤喝。所以，他不干，仍回去当修配工。这也不见得好些，有时也只是弄碗汤喝喝而已。谁家窗子破了，用破布塞塞，祈神赐福就算了。他提议将窗子换换，只要微薄的报酬。他干完之后，人家向他致谢，为他祝福，给他一盘面条汤。他住在一间天花板低低的小卧室里，勤俭过日子。那是出版商伙计艾伦·拉特克的套间。他睡在长凳子上，盖的是麻布袋。这套房间挤满了小孩，床垫散发着臭味。雅柯夫身无分文，又赚不到钱，心里越想越焦急。他得去找个谋生之处或换个行当，也许二者都要。在犹太人小伙子们中，他的运气也许还算好点，可不能再坏了。况且，一个不懂得选择什么的人，能有什么选择的呢？他要有点出息。于是，他趁没人注意时走出犹太人住宅区。在大雪中，他觉得自己隐名匿姓，穿着俄罗斯人的大衣，戴上俄罗斯人的帽子，人家认不出来。他活像个失业工人。果然，俄罗斯人打从他身边走过，根本不看他一眼，他也自由自在地从他们身边走过去。有人跟他说：他看起来不像犹太人。这时，他相信了。他在雪中跋涉，走上山冈，到了克列斯查狄克宽敞的大街。他到报亭、商店、公共大楼去试试，但没找到什么可干的，只有一些零星杂活，报酬仅是几个臭铜板。晚上，他回到小卧室，用一杯热茶暖暖冻僵了的双手。一想起回到犹太人小镇上去，他就想死了拉倒。

雅柯夫大声地说起这件事时，拉特克目瞪口呆地望着他。他的手患有关节炎。他有八个吃不饱的孩子。他的病痛妨碍他的工作，但并不影响他的劳动。

"为了上帝，你忍耐点吧，"他说，"你不是没有头脑的人。那就是好运气的开始。往后，像人们所说的，你的运气就会开花结果。"

"你需要好运气，可我运气很少。"

"你刚从乡下来不久，至少该耐心点，等你了解了你目前的处境再说。"

因此，雅柯夫又去碰碰运气。

在一个狂风暴雨之夜，煤气灯把微绿的灯光撒在雪地上。雅柯夫在暮色中沿着普罗斯基街跋涉，碰到一个人脸朝下，趴在人们踩过的雪地上。他犹豫了一会儿，才把那个人转过身来。他害怕招惹麻烦。这个人胖乎乎的，光着脑袋，大约六十五岁，是个俄罗斯人。他的皮帽掉在雪里，忧郁的脸上青一块紫一块，胡子上也沾了雪。他还有一口气，嘴里散发着酒味。雅柯夫马上注意到他大衣上别着黑白纽扣，还有黑色百人团的双头鹰标志。他想，随他去吧！我不管。他很害怕地跑到街道的角落里，然后又跑回来。他抓住这反犹太分子的腋下，把他拖到那座房子的门口。他就是在那里摔倒的。这时他听到街上传来一阵叫喊声。一个穿着绿衣服，披着绿围巾的少女一瘸一拐地朝他们跑来。起先，他以为她是个拐腿的小孩，但后来一看：她是个跛腿的年轻妇女。

她蹲下去，把胖子脸上的雪扫掉，摇摇他，然后气喘吁吁地说："爸爸，起来！爸爸，别这样下去！"

"我早该去找他，"她对雅柯夫说着，把膝盖顶着胸部，"这个月，他摔倒在街上已经是第二回了。他到酒店喝酒，情况就往往难以控制了。先生，劳驾帮我送他回家。我们家离这里只有几家店那么远。"

"请提着他的双腿。"雅柯夫说。

在少女的帮助下，雅柯夫半背半拖地把这个胖俄罗斯人从街上送到一幢三层楼的黄砖房子里。房门顶上有铁栅支撑的遮篷。那少女把看门的叫出来。他和雅柯夫把她父亲抬上楼梯，送到楼上一间摆着高级家具的大房间里。她在后面蹒跚地跟着。他们把他放在卧室里靠近砖砌的火炉的一张皮制睡椅上。一只小狮子狗吠着，然后对雅柯夫嗥叫。那少女抱起小狗，把它放到另一个房间后，马上又回来。小狗透过房门尖声地吠着。

看门人帮他脱去潮湿的鞋子时，那个人轻轻一动，呻吟着。

"主的赐助。"他喃喃自语。

"爸爸，"他女儿说，"我们要感谢这位好人，你出事后，他帮助了你。他发现你的脸伏在雪里。如果没有他的帮助，你早就闷死了。"

她父亲张开湿湿的眼睛说："荣耀归于主！"他在身上画了个十字，默默地哭了。她也在身上画了个十字，祈求上帝保佑，然后用手帕轻轻地擦着眼睛。

当她正在替父亲解开大衣的纽扣时，雅柯夫最后深深地吸了一口暖气，离开房间走下楼梯，准备出去。

那少女从楼梯的顶端大声喊他，一拐一拐地匆匆追下楼，靠着楼梯的扶手挡着去路。她的脸部轮廓分明，她那蓝色的眼睛正盯着他，好像渴望着什么。她看起来二十五岁左右，身材苗条，个子高高的，金黄色的浓发松散地披在肩上。她并不漂亮，但也不一般。雅柯夫虽然对她的拐腿感到惋惜，一时却对她产生了奇特的感情。

她问他是什么人时，不大敢面对面瞧着他，眼睛往下看，然后渐渐抬起头来看着他。她直盯着他肩上的工具包。

他跟她不多啰唆，只说他是个刚从乡下来的陌生人。然后，他忽然想到脱帽致意。

"请明天再来，"她说，"爸爸说等他心情好一点，他要好好谢谢你。可我坦率地告诉你：你可以期望比口头的谢谢更多的东西。我爸爸叫尼古拉·马克西姆莫维奇·利比德夫。他半退休了。他已经退休，但他哥哥去世了，他要接管他哥哥的生意。而我呢？名叫基娜依达·尼古拉耶夫娜。明天早上爸爸清醒了，请到我们家来。那时他的精神最好，不过，自从我可怜的妈妈去世以来，他的精神从来没有最好的时候。"

雅柯夫没有留下名字，说他第二天早上会来，便离开了。

雅柯夫回到艾伦·拉特克的套间里他的小卧室，心里琢磨着"比口头的谢谢更多"是什么意思。很明显，那少女指的是某种酬谢，可能是一两个卢布，至多五个卢布吧！但他拿不定主意要不要再到那儿去。他该接受一个标榜自己痛恨犹太人的人给的礼物吗？在他面前或在他女儿面前，他没有一刻感到舒服。或者最好不去，或者去跟那个感谢他的老人打个招呼就走。但那不是他想做的事。雅柯夫想得出汗了，那醉汉的双头鹰两眼仿佛直盯着他。他睡得很不好，醒来时又有个新的想法：假如一两个卢布能帮助一个犹太人活命度日，为什么不要呢？从一个反犹太分子那里能找到什么好差事呢？他想起一句俄罗斯谚语："恶狼不入林。"无论如何他还是决定去一趟，利用这个机会，否则他怎么能知道这世界是怎么回事呢？

因此，他回到普罗斯基区那个人家里去，没有带工具包。他不会打扮，也不想打扮。基娜依达·尼古拉耶夫娜穿着绣花的乡下人的罩衫和裙子，头发上扎着两条绿色的丝带，脖子上挂着几串黄色的玻璃珠子。她把他带到她父亲的卧室。尼古拉·马克西姆莫维奇穿着有皮领的松软的长棉袄，坐在靠窗子的一张桌子旁边，面前打开一本很大的书。后面的墙上挂着大图表，形状像棵树，在它密密麻麻的黑树枝上有白色的印好的小孔，用以表示从亚当到尼古拉二世的家系。在图表的上方挂着一个镶着沙皇和脸色苍白的沙列维奇坐在一起的画像的镜框。房间里的暖气太热了。小狗对着雅柯夫乱吠。伙夫不得不把它带出房间。

尼古拉·马克西姆莫维奇慢慢地站起来欢迎雅柯夫，一点也不感到尴尬。他是个满脸皱纹的老人，眼睛湿湿的，带有一圈红晕，神情忧郁。雅柯夫一想起他那黑色百人团服装的纽扣，就对他产生鄙视之感，甚至对于他自己也有同感。他的喉头收紧了。虽然他没发抖，他感到他仿佛在发抖。

"尼古拉·马克西姆莫维奇·利比德夫，"这位肥胖的俄罗斯人说着，伸出他那短壮而肥胖柔软的手。他的肚子上挂着一条粗粗的金表链，他的马甲上留着鼻烟的干灰。

雅柯夫犹豫了一下，便跟他握手，然后按照事先准备的回答说："雅柯夫·伊凡诺维奇·多罗古雪夫。"他以为介绍了自己的名字之后，拿了酬礼就完了。可他感到害臊，说得很吃力。

基娜依达·尼古拉耶夫娜只顾忙着烧茶。

她爸爸指着一张椅子，请雅柯夫坐下。

"我要多多地感谢你，雅柯夫·伊凡诺维奇，"他说着又坐回原来的位置，"我在雪中失足，无疑是因为脚下有冰，蒙你好心地助我一臂之力——并不是每个人都有这种精神。有一次，情况就截然不同了。我的爱妻——一位品德出众的妇女去世后，我才开始喝酒。基娜可以证明我说的是真是假——我因为身体有病在芬杜克耶夫斯基街一家咖啡店的门口昏过去了。我躺在人行道上，头上划了一道口子，一时失去了知觉。在这种情况下，一位在阿瑟港失去儿子的妇女，不怕麻烦地来帮助我。如今，人们不像以前那么关心他们的同胞了。这世上宗教的感情少了，慈善的精神淡薄了，确实很淡薄了。"

雅柯夫等着他谈到酬礼的事，紧张地坐在椅子上。

尼古拉·马克西姆莫维奇看着雅柯夫的破羊皮袄。他掏出鼻烟匣，拈出一点放在两个鼻孔里，用一条大白手帕用劲地揉着他的鼻子，打了两个喷嚏，徒劳地试了几次，才成功地把他的鼻烟匣放在睡袍的口袋里。

"我女儿告诉我，你昨天带了一个工具包来。我可以问问，你是干哪一行的呢？"

"修补各种各样的东西。"雅柯夫答道，"我干的是木匠活，也搞油漆和修屋顶。"

"是这样吗？你现在给谁干活呢？"

雅柯夫不假思索地回答说：没有。

"假如你愿意告诉我的话，你是从哪儿来的呢？"尼古拉·马克西姆莫维奇说，"我问你这个，因为我生性好奇。"

"从外省乡下来的。"雅柯夫犹豫了一会儿，答道。

"啊！真的吗？一个乡下孩子？好极了，我可以说，乡下人的品德是不容否定的。我自己就是从克斯克区来的。我那时也叉过干草的。你来基辅朝圣吗？"

"不，我是来找工作的，"他停了一停，"如果可能，也来受点教育。"

"好极了。你讲得很好，虽然有点乡下腔，但语法不错。你上过学吗？"

他问得真该死，他想。

"我自己读了一点。"

他女儿眼睛偷偷地望着他。

"你也读过《圣经》吗？"尼古拉·马克西姆莫维奇问道，"我想你读过吧？"

"我懂得《圣经》中的《诗篇》。"

"太好了。你听到吗？基娜。《诗篇》——太好了。《旧约全书》

是值得称颂的，它正确地预言了基督耶稣的降临，并拯救我们免予死亡。然而，这跟《新约全书》里的说教和寓意无论如何是不能相比的。我刚刚重新读过。"尼古拉·马克西姆莫维奇瞧瞧面前打开着的书，大声地念道，"穷苦人的灵魂有福了，因为天国是属于他们的。"

雅柯夫点点头，脸色变得苍白了。

尼古拉·马克西姆莫维奇的双眼湿湿的。他只好又净净他的鼻子。

"当他读到《马太福音》第五章至第七章山上训诫时，他常常哭。"基娜依达·尼古拉耶夫娜说。

"我时常哭，"尼古拉·马克西姆莫维奇清清嗓子又读下去："仁慈的人有福了，因为他们会得到慈悲。"

慈悲使他哭了，雅柯夫想。

"那些为正义而受迫害的人有福了，因为天国是他们的。"

已经快谈到酬礼的事了，雅柯夫想。

"啊，这是最动人的，"尼古拉·马克西姆莫维奇说着，不得不又擦擦眼睛，"你知道，雅柯夫·伊凡诺维奇，我在某些方面是个可怜的人，忧郁的人，喝酒很厉害的人，也许比这些更严重。我最近抽烟时把烟灰掉在裤子上，烧着了衣服。假如不是基娜敏捷地给我泼了水，我也许现在已成了一具烧焦的僵尸了。我爱喝酒，因为我变得比大多数人敏感——我对于生活的苦恼太过于敏感了。我女儿可以证实这一点。"

"真的，"她说，"他是个比普通人感情更丰富的人。我们以前有只小狗巴沙因瘟热死去，我爸爸一连几个礼拜吃不下饭呢。"

"基娜小时候生了一场重病，她可怜的腿跛了，我伤心得每晚哭泣。"

"一点不假。"她说,她的眼睛湿了。

"我告诉你这个,你就知道我是哪一种人,"尼古拉·马克西姆莫维奇对雅柯夫说,"基娜,请把茶端来。"

她用一个厚厚的银盘把茶送到大理石面的桌子上,还有两瓶纯果子酱(木莓的和桃子的),以及维也纳面包和牛油。

跟有钱的异教徒一起喝茶,真是发疯了!我知道。雅柯夫心里虽这么想,但却饿狼似的吃着。

尼古拉·马克西姆莫维奇倒了一点牛奶在茶里,吃了一块涂牛油的面包。他狼吞虎咽地吃着,好像把食物倒进肚子里似的。然后他又端起热茶呷着,再把杯子放下,用一条亚麻餐巾轻轻地拍拍他的嘴唇。他因鼻烟抽得太多,嘴唇肿起来了。

"我要给你一份薄礼,谢谢你对我及时的帮助。"

雅柯夫匆匆放下他的杯子,站了起来。

"我没什么要求。谢谢你的茶,我该走了。"

"你说话像个基督徒。请坐下,听听我要说些什么。基娜,给雅柯夫再来一杯,给他的面包多加点牛油和果酱。雅柯夫·伊凡诺维奇,我说的是这样的:下一层楼有一套空房间——最近空的,因为事实证明那些房客们完全不适宜住,有四个好房间需要油漆和重新糊墙纸。假如你乐于接受这个差事,我就给四十卢布,这个数目比通常付的多得多,因为我还提供油漆和其他材料,但是目前情况不一样了。这当然是一种感恩的表示。你想一下子收下我一些银币呢,还是干点活好些?不做事得来的钱能很宝贵吗?给你事干就是对你技艺的一种赞赏。尽管你给了我最大的恩惠,诚如基娜所指出的,没有你的帮助,我早就在雪地上闷死了。我给你一点事干,比仅仅给你一点钱，不是一种更值得的奖赏吗？"他热切地望着雅柯夫，"所以，你接受吗？"

"按你所说的那样，我接受。"他说。他急忙站起来说他该走了。他走出门时误入厕所，然后跑出来，飞快地离开了这套房子。

那天晚上，他自由自在地躺在睡椅上时，每隔半小时就改变一次主意，他担心他会陷进什么圈套。可是第二天清早，他又去了。他去的理由跟他第一次去的理由是一样的，去拿他的报酬。他自己干活挣来的钱就是报酬。四十卢布是一笔可观的数目，谁能说不要呢？所以，回到那里去，有什么可烦的呢？去吧！快点去把那份差事干完，把钱拿回来。等你把钱装进口袋了，就永远离开那个地方，永远忘掉它。这毕竟只是个差事，我并没有出卖自己的灵魂。我干完了就洗洗手走了。再说，他们也不是坏人，那少女虽然叫我觉得不自在，可她还是坦率而诚恳的。至于那个老头呢，也许我对他估计错了。我一生究竟了解了几个非犹太人呢？也许他大衣上那个黑色百人团的别针是他在酒店喝醉时有人给他别上去的。况且，假如那确实是他自己的，我也要直接问他："尼古拉·马克西姆莫维奇，你会为一只小狗的死亡而哭泣，却参加了一个要杀害犹太人的狂热组织，请你给说说怎么回事？把这个道理给我解释解释吧。"然后，他就让他回答这个问题。

雅柯夫感到苦恼的另一个问题是：尽管他去干活——不折不扣的活，跟单纯拿他的"奖金"大不相同，可是一旦他去干了，人家就会要求他出示他的通行证，一个盖上"宗教派别：犹太教"的证件。这马上就会让尼古拉·马克西姆莫维奇知道他对他隐瞒的事。雅柯夫咬咬嘴唇。他打定主意：假如人家要他出示通行证，他就说给普多罗夫区的警察拿去了。尼古拉·马克西姆莫维奇如果坚持要看他的通行证的话，那时他就跑掉，否则就够麻烦的了。因此，这是一场赌博。如果你反对赌博，你就别玩这个牌了。他猜想：俄罗斯人也许太糊涂了，不会要看他的通行证，虽然按法律规定他要给看的。诚然，这毕竟是一种奖赏，也许他不会有那种遭遇。雅柯夫这时对他没有立刻表明他生来就是犹太人的身份，感到有点抱歉。假如那会取消对他的奖赏，他至少是问心无愧的。一个人越是不说实话，就越感到惭愧。

雅柯夫在套间里干得很出色，他把墙上的纸片、天花板上脱落的碎片和松动的补丁都搞干净了。该糊糊贴贴的地方他都贴了，然后把天花板厚厚地刷了一遍，这对尼古拉·马克西姆莫维奇是再好不过的了。糊墙纸，他没什么经验，可他把墙纸糊得干干净净的。那时，在犹太人住的小镇上只有酒商维斯柯夫干得最好。为了早点干完这个差事，拿了卢布就溜，雅柯夫夜以继日地干，晚上借着淡黄的煤油灯光干。那个房东每天早上跨上楼梯，时而停停，伸伸懒腰，看看工作进展得怎么样。他自己表示十分满意。下午，他拿出伏特加酒瓶，放进橘子皮的碎片，喝到太阳西斜时就醉了。基娜整天不照面儿，只叫烧饭的李第娅在午餐时给他送一份快餐去——一个鱼馅饼，一碗浓菜汤，也许还有几只肉汤团。雅柯夫觉得很好吃，他甚至觉得：就是只给这么些食品，他也愿意干这个差事。

一天晚上，基娜一瘸一拐地上楼来，对雅柯夫干得这么晚表示惊讶。她问雅柯夫午饭后是否吃过什么东西。他说他不饿。她激动地笑着建议他跟她一起吃晚饭。她爸爸已经回屋里休息去了，她喜欢有人陪她。雅柯夫对她的邀请感到十分惊奇，恳求她免了。他说他要做的事太多了，并请她原谅他穿着工作服。基娜说不要紧。"衣服一会儿就可以换了，雅柯夫·伊凡诺维奇，可是穿什么衣服并不能改变一个人的本性。穿什么衣服，跟一个人是否善良无关。况且，我并不太讲究形式。"他谢谢她，但说他不能在工作时丢开工作，他没有时间，还有两个房间的活要干。第二天晚上，她又来了。她有点激动地说，她太孤独了。因此，她希望他们两人一起在楼下厨房里吃饭。她把李第娅打发走了。吃饭的过程中，她不停地谈着，大部分谈的是她的童年，她上过的女校和夏天游玩基辅的乐趣。

"那儿白天又长又热，可是晚上星光闪闪，柔和可爱。人们在花园里休息休息，有的走进公园，喝几杯啤酒和柠檬水，听听交响乐。雅柯夫·伊凡诺维奇，你听说过小丑吗？我想你会喜欢马林斯基公园的。"

他说他对公园并不留心。

"合约市场春天开放，这是最引人入胜的。假如你喜欢，可以上克列斯查第克去，那儿有一家电影院。"

她说话时，目光四射。当他望着她时，她把视线移开了。之后，雅柯夫给她的谈话弄得紧张起来，请她允许他回去干活。可是，基娜跟着他上楼，看着他把她选的上面印有一束一束蓝玫瑰的墙纸糊上去。她坐在一张厨房的椅子上，两腿交叉，把好腿放在瘸腿的上面，一边剥着葵花子吃，看着他干活，一边有节奏地摆动着腿。

之后，她点了一支香烟，尴尬地抽着。

"你晓得，雅柯夫·伊凡诺维奇，我不可能像对待一个普通工人那样对待你，道理很简单，你不是一个普通工人。在我看来肯定不是。你的确是个客人，由于我爸爸的癖性，碰巧在这里干活。我想这你是知道的？"

"不劳动者不得食。"

"非常正确。但你比一般俄罗斯工人聪明、斯文——不管怎么说，你比他们敏感。请别否认这一切。我不能告诉你，他们是多么叫人生气！特别是乌克兰人，我们真怕叫他们来修理东西。不，你别否认这一点。任何人都能看出你跟他们是不同的。你跟我爸爸说你需要受教育，你喜欢去深造一下。我亲耳听到你这么说的，我很赞成。我也爱读书，不只读浪漫传奇小说。我确信将来你会给自己找到美好的机会。假如你是机灵的，你可以有一天像我爸爸那样，过得舒舒服服的。"

雅柯夫继续糊墙纸。

"可怜我爸爸得了忧郁症。他太痛苦了。一到晚上，他就喝得酩酊大醉，一点胃口也没有，就是说，不想吃晚饭。他常常在他的睡椅上睡着了，李第娅给他脱鞋子，然后请阿列克赛帮助我们把他送到床上去。晚上他醒来就祈祷。有时他自己脱衣服，可是到第二天早上就很难找到他的衣服了。有一次他把短袜子放在地毯下面了。我还发现他的抽屉放在洗手间，全潮了。通常他不到晌午是不醒的。当然，这使我为难了。但我不能埋怨，因为爸爸生活很艰难。晚上除了李第娅以外，没有一个人陪着我。有时，阿列克赛碰巧在这里修补东西，但是，坦白地说，雅柯夫·伊凡诺维奇，他们两人都是没有头脑的。阿列克赛睡在地下室。李第娅的小房间在爸爸卧室上面阳台对面那个套间的后面。我与其晚上听着她走来走去，不如读点书，所以我很早就打发她走了。有时，晚上我一个人在楼上倒有不少乐趣，真是又舒服又惬意。我烧了热茶，看看书，给老朋友写信，用钩针织点东西。爸爸说，我做的花边小垫布是最漂亮的。他对那花形的精细感到惊奇。可是，大部分时间，"她叹了一口气说，"老实告诉你，我简直寂寞得要死！"

她闷闷不乐地嗑了一粒葵花子，然后又说：虽然她因为小时候生病腿瘸了，异性们总认为她还是有吸引力的。爱慕她的人不止一个。

"我这么说并不是为了炫耀自己或是自己脸皮厚，而是因为我不想叫你以为我对于正常的生活经验有什么欠缺。完全不是这么回事。我有非常吸引人的身段。我一打扮起来，就有许多男人注视着我。有一次在餐馆里，一个男人贪婪地望着我，盯得那么紧，我爸爸就走过去找他，要他作出解释。那男人老老实实地道了歉。雅柯夫·伊凡诺维奇，你可知道，我回到家里就抱头大哭。"

基娜继续说：当然有许多先生来看她，但不幸的是，他们并不常常是最敏感最可贵的人。这也是她不止一个朋友不得不忍受的处境。可靠而敏感的人是不多的，尽管这种人在各阶层中都可以找到，而不一定在有钱人中才有。

他用一只耳朵听着，知道她的目光注视着他的一举一动。她为什么烦恼呢？他扪心自问。她从像我这样的人身上看到什么呢？如果我说得不错的话，我的优点尽是弱点，我学俄文不太机灵，这对我来说是种困难的语言。假如我大声说一句"犹太人"她就会往四面八方跑了。她的形象常常印在他的脑海里。他很久没有一个女人做伴了。

那天晚上，他糊完了第四个房间。除了一点木工活外，事情都办妥了。两天后，一切都快搞好了，尼古拉·马克西姆莫维奇蹒跚着上楼来检查套间。他从一个房间走到另一个房间，用指头摸摸墙纸，抬头看看天花板。

"干得太出色了，"他说，"非常出色，真是一件惹人喜爱的杰作。雅柯夫·伊凡诺维奇，我祝贺你。"

之后，他说——好像后来想起来似的，"你要原谅我问你：你的政治爱好是什么？你肯定不是个社会主义者吗？我问你，是对你最大的信任，并不想探索你的秘密，更毫无责怪之意。总之，我问你，因为我对你的前途感兴趣。"

"我不是个政治人物，"雅柯夫答道，"世界上到处都是政治吧，但我没有兴趣。搞政治不是我的本性。"

"确实不错。我也不是政治人物。假如有人问你的话，你最好不要参与这种交易。雅柯夫·伊凡诺维奇，别以为我很快会忘记你高超的技艺。假如你想继续为我做事的话，在其他方面，我可以说，在更大的范围内，我将非常乐意雇用你。事情的真相是：我是附近一家小砖厂的老板，虽然在邻近的区里。那是我从我哥哥手里接收过来的。他毕生是个单身汉，半年前他患了不治之症一命归天了。我曾想把这个厂卖掉，但出价不高，所以，尽管目前我无心经商，也只好办下去，坦白地说，几乎没什么钱赚。我的工头普罗斯柯具体负责。他是个优秀的技术人才，但又是个没头脑的人。说句知心话，在他下面干活的汽车司机们送砖出厂时并不是每块砖都数的。我很想请你去当个监工，负责清点砖块，照管我的财产。我哥哥熟悉生产过程的各个环节，但我对砖厂的事并不太耐心。"

雅柯夫虽然怀着激动的心情听他说了这个建议，坦白地承认他对这个行当没有经验。"我对商业簿记一窍不通。"

"只要诚实可靠，业务上所需的知识都是普通常识，"尼古拉·马克西姆莫维奇说，"你去干了，有什么可学的你就学什么。我通常每周一两个早上去转个把小时。我坦白地说，我的知识很有限，不过，你不懂的，我会尽力帮助你。不需要争辩了。雅柯夫·伊凡诺维奇。我的女儿，她对你的品德评价很高，她对这些事情的判断，我很尊重。你可以相信我，我跟她完全有相同的看法。她认为你是一位头脑冷静、知识丰富的人。我深信：你掌握了基本知识后，事情会办得很妥帖，很有成效。在这段期间——嗨，学徒期间，我每月给你四十五个卢布。我想这是令人满意的。但是，我应该说还有对你有利的另一方面，坦白地说，这个工作对我们双方都有利。我哥哥把砖厂马厩的阁楼改建成一个温暖舒适的房间。如果你接受我的建议，你可以住在那里，免交房租，好吗？"

四十五个卢布引诱着雅柯夫，并使他大吃一惊。

"请原谅我问一个问题：监工是干什么的？可我不是个世故的人。"

"世故就是虚荣。它对我没有吸引力。监工是管理企业业务的。我们每天生产大约两千块砖头——比平常的生产少得多——在建筑季节大约要多一千块。这种年头没这么多。最近又少一些，虽然我们和基辅市政委员会签了一个几千块砖的合同。沙皇亲自下令在罗蒙诺夫五十周年纪念之前改善城市面貌。市政府正在拆除木板的人行道，把整条街的人行道铺上砖头。当然，这还要看天气的好坏，冬天下雪时就不行。而且，我们也有一些关于重建第聂伯河沿岸某些城堡所需的砖头的合同。是的，我希望你保管收到的订货单，登记所生产的砖头的确切数字以及那些运出去的数字。这些数字，你可以从普罗斯柯那里得到，不过还有不少核对的方法。你还要发收款通知并把收到的款项列入分类账。每周一至两次，你要把银行支票和其他钱交给我，同时把它们放在保险箱里。普罗斯柯当然仍是负责技术业务的工头。我要告诉他：我希望他把一切订货单都通过你。你还要制订薪金清单，每个月底付给工人薪金。"

尽管他心里交织着种种疑虑和恐惧，雅柯夫仍认为这也许是他一个重要的机会。这项工作干了几个月后有了经验，其他机会就会展现在他面前。"我会慎重考虑一下。"他说。可是，尼古拉·马克西姆莫维奇还没有走下楼梯，他就接受了。

尼古拉·马克西姆莫维奇拿了一瓶伏特加回来祝贺他们两人达成协议。雅柯夫两杯下肚，他的不安心情就一扫而光了。他自言自语：他正在为自己较好的前途作准备。他在地板上睡了一会儿，干完最后一件木匠活之后，他又感到了不安。

夜幕降临了。他打扫和清理了房间，把漆刷浸在松节油里洗了又洗。之后，他听到基娜蹒跚地上楼来了。她穿着一件蓝色连衣丝裙，头发向上，用一条白丝带绕着，她的两腮和嘴唇上涂了胭脂。她又邀请雅柯夫跟她一起吃饭。"祝贺你完成一件美好的工作，特别是祝贺你和我爸爸将来的关系。他已经进屋休息去了，就只我们俩在一起了。"

他还是找些老借口推托着，而且对她的邀请深感不安，很想溜之大吉。但她可不听这一套。"来吧，雅柯夫·伊凡诺维奇，人生除了工作以外还有更多的内容呢！"

这对他说来是个新闻。他还在想：这里的差事搞好了。这是我最后一次看到她了，跟她告个别有什么错呢？

在厨房的桌子上，基娜摆了一桌酒席，有些菜他以前连看都没看过。有夹心黄瓜、多瑙河新鲜鲱鱼、肥香肠、蘑菇酱鲟鱼、五花肉、酒、饼和樱桃白兰地。雅柯夫给这些摆宴愣住了，起先觉得很不自在。假如你什么也不吃，就用不着过分害怕。可是，他把一切都置之度外，饿狼似的吃着那些他以前从未吃过的东西。他吃了美味可口的白面包丁，把红酒一饮而尽。

基娜又爽朗又开心，看起来比他以前看过的更有吸引力。她挑选着这个那个又香又甜的东西吃，不时给自己的酒杯斟满酒。她那清晰的面容泛起了红晕。她介绍她自己的经历，无故自笑。尽管他尽量把她作为一个朋友来考虑，她对他还是陌生的。他对自己也是陌生的。他一度望着雪白的台布，想起自己的老婆拉伊莎，但很快就把她忘了。他吃饱了饭——他一生从来没有吃这么多，喝了两杯白兰地，此时才开始感到这"宴会"确实不错。

基娜收拾餐桌时，她的呼吸有点急促。她拿出一把吉他，拨动它，用高昂而微弱的嗓音唱着《唉，我的包袱是沉重的》。这是一首哀伤的歌，使雅柯夫充满忧郁的感情。他早想站起来告辞，但是厨房暖呼呼的，坐在那里听听吉他，倒是挺快活的。之后，基娜唱道："来吧！来吧！我亲爱的安琪儿，来和我一起跳舞吧！"她把吉他放下时，用一种以前所没有的方式望着他。雅柯夫马上明白他们两人已到了什么地步。感情里充满了兴奋和暗示。"不，"他想，"这是个俄罗斯女人。假如她发现我是谁，她会刎喉自杀的。"之后，他想，那也未必会这样，有些人可不管这个。对他自己来说，他倒愿意尝试一下未经历过的事。但，还是让她来领头吧。

"雅柯夫·伊凡诺维奇，"基娜说，又给自己斟满一杯酒，然后马上喝了下去，"你相信浪漫式的爱情吗？我问这个，因为我想你对此是处处提防的。"

"不管我是提防，还是不提防，这种事总不会轻易来找我的。"

"我衷心同意：浪漫式的爱情并不是那么容易产生的，"基娜说，"但在我看来，那些对生活抱着严肃态度的人——也许太严肃了——对于感情高潮的某些变化，反应太慢了。我的意思是说，雅柯夫·伊凡诺维奇，如果一个人太胆小或者不能相信自己撞上好运气，就有可能让爱情，像天空中的一朵浮云，给风刮跑了。"

"这是可能的。"他说。

"你爱我吗?——哪怕是一点点,雅柯夫·伊凡诺维奇?"她敏捷地问道,"我有时注意到你老是瞧着我,虽然你可以这样做。比如,几分钟前,你非常愉快地对我笑着,它确实温暖了我的心。我敢说你是很诚实的,倾向于自在的——太自在了。我们出身于不同的阶级,但作为人,我相信我们有许多共同的地方。"

"不,"他说,"我不能说我爱你。"

基娜脸红了一阵。她的眼珠在闪亮。等了好一会儿,她叹了口气,低声地说,"那好,不过,你总喜欢我吧?"

"是的,你一直对我不错。"

"我也喜欢你,确实喜欢你。我认为你是个态度严肃、见识广博的人。"

"不,我多半是个笨头笨脑的人。"

她自己倒了一些樱桃白兰地,从杯子里汲了一口,然后把杯子放下。

"哦,雅柯夫·伊凡诺维奇,请暂时收起你严肃的态度,吻我一吻。我敢请你吻我。"

他俩站起来接吻。她摸索着他,她的身体紧紧地贴着他。他一时为她感到可怜和痛苦。

"我们俩在这儿多待一会儿吧?"她低声地说,呼吸很急促,"或者你到我房间看看,好吗?你看过我爸爸的房间,可没看过我的。"

她望着他的整个面容。她那蓝色的眼睛发黑,她的身体热乎乎的,仍然紧贴着他。在他看来,她长得有点老气,可能有二十八九岁。有的人善于保养自己,那就显得年轻些。

"你想说什么就说什么。"

"你说的是什么？雅柯夫·伊凡诺维奇。"

"基娜依达·尼古拉耶夫娜，"他说，"请原谅我问你这个问题，但我不能犯大错误。我要承担我的责任——你所能想到的任何一种——但有些错误我不想再重犯了。如果你是天真的，"他很忸怩地说，"我们最好不要再发展下去了。我这么说是出于对你的尊重。"

基娜又脸红了，然后耸耸肩膀，坦率地说："我像大多数少女那样天真纯洁，不多也不少。在这方面你是没什么可担心的。"之后，她又不自在地笑着说，"我想你是个老古板，这我喜欢，虽然你提的这种问题在我看来是不太谨慎的。"

"如果提了一个问题，就不能再提别的吗？你的父亲怎么样？我问你的意思是：如果我们到你的房间去，他也许会发现吧？"

"决不会。"她说。他一时对她的回答感到吃惊，之后就听之任之，不再问别的问题了。既然她说的是实情，还有什么值得斟酌的呢？

他们俩沿着走廊默默地走着，基娜一瘸一拐地走，雅柯夫蹑手蹑脚地跟在她后面，一直来到她香气扑鼻的卧室里。那小狗正躺在床上，眼睛盯着雅柯夫打着呵欠。基娜把它抱起来，又走下楼去，把它锁在厨房里。

在她的房间里，墙上挂着披着头巾的少女们的照片，许多小桌上摆满了各种小玩意儿。一束孔雀羽毛从一面镜子后面伸出来。角落里挂着圣母像。像的前面点着一盏红色小油灯。

我该留在这儿还是走掉呢？雅柯夫想。一方面这是个久旱不雨的季节。男子汉并不是无所作为的。犹他教派[1]是怎么说的？"别把

---

1  18世纪波兰建立的一个犹他教派，主张宗教狂热、神秘主义和享乐主义。

你自己的肉体藏起来。"另一方面这句话对我又意味着什么呢？在我这个年龄，这并不新鲜，不过也没有什么。

他坐在床上时，她回来了。他脱了衬衫和内衣。

基娜脱了鞋子，跪在圣母像前在胸口画十字，祈祷了一会儿。雅柯夫看着觉得不太自在。

"你是个教徒吗？"她问。

"不是。"

"我希望你是个教徒。雅柯夫·伊凡诺维奇。"她叹口气说。

之后，她站起来，请他到盥洗室脱衣服，她在卧室里做些准备。

是她的腿，他想。我走进去时，她会用点东西盖着吧，最好是那个样子。

他在盥洗室里脱了衣服。他的双手还留着油漆和松节油的味道。他用她那粉红色的香皂洗了两遍。他又闻了一闻，感到手上有香味。假如要犯一次错误，我就犯一次，他想。

他从镜子里看到自己脱得赤裸裸的，起先心里很不安，后来对自己即将要做的事感到厌恶。

事情已经够糟了，为什么要把它弄得更糟呢？我可不这么干。我不是这号人。我越早告诉她越好。他拿着衣服走进卧室，看到她有些异常。

"雅柯夫——你吓了我一跳。"她用那湿浴巾掩着身体，"我想你会等到我叫你才进来的。"

"对不起，我不知道你这个样子。这是无意的。你事先没说，我想这是女人的秘事。"

"可你肯定知道这是最保险的时候吗？"基娜说。

"对不起，有的人能这样做，可我不行……对不起，我该
走了。"

"我是个寂寞的女人，雅柯夫·伊凡诺维奇，"她喊着，"可怜
可怜我吧！"

但他已经穿好衣服，很快就走了。

3

深冬的一夜，凌晨四点钟，四周漆黑，天气寒冷。赶大车的沙
地乌克和里斯特来要走两批马匹，留下了六匹马在马栏里，雅柯夫
听着他们走出马厩沉重的脚步声和路过大雪覆盖的卵石路时沉闷的
咔嚓声。他在砖厂已经两天了。他马上起床，点了一支小蜡烛，匆
匆忙忙穿好衣服。他从他马厩上面的卧室偷偷地走下外面的楼梯，
沿着篱笆走过去，穿过矮矮的砖窑，一直走到冷却池。他一动不动
地站在寒气中，望着赶大车的人们和他们的助手穿着冒着水汽的羊
皮袄，把又大又重的黄砖装上铺了稻草的大车，马匹的两侧也冒着
水汽。工作进展很慢。一个助手把一块砖举起来抛给一个助手，另
一个助手再掷给赶车的人，让他在车上摆摆好。雅柯夫站在黑暗
中，时而呵呵手，时而想默默地动动，使他的靴子不至于太冷，这
段时间对他好像是没有尽头的。他数了一下，在一辆大车上载着
三百四十块砖，另一辆大车上装了四百零三块砖。还有三辆车在
棚子里没有用上。可是，第二天早上，当雅柯夫坐在天花板很低的
拥挤的小屋里时，办公桌上堆满了账本、以前的几捆废纸和工头普
罗斯柯的一张收据。这是一张包装纸的碎片，上面歪歪扭扭地写着
的砖头总数却不是七百四十三块，而是六百一十块。雅柯夫咬咬牙

齿，对这种盗窃行为非常气愤。

虽然雅柯夫迫切地想找活干，可是他接受尼古拉·马克西姆莫维奇的招聘却很勉强。直到最后一分钟，他才知道砖厂设在卢基安诺夫斯基区，厂址靠近坟场，四周远近夹杂着一些树木和房屋，大约半俄里外的远处树林更浓密；他打算寄居的这个区是不准犹太人居住的。这时，他心里很痛苦，几乎想打退堂鼓。后来，他跟砖厂的老板说他不想去干这个工作，因为他很怀疑他能像应该做的那样，把这个工作做好。但尼古拉·马克西姆莫维奇劝他别着急，嘲笑他这么多疑。

"别瞎说了，你会做得比你想象的要好。你应该学会对自己的天赋有信心。雅柯夫·伊凡诺维奇，就照我去世的老兄的方法办——抓账本。这方法有点老了，但很准确。你干起来，这一套就熟识啦。"他有点不知所措，后来决定把雅柯夫的薪金每月再提高三个卢布。雅柯夫想尽一切办法使自己接受这个聘请。他建议让他住在波多尔区，说这样方便些（可他从没说过在这个区的什么地方），他每天早上很早就来干活。从他住的地方走到砖厂并不太远。电车站离砖厂很近，可天黑以后电车就不开了。

"很遗憾，你住在波多尔区，对我帮助就不大了。"尼古拉·马克西姆莫维奇说。那是一月底的一天，天阴沉沉的，他们两人在砖厂里谈着，砖窑上浮起一阵烟雾。尼古拉·马克西姆莫维奇仍旧穿着带有黑色百人团圆形小徽章的大衣，雅柯夫跟他谈话时不得不假装没看见或看着别的地方。他觉得自己一旦看到它，就不能将目光移开去，因为那小徽章显得越来越大，而且令人不安。

"每个工作日这里干得怎样，我并不太担心。"这个反犹分子说，"虽然我跟你说过，那也使我担心。我十分关心大清早的时候，第一趟大车装运时的情形。天亮后，小偷就搞不了啦。天黑时，鬼怪横行，好人还躺在床上，坏人就干这肮脏的勾当。我那位去世的哥哥对睡眠兴趣不大——你必须尊重睡眠，否则睡眠就不尊重你——他在凌晨三点钟就到这儿监督每个工人，检查每辆大车装了多少，不管天气怎样。我没要求你也这么干，雅柯夫·伊凡诺维奇。这样献身于一个商业企业的精神实在太过分了，我认为，也许因为这样，才导致我哥哥的早死。"尼古拉·马克西姆莫维奇闭着眼睛，在胸前画了个十字。"可是，如果你大清早来看看他们，在他们装车时出其不意地大声估算大车上所装的砖头的数目，也许会叫他们收敛一点，不要搞得太过分。我想偷窃总是难免的——人总归是人吧——可是要有个限度。如果工厂破产了，我就没法从工厂的拍卖中得到合理而公道的价格。"

"他们是怎么偷的？"雅柯夫问。

"我怀疑赶大车的是在普罗斯柯包庇纵容下干的。他们运出去的数目比他们报的数目多。"

"那你为什么不叫他滚蛋？"

"老兄，说比做容易多了。如果我把他解雇了，我的工厂就只好关门。他是个优秀的技术人员，我哥哥常说，他是最好的一个。我坦白地说，我并不是有意抓住他偷东西。作为一位教徒，我希望他不去偷。你说说，这是不是比较明智和宽宏大量呢？不谈这个了。我们来按我说的，把事情安排一下。雅柯夫·伊凡诺维奇，你就住在马厩上面那个房间。那就是你的了，房租一个戈比也不必交。"

由于他没有提起雅柯夫的证件的事——找新职业所需的通行证和居留证，雅柯夫惴惴不安地利用这个机会，接受了这个工作。他闪过一个念头，又想说他是一个犹太人——比如说就偷偷地跟尼古拉·马克西姆莫维奇说："好吧，情况你应该是了解的，你说你喜欢我。你晓得我是个老实的工人，不会浪费老板的时间。也许，你听说我生来是个犹太人，因为这个原因不能住在这个区，你不感到奇怪吧！"但那根本是办不到的。即使假设说，非常大胆地假设说，尼古拉·马克西姆莫维奇——他戴着双头鹰的徽章等，这些情况是出于他自己的利益——原谅了他的坦白交代，卢基安诺夫斯基区仍然不是犹太人住的地方，只有几个特殊的是例外。假如一个贫穷的修配工被发现住在那里，他就要大吃苦头。这实在太复杂了。第一周，雅柯夫天天想马上就走，逃离那个地方。但他待下来了，因为他听艾伦·拉特克说，有心的人花不太大的一笔钱，可以从波多尔区的某印刷厂买到各种各样的假证件。虽然一想到要搞到这样的证件他就直冒冷汗，他还是决定他应该把这件事记在心里。

雅柯夫偷偷地看了赶大车的人装车的情形后，那天早晨，普罗斯柯给他收据时，他一看到单子上的假数字，心就跳得很厉害。他通知普罗斯柯，尼古拉·马克西姆莫维奇叫他晚上装车时要在现场，因为这是他的责任，所以从现在起，他就要到那里去。普罗斯柯是个粗壮的人，耳朵大大的，胡须粗粗的，他穿着一双沾了黄土的高筒靴子，围着一条又长又脏的皮围巾。他用一对小眼睛，紧张地望着雅柯夫。

"你认为晚上车子装得怎么样？赶车的人有什么他娘的不轨行为吗？"

"是怎么样就怎么样。"雅柯夫紧张地说，"但你们昨晚装车的数字和你收条上的数字不一致。请原谅我这么说。"

后来，他希望他没有这么说过。当然，他怎么能跟一个小偷不这么说呢?

"你怎么知道装了多少砖?"

"我昨晚就站在棚子附近,按照尼古拉·马克西姆莫维奇的指示,把砖头数了一下。换一句话说,我是按他的吩咐办的。"他的话音里充满了感情,好像砖头是他的一样。奇怪的是,这些砖头并不是他的,而是一个反犹太人的俄罗斯人的。

"你当时算错了。"普罗斯柯说,"这是我们装上车的数字。"他用一个肥壮的指头轻轻地敲着放在桌子上的收据。"听着,我的朋友,狗把鼻子插到粪便里,就把鼻子搞脏了。你有个长鼻子,多罗古雪夫,不信的话,请照照镜子。有这种鼻子的人,他伸鼻子时,可要小心一点儿。"

他离开了小屋,下午又回来了。"你的证件怎么样?"他说,"你登记了没有?如果没有,交到这里来,我拿去给区警察局盖章。"

"谢谢你,"雅柯夫说,"那已经给警察局看过了,也盖过章了。尼古拉·马克西姆莫维奇关照过这件事,不用你麻烦了。"

"多罗古雪夫,请告诉我,"普罗斯柯说,"你为什么讲俄语像个土耳其人呢?"

"假如我是个土耳其人,那又怎么样?"雅柯夫装着笑脸。

"树大招风。跑得太快就容易摔跟头。"普罗斯柯抬起腿放了个屁。

过后,雅柯夫心里非常焦虑不安,晚饭也吃不下。我不是当监工的料子,他想,那是非犹太人干的差事。

可是,他还是按老板对他的要求去做。他每天清晨四点钟就在寒气中出现在小棚子里,计算大车里装了多少砖块。白天工作时间内,他从小屋的窗子朝外看,一发现他们在装车,他就走出去看看。他公开这样做，防止小偷们搞鬼。雅柯夫在棚子里一露面，就没有人吭声，唯有赶大车的人有时停下工作，眼睛盯着他。

普罗斯柯不再每天早上把收据送来，雅柯夫只好写自己的。簿记并不像他所想象的那么难。他对这一套早已熟悉了。除此之外，别的事并不多。尼古拉·马克西姆莫维奇每周乘雪橇来一次，把收款单存到银行去。他显得很忧郁。一个月后，雅柯夫收到他的一封祝贺信。信上说："你工作勤奋，卓有成效，诚如我预见的一样。我将继续给予你最大的信任。基娜·尼古拉耶夫娜向你问候。她同样赞赏你的努力工作。"可是，别人并不这样。他想跟赶车的人或他们的助手谈谈时，他们根本不当一回事。那个肥头大耳的德国人里斯特一看到他走近，就往雪地里吐口痰，而个子高高的浑身有股马汗和稻草味儿的乌克兰人沙地乌克则直望着他，呼吸有点急促。普罗斯柯在院子里从雅柯夫身边走过时，自言自语地说："狗养的密探！"雅柯夫假装没听到。假如他听见"犹太人"三个字，他就往地里钻。

除了这帮人外，他跟院子里其他工人倒处得不错。他准时付给他们薪金。近两百名雇用的工人中大约走了五十人，可砖厂每天仍生产六七千块砖。看院子的工人斯科贝利耶夫曾告诉普罗斯柯一个谣言，说雅柯夫是个犯了罪服过刑的盗窃犯；尽管普罗斯柯也散布了许多对他的流言蜚语，但情况还是这样。然而下班后却没有人把他当做朋友去找他，也没有人陪伴他，他显得非常孤独。下班后，雅柯夫就待在宿舍里。他每天晚上借着煤油灯光看几小时的书——尼古拉·马克西姆莫维奇答应装个电灯泡，但还没办到。他以前是碰巧看到什么就读什么，现在他读点他想知道的东西。他继续学俄文，做了许多语法练习并且大声朗读。他每天还贪婪地读两种报

纸。报纸上报道的消息或暗示的文章常常使他吓得发抖，比如：关
于拉斯布丁和女皇的事，恐怖分子的新阴谋，对犹太人大屠杀的威
胁和发生巴尔干战争的可能性。这一切对他来说都是很新鲜的。一
个人想知道他应该知道的一切，怎么办呢？他开始利用空闲时间逛
逛波多尔区的书店，想找点便宜的书。他买了一本《斯宾诺莎的一
生》，晚上在宿舍里很寂寞时读一读。他想，从别人的生活经历中
能学到什么吗？俄国历史也吸引着他。他找遍了书店后面放小册子
的书架。他读了一些谈农奴问题和西伯利亚刑事条例的书——他在
一个容器里找到的最可怕的材料，卖书的眨眨眼，假装没看见。他
读了关于十二月党人的暴动和失败的记载和一份关于民粹派，即 18
世纪 70 年代理想主义者们动人的材料。这些人为农民而献身，雄
心勃勃地想发动他们起来进行社会革命，结果遭到他们的拒绝，从
农民的神秘主义者变成恐怖主义者。雅柯夫还读了一篇简短的彼得
大帝的传记，接着是一篇关于诺夫哥罗德被刽子手伊凡血腥镇压的
可怕的故事。这个疯子脑袋瓜里想到这座城市对他不忠，就下令在
城市四周建造一道木墙，以防止市民逃跑。随后，他带兵进城，对
他的市民施行最残酷的刑罚，每天杀害几千人。这种暴行有增无
减，母亲们望着自己的孩子们给活活烧死再丢给野狗吃，个个泣不
成声，惨叫声震天响。五个礼拜后，有六万人遭残害和分尸，惨死
在街道上，尸体腐烂发臭，瘟疫流行。雅柯夫心里很难过。这简直
像一场对犹太人的大屠杀，实在坏透了。俄国人通过大屠杀来反对
俄国人，这在他们的历史上是屡见不鲜的。他想：这是一个多么令
人苦恼的国家！他对所读的东西感到惊奇。黑的是白的，白的是黑
的，各种各样的经历都掺在一起。假如俄国人也遭到他们自己的统
治者的屠杀，像苍蝇一样地死去，究竟谁是上帝特选的臣民呢？读

历史使他厌倦，他又回到斯宾诺莎书上，重读了关于批评《圣经》、关于迷信和奇迹的篇章，这些他几乎背得滚瓜烂熟了。假如有上帝的话，他读了斯宾诺莎的书，就会收拾旧业，成为一个苦思冥想者了。

雅柯夫不读书时，就写点文章，题目各种各样。"我跟历史有关，"他写道，"又跟历史无关，从某个角度来看，我脱离了历史，它从我身边消逝。这究竟是好呢，还是我性格上缺乏什么？这个问题提得好！当然是缺乏什么，可是我有什么办法呢？此外，这真的值得这么大伤脑筋吗？一个人除非像我所读到的斯宾诺莎的一生那样，对历史有所贡献，否则最好安分守己一些。斯宾诺莎了解历史，他的思想也丰富了历史。即使人给烧死了，思想是烧不死的。另一方面，还有社会活动家詹·德·威特，他是斯宾诺莎的朋友和恩人，一个伟大而善良的人。他遭到荷兰暴徒分尸了。他们怀疑他，其实他是无罪的。谁要这样的命运呢？"有些小文章是评论他从报纸上看到的"某些情况"，他一篇一篇地读了，然后把它们放在炉子里烧掉。他也烧了一些不能转卖的小册子。

有时，使他格外烦恼的是他不再使用他的工具。他自己做了一张床、一张桌子和一张椅子，以及墙上的几个书架。这都是他到砖厂来以后最初几天就做好的。他害怕他如果不继续干木匠活，也许就会忘掉这门手艺。他想最好不要忘了。后来，他又收到基娜寄来的一封信，笔迹充满了令人奇怪的又粗又黑的笔画。她经过她父亲的同意，邀请他去看她。"你是个机灵的人，雅柯夫·伊凡诺维奇，"她写道，"我尊重你的理想和行为的准则。不过，请别担心你的衣服，其实，我肯定地说，你可以用你所得的增加的薪金买几件新的。"他坐下来想回个信，可是不知道该跟她说些什么，所以他连信也不回了。

二月份，他度过了一个非常伤脑筋的时期。他怪自己太烦恼。他走访了卖假证件的地方，发现搞一个虽然并不便宜，但也不是贵得买不起。他心里琢磨着去买一张按他的假名做的护照和一张居留证。他比平时该醒的时候醒得早，去核对大车上装了多少块砖。他的肌肉紧张，胸部收缩，有时呼吸有点疼痛感，而当他跟普罗斯柯打交道时则感到不自在。甚至问问他关于日常工作的一些问题，雅柯夫也觉得厌烦。他整天发脾气，咒骂自己账目上小小的差错，比如一两个戈比。有一天傍晚，他把两个男孩赶出砖厂。他知道这两个人是来找麻烦的，一个脸色苍白，脸上长了脓疮，大约十二岁；另一个像个农民，年龄大概差不多，头发散乱，像稻草一样。他们在晌午放学后溜进工厂来，互相扔泥团，把好端端的砖块打破了，并轰赶马厩里的马匹。雅柯夫早就警告过他们别闯到砖厂来。这次，他从小房间的窗子看到他们。他们带着书包溜进工厂里来，朝着砖窑的烟缕扔石头，然后用砖头砸烟囱。雅柯夫看了这一切，便从小屋里冲出来，勒令他们走开，但他们一动也不动。他朝他们跑过去吓吓他们。两个小孩见他过来，轻蔑地起哄，抓着书包，从供应棚里迅速跑过去，爬上篱笆附近的一堆破砖头。他们把书包猛抛过篱笆，然后跟着跳了过去。

"小杂种！"雅柯夫挥舞着拳头喊道。

回到小屋，他注意到斯科贝利耶夫偷偷地望着他。这位看门人拿着拐杖，匆匆地去点煤气灯。片刻，煤气灯在暮色中亮了，像是绿色的蜡烛。

普罗斯柯站在冷却棚门口。他也一直注视着雅柯夫。他说："你跑起来像一头病猪，多罗古雪夫。"

第二天早晨，一个警察监官来访问雅柯夫，问他砖厂里有什么人政治上的可靠性是值得怀疑的。雅柯夫说没有这样的人。警察问了几个问题就走了。那天晚上，雅柯夫忐忑不安，一直不能集中精神看书。

由于睡得很不好，他就试着一吃饱就上床睡觉。果然，他很快就睡着了，可是半夜就醒了。他感到非常清醒，好像觉得有人要害他。晚上，他害怕他白天偶尔想到的灾难，如马厩起火，连同他一起烧光啦，他的手脚给绑起来不能动弹啦，发狂的马匹互相撕咬，一起完蛋啦，或者他患了肺结核或梅毒而奄奄一息，咳嗽不止或口吐鲜血。而他所惧怕的是他那最担心的事——暗藏的犹太人——他的真面目给揭开。"哎呀！"他大喊了一声，然后吃惊地倾听马厩里的动静，想了解一下赶大车的人是不是在那里，他们有没有听到他的叫声。有一次，他梦见里斯特背着一只大黑包，跟着他走到墓地附近的那条路。当他转身对着那个德国人问他包里放着什么东西时，那赶大车的人眨眨眼说："是你。"因此，雅柯夫定做了假证件并且付了款。虽然几个星期过去了，他还没有去取回来。从此以后，他也不晓得为什么，他开始觉得好过多了。

他度过了一个比较自信的时期。这时，他有生以来第一次花了钱，好像钱就是钱，没什么了不起似的。他多买了一些书、书写纸、香烟、一双鞋子（省得穿靴子太麻烦了）、一罐又好又贵的草莓酱和一公斤烤面包用的面粉。面包没有发起来，但他烤了当饼干吃。他也买了一双袜子，一套内衣内裤和一件便宜的外套等必需品。一天晚上，他非常迫切地想吃甜食，就走进一家糖果店喝咖啡，吃糕点，而且还买了一大块巧克力。后来他算了一下口袋里的卢布，觉得他花的钱比跟老板讨价还价的钱还多。这使他烦恼。因此，他又开始节俭过日子。他吃的是黑面包、酸奶酪和熟土豆，偶尔也吃个蛋，有时忍不住，也吃一小块芝麻蜜糖。他自己补袜子，补旧衬衫，直到实在没法再补了才罢休。他节省每一个戈比。"积少成多嘛。"他自言自语地说。他心里有个重要的计划。

　　四月初的一个夜晚，第聂伯河上的厚冰开裂了，雅柯夫把最近买的书卖掉后便在普罗斯基区逛逛，很迟才回到砖厂。天意外地下雪了。他走上靠近坟场的山冈，看见几个男孩在殴打一个老人，便大叫一声把他们赶开。他们像受惊的兔子，纷纷往坟场里逃。那个老人是个犹太人，一个犹他教派信徒。他穿着过踝骨的长袖长袍，头上戴着一顶毛边的拉比圆帽，脚上套着长筒白袜。他慢慢地弯下腰，从雪地上捡回一只扎着棕色麻线的小黑包。他的太阳穴给打伤了。鲜血顺着长毛的双腮一直流到蓬乱的八字形灰色胡须。他眼花缭乱。"你怎么啦？爷爷，"雅柯夫用俄语问道。那位老人有点吃惊，倒退了一步。但雅柯夫慢慢地等着。老人用断断续续的俄语回答说，他从明斯克到这儿来看望他住在犹太人区的生病的兄弟，可是迷了路。后来，一些小孩用包着锋利石头的雪球砸他。

　　市内公共汽车都不开了。雪越下越大，雪越积越厚。雅柯夫想他能把老人带到砖厂，让他歇歇，然后用冷水擦擦伤口，在赶车的人和他们的助手来厂之前把他送走，可是他心里又烦恼又不安。

　　"跟我来吧，爷爷。"

　　"你带我到哪儿去？"老人问。

　　"先把你脸上的血迹擦掉，等雪停了，我会告诉你到波多尔区犹太人的住地怎么走。"

　　他领着老人走进砖厂，上了楼梯，到他马厩上面的宿舍。雅柯夫点了灯后，把他最破旧的衬衫撕开，沾了水，将老人胡子上的血迹擦掉。伤口还在流血，但老人并不在乎。他坐在雅柯夫的椅子上，双眼紧闭，轻轻呼吸，好像在低声细语。雅柯夫递给他面包和一杯甜茶，但老人不肯接受食品。他是个戴着长耳环的有身份的人。他向雅柯夫要点水。他对着一只盆倒了一点水在手指头上，然后从他的长袍口袋里取出一个用手帕包着几片未发酵的面包的小包。他对着面包祈祷、叹息，用力吃一片。这使雅柯夫惊奇地想起来，该是犹太人的逾越节了。他被一股强烈的感情所打动，不得不转过脸去，直到它消失为止。

他望着窗外时，雪还在下，但在落雪中可依稀看到形成一圈淡光的影子的月亮。他想，雪快停了吧！可是，它就是不停。那亮光消失了，天空又是一片漆黑，雪花纷飞。雅柯夫想，他要等到赶车的人来了，很快数好砖头，趁雪停时，在大车走后，趁普罗斯柯来厂之前把老人偷偷送出去。即使雪下个不停，老人无论如何也得离开这里。

老人在椅子上睡了一觉醒来了。他望望灯光，看看窗子又睡着了。当赶车的人打开马厩的门时，他醒过来瞧着雅柯夫。雅柯夫做个手势，叫他别吭声，就下楼到棚子里去了。他把床让给老人睡。可是，他回到宿舍时，老人正醒着坐起来。赶车的人们装好车，在棚子里等着天亮。他们在马匹的蹄子四周扎上铁链，但沙地乌克说过，假如雪下得厚了，他们就留在厂里。眼前，雅柯夫很担心。

雅柯夫在宿舍里披着羊皮大衣，站起来望着纷飞的大雪，后来卷了一支烟抽，自己泡了一杯不冷不热的茶。他喝了一点，在床上睡着了，梦见在坟场碰到那个老人。老人问他："你为什么躲在这里？"雅柯夫用一把铁锤往他头上砸了一下。这是个噩梦，真叫他头疼。

他醒来时发现老人正盯着他。他的神经又紧张起来。

"有什么不好吗?"他问。

"不好的东西就是不好,"老人说,"不过,现在雪停了。"

"我睡觉时说过什么吗?"

"我没听到。"

天放晴了。是走的时候了。但老人用指头沾了水,然后解开他包上的麻绳,打开它,取出一条祈祷用的彩条大围巾。他从长袍口袋里拿出一个犹太人祷告用的袋子。

"哪一面是东方?"老人问道。

雅柯夫不耐烦地指着有窗子的墙。老人念了几句祷词,慢慢把一条彩带绕在他左臂上,另一条绕在眉毛上,轻轻地把带子扎在那结痂的伤口上。

老人用那又宽又大的祈祷用的围巾盖在头上,祝福它,然后在墙边祷告,前后摇动。雅柯夫闭着眼睛,在旁边等着。老人做完了早晨的祈祷后,就拿下围巾,小心叠好,把它放在一边。他解下那些彩带,吻着它们,然后收起来。

"愿上帝奖赏你。"他对雅柯夫说。

"我十分感激。可是,我们该走了。"雅柯夫穿着冷天的衣服,正冒着汗。

他请老人稍等片刻,便走下盖满白雪的楼梯,在马厩四周转转。院子里一片雪白,静悄悄的,窑顶上覆盖着雪。但几部大车虽然装了砖头,还没有开走。赶车的人仍在棚子里。雅柯夫急忙跑上楼梯,带了老人和他的包。他们匆匆穿过春雪,走到大门口。他领着老人下了山到公共车站。可是,当他们等车的时候,一部装有响铃的雪橇驶过去了。雅柯夫招呼它。那打瞌睡的赶车人答应把这个犹太老人送到波多尔区他要去的那条街。雅柯夫回到砖厂时，觉得自己好像度过了一个漫长的夜晚。他感到不舒服，心里有种说不出的沮丧。在返回马厩的途中，他碰到普罗斯柯兴冲冲地走过去。

雅柯夫走进宿舍时，突然觉得有人趁他跟老人外出时来过了。他仿佛感到室内的东西被动过，然后放回原处了，放得不太好。他怀疑是工头干的。马粪和烂稻草的臭味从马厩里冲上来。他赶紧找他的几件东西，可没发现丢掉什么。不论是室内的用具、他的几本书，还是锡罐子里的卢布，都没有少。他庆幸自己卖掉一些书并把那些小册子烧了。这是些历史书籍，但有些历史书是危险的。第二天，他听说在附近一个山洞里发现了一具尸体。后来，他怀着十分恐惧的心情读了报纸上的一篇报道：有个十二岁的男孩被可怕地杀害了。那小孩住在坟场附近的一间木屋里。尸体被发现时是坐着的。小孩的双手反捆在背后。他穿着汗衫，没有穿鞋子，一只黑色长袜子挂在他左脚上；撒在附近的是一件沾满血迹的外套，一顶学生帽，一条皮带和几本涂了铅笔字的笔记本。《基辅人》和《基辅之声》两家报纸登了死者基尼亚·戈洛夫的照片。雅柯夫认得这个人。他正是和他朋友一起被他赶出院子去的那个脸上有斑疮块的男孩。有一家报纸说那个男孩已死了一个礼拜；另一家报纸说是两个礼拜。警官检验他浮肿的脸和萎缩的身体时，发现死者被人用一支又尖又锐利的凶具刺了三十七个伤口。根据基辅解剖学院 Y.A. 查普洛夫教授的鉴定，那个男孩是被刀刺死的，血被抽光了，"也许是出于宗教的目的。"玛华·维拉第米洛芙娜·戈洛夫，被害者的母亲是个寡妇。她要求领回她儿子的尸体。两家报纸都登了她的照片。她把孩子可怜的脑袋压在自己胸口，痛苦万分，凄凉地哭喊着："告诉我，基尼沃斯卡，是谁把我的孩子搞成这样呀？"

那天晚上，河水溢出两岸，淹没了这个城市的下游地区。两天后，那男孩就在离他家只有几步远的坟场埋葬了。雅柯夫从马厩的窗口可以看到树上仍然披着四月的春雪。黑茫茫的人群在树丛和稀落的墓碑中走动着，其中有拿着拐杖的香客。当那男孩的棺木徐徐放进墓穴时，数百张传单飞上空中。传单上写着："我们谴责犹太人！"一个礼拜以后，基辅俄罗斯人联合会和双头鹰会的会员们一起，在男孩的坟墓上放了一个很大的木头十字架。雅柯夫从很远的地方望着它。据当天晚上的报纸报道，他们同时号召一切善良的基督徒行动起来讨伐他们的敌人——犹太人。"他们就要我们的生命和我们的国家！俄罗斯人民，可怜可怜你们的孩子们！为不幸的烈士报仇！"雅柯夫想，这太可怕了，他们要发动一次对犹太人的大屠杀。砖厂里，普罗斯柯炫耀他的皮围裙上黑色百人团的小徽章。第二天一大早，雅柯夫赶快跑到印刷厂商那里去拿他的假证件，可是他到那里一看，那家店早给烧光了。他就跑回宿舍，匆忙算算他的存款够不够到阿姆斯特丹去或者干脆就上纽约去。他收拾了几件东西，把工具包挂在肩上，准备下楼时，一大群人冲上楼梯。有个人自称是爱·比·波第安斯基上校——基辅秘密警察的头目。他满脸蓄着红胡须，带了几个其他官员，十五名穿着制服，胸前套着几圈白绳子的宪兵和一支队的警察、几个便衣侦探和两名区最高法院总检察长办公室的代表，总共大约三十人。他们拿着剑和上了膛的手枪，面对着正想逃走的雅柯夫。

"以尼古拉二世陛下的名义，"红头上校说，"我逮捕你。如果反抗，就叫你死。"

雅柯夫很快就承认他是个犹太人，但在其他方面，他是无罪的。

# 第三章

## 1

　　雅柯夫被关在区法院大楼下面一个天花板高高的、狭长的单人房间里。这是普罗斯基区商业区的一幢建筑物，粉刷的灰泥已褪色，显得有点凄凉。它距离卢基安诺夫斯基区的砖厂仅几俄里远。他处于无法解脱的痛苦之中。他不能忘却自己在两大队骑马的警察中间戴上手铐给押着走的情景。他们催他沿着雪橇滑过的积雪的街道快快走时，个个拔出马刀，马刺踢得叮当响。

　　他要求上校让他走在人行道上，免得太尴尬，可是不行。他们逼着他走到潮湿的街道中间。去上班的人们都停下来观望。起先，他们默默地看着，鸦雀无声，然后交头接耳，窃窃私语。有几个嘲笑他，但大部分人好像不知道这样游街示众是搞什么名堂。后来有个穿着制服，戴了顶蓝帽子，披着银扣子的大衣，把手指头举过头，像长了角一样的小学生在犯人背后的雪地上跳跃和喊叫："犹太鬼！犹太鬼！"这引起了一阵咕噜、叫喊和嘲笑。一小群人，包括几个妇女开始跟着他们队伍，嘲弄雅柯夫，骂得很难听，"犹太人，杀人犯！"他很想挣断手铐跑掉，可是他不敢。有个人对他砸了一块木头，但打到一匹马上，那匹马受惊疯狂地乱跑，踢起地上的雪，跑了好一段才给拉住。之后，那个戴着皮帽的上校，一个彪形大汉，举起他的马刀，才把群众驱散。

　　上校先把犯人送到秘密警察总部。那是坐落在小街上的一幢单层的棕色房子。经过一次长时间的吵吵嚷嚷的电话交谈之后——受惊的犯人坐在接待室里的一条长凳上被几个宪兵围着,他也偷听了他们谈话的一些内容——上校直接把雅柯夫带到区法院地下室的单人牢房去,两个手中握着马刀在走廊里巡逻的宪兵留在原地。雅柯夫在牢房里孤零零的,扭着手喊叫:"我的上帝,我自己究竟干了什么事?我落入敌人手中啦!"他用一只拳头捶胸,为自己的命运而哀号,预感到可怕的事即将发生。这一切也许将以被暴徒碎尸而告终吧。不过,他觉得只要他把为什么做了他做过的事说清楚,他马上会给释放的。这时,他突然抱着希望。他曾经愚蠢地冒充别人,希望这能给他创造"机会",结果却相反,他认识到那是个错误的机会。他为此付出了代价。假如他们现在就放了他,他也受够了罪。他还责怪自己的利己主义和可笑的野心,想想自己是个什么人,竟妄想将来会交上好运。他得到了一次教训。又是一次了。然后,他跳起来,大声叫着:"什么前途?"但没人回答。勤杂工给他送来茶和黑面包时,他虽然一整天没吃东西,可是一点也吃不下。日子一天天地过去,他经常呻吟,用两只手撕着头发,不停地把头往墙上撞。一个宪兵看到他这样,就严禁他再这样做。

入夜,雅柯夫坐在地板上一张很薄的垫子上,一动也不动。他听到走廊里的脚步声,那不过是替两个宪兵换岗的一个武装卫兵在来回踱步的声音。雅柯夫匆匆站起来。一个中等身材的人拿了一顶黑帽子和一件皮大衣,沿着灯光昏暗的走廊赶到乌黑的囚室来。他命令卫兵打开囚室的门,把他和犯人锁在一起,然后走开。卫兵犹豫了一下。那个人耐心地等着。

"我受命在此守卫,不得走开。假如这对你是同样适用的话,"卫兵说,"总检察官说不能让这个犹太人离开我的视线,因为这是一件极其重要的案子。他的助手是这样对我说的。"

"我到这里来办公务。需要你的时候，我会叫你。你在走廊门外等一下。"

卫兵勉强地开了囚室的门，把那个人跟雅柯夫一起锁上就走开了。他看着卫兵走了，才从大衣口袋里取出一支残烛，点亮了它，把它放在一个盘子上的湿蜡之中。他手里端着烛盘，打量了雅柯夫好一会儿，才把盘子放在囚室的桌子上。他在亮光下发觉自己有点受凉，就把皮袄拉紧。"我总免不了受凉。"他戴着一副夹鼻眼镜，胡子乌黑，脖子上围着厚围巾。雅柯夫立正，笔直地站着，内心很恐惧。那个人面向着他，用沉着而洪亮的声音自我介绍：

"我是 B.A. 比比柯夫，特别要案的调查官。请你自我介绍一下吧！"

"雅柯夫·斯帕索维奇·鲍克。阁下，我愚蠢的错误并没什么特别的地方。"

"你不是雅柯夫·伊凡诺维奇·多罗古雪夫吗？"

"那是个很笨拙的骗局，我马上就承认了。"

比比柯夫正一正自己的眼镜，默默地看着他。他举起蜡烛点了一支烟，然后改变主意，放下蜡烛，把香烟塞进口袋。

"老实告诉我，"调查官用严厉的声调说，"你杀害了那个不幸的小孩吗？"

雅柯夫觉得像晴天霹雳一样，眼前黑糊糊一片。

"绝对没有！绝对没有！"他嗓门嘶哑地喊道，"我怎么会杀害一个无辜的小孩呢？我怎么会做出这种事呢？我多少年来盼望自己有个孩子，可是我的命不好，我的妻子不会生小孩。退一步说，至少我心里想我是个父亲。如果这样，我怎么会杀害一个无辜的小孩呢？这种事，我想都不敢想，我宁愿自己去死。"

"你结婚多久啦？"

"五年至六年，不过实际上，现在我并没有结婚，因为我的妻子离开我了。"

"是这样吗？她为什么离开了你？"

"简而言之，她不忠实。她跟一群陌生人跑了，所以我今天才坐牢房。假如她没有跑掉，我早就待在我原来待的地方了。那就是说，待在我出生的故乡。此刻，我也许正坐下来吃晚饭，如同以前一样，但也可能不如以前好。太阳一下山，我不管有没有赚到钱，总是一直朝家里跑。现在想起来，那个地方并不坏呀。"

"你不是从基辅来的吗？"

"不是那个城市，是乡下。我的妻子离开我几个月后，我才离开故乡。从去年十一月，我一直待在这里。由于当时的特殊情况，我觉得实在待不下去了。当然还有别的原因，那可是我最烦恼的呢！"

"什么别的原因？"

"我非常厌倦我的工作，实际上我没工作可做。而我希望碰上点小运气，去受点教育。人家说美国有些学校，成年人可在晚上学习。"

"你想移居美国吗？"

"阁下，这是我的一个想法。我有许多这样的想法，可是结果都没有实现。总之，我是沙皇忠诚的臣民。"

调查官又从口袋里摸出那支烟点着了。他默默地抽烟，站在桌子的另一边，不断打量着雅柯夫在烛光下苦恼的面容。

"你被捕时，我从你的物品中看到几本书，其中有一卷哲学家斯宾诺莎著作的选读。"

"不错。阁下，我可以把它拿回来吗？我也担心我的工具丢了。"

"如果你不被人家起诉，到一定的时候可以拿回来。你熟识斯宾诺莎的著作吗？"

"也许能这么说，"雅柯夫说着，好像给这个问题怔住了，"我虽然读过这本书，可我一点也不懂。"

"他的书对你有什么影响？让我先问你，你为什么对他有兴趣？是不是因为他是个犹太人呢？"

"不是，阁下。我第一次见到这本书时，根本不知道他是什么人，干什么的。假如你读了他生平的故事的话，你会知道他在犹太教堂里并不受欢迎，我是在附近小镇上一家废品店里找到这本书的，花了一个戈比就买来了。我还骂自己白白浪费了艰苦挣来的钱。后来，我读了几页，就继续读下去，好像有股旋风在背后推着我。正如我所说的，我对书中的内容一个字也不懂。但如果你碰上这样的思想，你会觉得自己好像给魔鬼迷住了。读过之后，我就不是老样子了。这当然是说说而已，因为从青年时代到现在，我没多大改变。"

虽然他对答如流，但是跟俄国官员谈论一本书确实使他惊慌。雅柯夫想：他在考我。诚然一切都说了，一切都做了，问问一本书总比问问被害的小孩的事好得多。我要说真话，但要讲慢一点。

"请说一说你认为斯宾诺莎著作的内容是什么，好吗？换句话说，如果这是一部哲学书，它阐述了些什么呢？"

"说来并不容易，"雅柯夫抱歉地说，"事实是：我是个半无知的人，另一半是半受教育的人。虽然我特别用心，可我忘了许多东西。"

"我一定告诉你我问你的原因。我问你，因为斯宾诺莎是我喜爱的哲学家之一，我对于他对别人的影响感兴趣。"

"既然是这样，"雅柯夫说，好像轻松了一点，"我告诉你，根据各章不同的题目，全书讲的也不同，虽然它们有内在联系。但我认为这本书的主要思想是他自己要锻炼成一个自由的人，按照他的哲学，尽可能的自由——假如你明白我的意思的话——要看透事物的本质，把各种事物联系起来，假如你赞成这么说的话，阁下。"

"这个方法并不坏，"比比柯夫说，"研究人，而不是研究他的作品。但你应该对他的哲学作一点解释。"

"天晓得我能不能解释，"雅柯夫说，"也许主和大自然是同一的。人，不论是穷是富，也是一样的。如果你晓得人的心灵是主的一部分，那么你就跟我一样了解它。在那种情况下，如果主想到你，你就是自由的。如果是这样的话，你会知道的。同时，麻烦的是你又受大自然的约束，由于主就是大自然，主并不认为受大自然的约束。还有一样东西叫命运，尽管没有人需要它，它总在那儿，所以人们不得不跟它搏斗。在犹太人居住区，主双手捧着律法到处跑，但是另一位主虽然占了更多的地方，却又没什么干的。不管你最后信仰哪一个，如果你没有工作，世界上也不会有多大变化。关于命运，就说这么多。我也想到：这意味着生命毕竟是生命，没有理由把它赶进坟墓。要么他的书就是这样讲的，要么是我不了解它所说的。"

"假如一个人受命运的束缚，哪里来的自由呢？"

"自由就在你的思想之中，阁下，如果你的思想是属于主的。那就是说，你是否相信主，是否懂得他的道理。这正好像一个人驾着理智的翅膀飞过自己的头顶或者诸如此类的事情。你和宇宙融化在一起，就忘了一切忧虑。"

"你相信那样做，人能自由吗？"

"有一点儿。"雅柯夫叹口气说，"这听起来很好，可我的经验有限，我在小镇以外的地方待的时间不多。"

调查官笑了。

雅柯夫窃笑了，但他抑制住自己。

"你所描述的这个东西是否叫真正的自由？你可以说说没有政治上的自由，一个人可以自由吗？"

雅柯夫想，说到这里，我最好小心谨慎点。政治毕竟是政治。当你不得不谈及政治时，火上浇油是没有用的。

"我确实不懂。阁下，一半是这样，一半是那样。"

"一点不假。有人可以说在斯宾诺莎心里，自由的概念不止一个——从哲学方面来说有关于命运的问题；从实际方面来说有关于国家的问题，那就是说在政治和政治行动的范围来说，斯宾诺莎承认某种政治选择的自由，就跟有选择思想的自由一样。至少，这是可以这样想的。他也许觉得国家的目的——政府——在于保证有理性的人的安全和相对的自由。这就是准许他尽他最大的所能去思考。他也认为参加社会生活的人比像他自己那样离群索居的人要自由些。他认为社会上一个自由的人应该积极致力于增进他的同胞的幸福和知识上的解放。"

"阁下，假如你这么说，我想是符合事实的。"雅柯夫说，"但从我自己来说，你所说的是值得考虑的。尽管你是贫穷的，你的时间都花在别的事情上，那我就用不着说了。你让那些能思考的人去为政治上当权与不当权的事操心。"

"唉，"比比柯夫叹息着。他一口一口地猛喷着烟，没有说话。牢房里寂静了一会儿。

我说错了什么吗？雅柯夫胡思乱想。有时候你开口多说是徒劳无益的。

调查官又说话了，他的声音听起来又像个搞调查的官员，调子干巴巴的，十分客观。

"你听说过'历史的命运'这个词组吗？"

"从我所能记得的来说，没听说过。我也没这么想过，也许我能猜出它的意思。"

"你有把握吗？你读过黑格尔的书吗？"

"我连他的名字都不知道。"

"卡尔·马克思呢？他也是个犹太人。不过，做个犹太人并不那么幸运。"

"我也不知道他的名字。"

"你说，你有自己的哲学吗？如果有，究竟是什么呢？"

"如果有的话，不过是很皮毛的。我只不过刚刚读了一点，阁下。"他抱歉地说，"如果不怪我这么说的话，我如果有什么哲学，那就是说生活该比现在好些。"

"但是，假如不搞政治或通过政治来搞，生活怎么会好起来呢？"

这一定是个圈套，雅柯夫想。"也许增加一些就业机会吧！"他支支吾吾地说，"别忘了，好运气会来到人们中间。我们大家应该理智一点，否则就会越搞越糟。"

"好吧，这至少是个开端，"调查官沉着地说，"你应该进一步阅读和思考。"

"一离开这里，我一定这样做。"

比比柯夫看起来有点窘。雅柯夫觉得他好像使他失望了，但他不知道是什么原因，也许是模棱两可的话谈得太多。假如也考虑你其他天生的不足之处，就可以知道当你碰上麻烦事的时候，要说清问题是不容易的。

过了一会儿，调查官若无其事地问道："你的头是怎么碰伤的？"

"在晚上，是在绝望中撞伤的。"

比比柯夫把手伸进口袋，将他的烟匣递给雅柯夫说："来一支吧，是土耳其香烟。"

雅柯夫虽然不会抽烟，为了不冒犯这位大官，只好抽了一支。

调查官从大衣口袋里掏出一张叠好的纸和铅笔摆在桌子上说："我留下这张调查表给你。因为你在警察局里没有材料，所以我们需要了解有关你的简历以及更多的详细材料。你回答了每个问题，签好名后就叫卫兵来，把表交给他。你说的每件事都要准确无误。我把蜡烛留给你。"

雅柯夫目不转睛地看着那张表。

"我得赶快走了。我儿子发烧，妻子发疯了。"调查官扣上皮大衣的扣子，戴上镶着宽边的黑呢帽。那帽子看起来比他的头大。

他对犯人点点头，温和地说："不管发生什么事，你一定要坚忍不拔。"

"我的天呀，会发生什么事呢？我是个无罪的人。"

比比柯夫耸耸肩膀说："这是件棘手的事。"

"怜悯我吧，阁下。我一生够苦的了。"

"怜悯是对主而言的。我按法律办事。法律会保护你的。"

他把卫兵叫来就离开了囚室。当牢门正上锁时，他就赶快走出灯光暗淡的走廊。

雅柯夫顿时强烈地感到失去了什么。

"你什么时候回来呀？"他在比比柯夫背后喊道。

"明天。"远处的门关了。脚步声消失了。

"明天是漫长的。"卫兵说。

2

第二天，一个新来的卫兵打开了囚室的门锁，对雅柯夫进行了彻底的搜查。这是他醒来后的第三次了。他用一个带有短而粗手链的重手铐将他铐得紧紧的。有两个别的武装卫兵在场，一个咒骂他，用手枪推着他，把他半死不活地弄上两排狭窄的吱吱作响的木楼梯，一直押到那位调查官的办公室。在巨大的接待室里，几个穿制服的书记员坐在长桌子旁边，手里拿着蘸水的笔在纸上画着。他们怀着强烈的兴趣望着他，然后互相看了一眼。雅柯夫被带进一间棕色墙的小一点的办公室。比比柯夫正站在一个敞开的窗子旁边，前后挥动着手，驱散香烟的烟雾。雅柯夫进去时，他迅速关了窗子，在一张长桌前的椅子上就座。房间里有一张又笨又大的书桌，几个摆着厚厚书籍的书架和两盏有绿色大罩子的灯。角落里有张小圣像。墙上挂了一张沙皇尼古拉二世的深棕色的大照片。沙皇佩戴勋章，头发油光发亮，眼睛不满地盯着雅柯夫。这张照片增加了他的不安。

房间里唯一的另一个人是比比柯夫的助手。他是个三十开外的人，脸上有丘疹块，胡须稀稀拉拉，小下巴隐约可见。他坐在那张桌子短边的一侧，紧靠着调查官。雅柯夫受命在另一侧就座。三个押他来的卫兵按照调查官的要求，在接待室里听候吩咐。他勉强地看了一下犯人——雅柯夫想，几乎是令人厌恶地，在他面前一堆公文里找来找去，抽出厚厚的一份，逐页地翻阅着。他低声跟助手说了几句。助手正从一个大黑墨水瓶里把粗钢笔灌满墨水，然后用一块沾了墨迹的抹布把笔尖擦擦，很快就在一个笔记本上写起来。

比比柯夫看起来又疲倦又不安，好像从昨天晚上起变了个人。雅柯夫一时神经过敏地怀疑他是否是同一个人。他的头大大的，前额宽大，长了一头开始发白的头发。他念公文时，轻轻地咬着薄薄的下唇，然后放下公文，往他的夹鼻眼镜吹吹，小心地调整一下，再汲一口杯里的水。他用冷冰冰的声音说话，隔着桌子和雅柯夫打招呼说："我现在给你念一部分尼古拉·马克西姆莫维奇·利比德夫的证词。他是卢基安诺夫斯基区的工厂老板，那就是说，他的工厂是在卢基安诺夫斯基区——"之后，他改变了官腔，平心静气地说："雅柯夫·斯帕索维奇·鲍克，你的处境不妙啊，我们一定要把事情弄清楚。先听听证人利比德夫的声明吧。他说你从一开始就有意欺骗他。"

"这不是事实，阁下。"

"等一会儿，请你自制。"

比比柯夫拿起文件，翻到里面一页就大声念道：

"尼·利比德夫说：据我所知，他叫雅柯夫·伊凡诺维奇·多罗古雪夫。虽然他偶然地帮了我个人一个大忙——为此，我慷慨地酬谢他，我女儿最周到地款待他——可是，他并不是个老实人，更准确地说，他是个骗子。他出于某些明显的原因，对我隐瞒了真相。他隐瞒得很好，因为只要我知道我现在知道的情况，就绝不会雇他做事。尽管他企图隐瞒，他实际上是那个犹太国家的人。我坦白地说，当我问起他有关《圣经》的问题时，我看出他的狼狈相，感到又怀疑又吃惊。在回答我关于他是否有阅读《圣经》习惯的问题时，他说他只熟识《旧约全书》。而当我继续给他读一些《新约全书》，特别是'山上训诫'的名诗时，他的脸色大为苍白。

"调查官问：还有什么吗？

"尼·利比德夫说：当他第一次讲出他的名字时——就是说他的假名，那时他还不能熟记这个假名——我也注意到他有一种古怪的犹豫的结结巴巴的现象。我用不着说，阁下，这是不适合他那犹太人的舌头的。不仅如此，作为外表上看来很贫穷的人，他对接受我慷慨提供他在我的砖厂一个职位时表现得非常勉强，我就更怀疑他了，因为我宣布他住在厂里马厩上面的房间这件事时，他好像很不安。他要为我做事，但又很害怕，当然是这样。他为此而烦恼和紧张，不停地舔舔嘴唇，避开人家的目光。由于我身体有点不舒服——我的肝使我吃苦头，我一度上气接不上下气，我需要一个工头，住在办公室里照管我的生意是否有条不紊地在进行。尽管如此，自从我突然生病，瘫倒在雪地上，这个犹太人助我一臂之力以来，我就对他没什么怀疑了，所以我给他提供了一个职位。我相信他在接受我无意中给他的机会时是十分清楚的：卢基安诺夫斯基区是神圣的领土，不许犹太人居住。据我所知，除非对皇室特别效劳的人才行。我想就是这个原因，他不想把他的证件交给我，怕我会把它送交区警察局。

"调查官问：你向他要过证件吗？

"尼·利比德夫答：没有直接向他要过。是的，也许我向他要过一次。他对我找了一些犹太人可疑的借口等等，之后由于我身体欠安，我忘了再提醒他。假如我提醒过他，他反对我的要求，我早就会命令他滚出我的工厂。阁下，我是个慷慨而宽厚的人。可是我决不会容忍我的工人中有个犹太人。如果你愿意的话，请注意我大衣翻领上的标志。我想它是这个人傲慢的见证，他在我面前并不因它而丧失勇气。我是双头鹰协会的前任文书，这个情况可供你参考。"

调查官放下公文，拿掉眼镜，然后擦擦眼睛。

"你听过证词了，"他对雅柯夫说，"我也读了你填的调查表，熟悉你的回答。但是现在，我要求你对证人利比德夫的证词发表意见。证词的内容正确吗？回答时请小心一点。这虽然不是一次审判，却是一次警察的调查，看看起诉案件是否可以批准。"

雅柯夫激动地站起来说："阁下，我对法律懂得不多。要正确地回答'是'或'不是'，常常不是那么简单的。你可以让我请个律师帮忙出主意吗？假如警察把我的钱还给我，我还可以花几个卢布去请个律师。"

"假如一个人讲老实话，'是'和'不是'都不成问题了。关于请律师的事，目前这个阶段是不可能的。按我们的法律制度，起诉先进行。经过预审后，调查官和检察官进行磋商，如果嫌疑犯有罪，就起草一份起诉书，然后送给区法院，由那里的法官们确认或否定。被告人收到关于起诉书通过的通知后，就可以开始辩护。起诉书也给他本人一份。在一周左右，也许多一点时间，被告可选择辩护人并通知法院。"

"阁下，"雅柯夫大声叫道，"假使一个人并不像人家说的那样干了坏事，他是无罪的，这究竟该怎么办？这些事我脑子里觉得很混乱。一会儿，我认为这是一清二楚的，我们所谈论的'罪'是很小的，你可以说只不过是个错误吧。一会儿你那么说真叫我吓得发抖。我有小罪过，为什么有人控告我犯了'大罪'呢？如果我对人说了假名字，这就意味着应当起诉吗？"

"究竟应该是怎么回事，到了一定的时候，我们一定会知道的。"

雅柯夫深深地叹了一口气，然后坐下。他戴了镣铐的手在大腿上面颤动着。

"我已经要求你对证人利比德夫的证词发表意见。"比比柯夫说。

"阁下，我向你担保，我不怀坏主意。我做了错事是勉强的，不情愿的，甚至尼古拉·马克西姆莫维奇也承认这一点。事实是：我发现他醉倒在雪地里，作为一种酬谢，他给了我一个我没有要求的职位。我可以拒绝，我是拒绝了一两次，但我的钱花得很快，我得付房租等等。我找工作都找疯了。没有事干，我的手就发痒，所以，最后我接受了他给我的差事。他对我起先干的油漆和糊墙纸的活表示满意。他也跟我说过，我是砖厂的好工头。我每天晚上三点半就起床，去检查装车的情形，好像他说过一次，他说过不止一次。你自己问他，阁下。"

"不错。但你不是告诉他你自己起的假名字吗？事实上，那是个非犹太人的名字吧？我认为这决不是偶然的，对不对？这是你有意干的，是不是？"

调查官用力地把脸往前伸。这就是那个自称赞赏斯宾诺莎的人吗？

"我承认，这是我的错误，"雅柯夫说，"我告诉他我的第一个名字，是我脑子里偶然闪过的。我并没周密考虑，阁下，那成了一个人的不幸。当你面临着棘手的境况时，是很难考虑后果会怎么样的。多罗古雪夫是我们家乡附近一个杀猪的农民：事实上，我确实不要住在砖厂里面。住进去后，我太烦恼了，常常睡不着。尼古拉·马克西姆莫维奇提到我害怕接受他关于住到马厩里去的建议。他在你刚才读给我听的证词中自己这么说的。我问过他是否可以住在波多尔区，走路来上班，但他不同意。我不得不住在那里。换一句话说，开始时这并不是我的主意。他说他要看我的通行证，他记错了。也许他曾想这么做，可他没这么做。他是个忧郁的人，有时头脑糊里糊涂的。我发誓，他从来没有要求我这么做。假如他这么做，这件事当时当地就了结了。我也早就会想到暴露了身份，一切都完了而回老家去。这会省去我许多麻烦。”

“还有，你完全知道住在卢基安诺夫斯基区是不合法的，却真的在那里住过吗？”

“阁下，诚如你所说的，住在那里是不合法的，但我不想丢掉那个职业。我盼望着我的生活比以前好一点。”话音里，他开始为自己辩护，但注意到调查官咬着嘴唇，板着脸孔看他，他就中断讲话，看看自己的双手。

“在调查表里，”比比柯夫摸摸他的眼镜，察看另一份文件，然后说，“你说你的出生和民族是犹太人。我感到你有点保留。如果是这种情况，那是什么意思呢？”

雅柯夫沉默了一会儿，然后不舒服地抬起头来说：“我那么写的意思是：我不是信教的人。我年轻时是个教徒，后来失去信仰了。我想昨天晚上我们谈话时，我已经提到过了，也许我没提到。总之，我的意思就是这样。”

“那是怎么回事呢？我指的是你怎么失去宗教信仰的。”

"我虽然不大想得起来，我想可能不止一个原因。在我一生中，我对自己走过的道路考虑了很多。一个想法接着一个想法。我想出一个主意，两分钟内第二个主意又取代了第一个主意。阁下，正如我跟你说过的，我各处读一点，懂了一些我以前不懂的事。这一切都凑在一起了。"

调查官在椅子上往后靠了一靠。"你碰巧没有按一定仪式进行洗礼吗？如果有的话，对你也许方便一点。"

"哦，没有。阁下，一点也没有去洗礼。我的意思是说，我是个自由思想的人。"

"我明白。不过，作为一个有自由思想的人，他应该懂得怎么思想。"

"我尽我的最大努力。"雅柯夫说。

"你认为自由思想的人是什么意思？"

"一个自己决定信不信教的人。也许他又是个不可知论者。有的人信，有的人不信。"

"你认为这些凑起来就是你不信教的简历吗？"

我的天呀，我说了些什么？雅柯夫想。我最好把事情化小，不然就等于给自己挖掘坟墓，他们会把我推下去的。

他赶快说："阁下，这正如你说的，如果说真话，'是'和'不是'，就恰到好处。我是说了真话的。"

"我们不必把事情复杂化。"比比柯夫从杯里呷了一口水，"法律上，你是个犹太人。即使你变来变去，帝国政府还是认为你是个犹太人。你的通行证上也是这么写的。我们关于犹太人的法律对你是适用的。尽管如此，如果你以做犹太人为耻辱的话，你为什么不合法地放弃信仰犹太教呢？"

"阁下，我并不感到耻辱。也许我常常不喜欢我所看到的一切。正如俗话说的，犹太人有各种各样。假如我去为那个人感到耻辱，那也是对我自己感到耻辱。"他说到这里时，脸色变得深沉了。

比比柯夫兴致勃勃地听着。他眼睛朝下望望他的记录，然后眯着眼睛抬起头来看。他的助手伊凡·西姆欧诺维奇对他的话反应很快，常常流露出跟调查官同样的表情，从他坐的地方望着记录，身子有意识地向前伸着。

"请绝对老实地回答我，"调查官严肃地说，"你是个革命者吗？是理论家还是活动家？"

雅柯夫觉得他的心在剧烈地跳动着。

"阁下，你的公文里什么地方这么说的吗？"

"请回答我的问题。"

"不，我不是。主不允许我这么做。如果你明白我的意思，你就知道这是我办不到的。这不是我的本性。要说我是什么人物，我是个爱好和平的人。'雅柯夫，'我时常对自己说，'世界上暴力事件太多了，假如你识时务的话，你最好不要卷进去。'这对我不合适，阁下。"

"你是个社会主义者或哪个社会主义政党的党员吗？"

雅柯夫犹豫了一下。"不是。"

"你敢肯定说不是吗？"

"我向你担保。"

"你是个犹太复国主义者吗？"

"不是。"

"你属于什么政党吗？这包括犹太人的政党。"

"一个也不是，阁下。"

"很好。伊凡·西姆欧诺维奇，这些回答你都记下来了吗？"

"是的，先生，每个字都记下来了，全部都记下来了。"脸上长着丘疹的助手说。

"好的。"比比柯夫心不在焉地抓抓他的胡子说，"现在，还有一件事我要问问你。等一等，我找一下公文。"

"对不起，我不想打断你的讲话，"雅柯夫说，"可我想让你知道我离开家乡时，我的通行证上盖了'准予通行'的印戳。我到基辅时，即我到达后的第二天（我碰巧是晚上到的），第二天，我就带了通行证到波多尔区警察所的通行证处去，在那里也盖了章。阁下。"

"这都记下来了。我已经核对过你的护照，你说的内容是正确的。不过，这不是我要提出的问题。"

"阁下，请原谅，只是在卢基安诺夫斯基区我没有登记。这就是我所犯的一个错误。"

"这一点也记下来了。"

"请别见怪，我要说，我曾在俄国军队里服务了一段短时间。"

"记下来了。很短的时间，还不到一年。你是因为生病而退伍的，不是吗？"

"也因为仗打完了。当时，要那么多士兵并没什么用处。"

"你得了什么病？"

"气喘病，断断续续的。我可不知道下一次什么时候会复发。"

"你还受这个病折磨吗？"调查官健谈地说，"我问你，因为我儿子也有气喘病。"

"总的来说，是好了，不过，有时碰上刮风的日子，我感到呼吸困难。"

"你的病好了，我很高兴。现在，请允许我继续谈下一个题目。

我来念念基娜依达·尼古拉耶夫娜·利比德夫的证词。她是个未婚女子，现年三十岁。"

这简直太可怕了。雅柯夫握紧着手想，这件事闹到什么地步才能了呀！

门开了。两个官员踱步走进房间时，调查官和他的助手抬头看看。一个穿着戴金色肩章的红蓝色制服的就是那个逮捕雅柯夫的军官波第安斯基上校。他是个老于世故的人，脸上有束剪短的红胡子。另一个是检察官格鲁贝索夫，基辅最高法院检察官。那天早上，他下牢房去看见雅柯夫，一句话也不说。雅柯夫靠着墙呆呆地站着。五分钟以后，检察官走开了，雅柯夫吓得直冒冷汗。

格鲁贝索夫把一只有带子的破公文包放在桌子上。他身体发胖，满脸横肉，两腮胡须，浓眉大眼。脖子上一团肥肉衬着挺括的领子。领口下别着一个黑色的蝴蝶结。他穿着一套黑色西装，里面穿着一条不干不净的黄背心。他看起来有点难以抑制的兴奋。雅柯夫害怕极了。

比比柯夫的助手马上站起来鞠个躬。调查官向雅柯夫使了个眼色，雅柯夫赶快站起来，一直站着。

"早上好，维拉第斯拉夫·格里戈里耶维奇，"比比柯夫有点慌张地说，"早上好，波第安斯基上校，我正在审问嫌疑犯。请坐下吧！伊凡·西姆欧诺维奇，请把门关上。"

上校用手指头摸摸小胡子。检察官无所事事地微笑着，点点头。调查官挥手叫雅柯夫坐下，雅柯夫摇摇晃晃地坐回他的位子。两个官员打量着他。检察官再次目不转睛地望着他，好像估量他的健康状况，他的体重和精力，这使他不寒而栗，仿佛他是动物园里供人参观的一只新到的动物。但是，上校根本不把他放在眼里，好像他不存在似的。

他真不耐烦了，希望他自己不存在。

比比柯夫念到手中公文打字的第一页一半的地方，然后接连翻了几页才抬起头来看看。

"唉，我找到了，在这儿。"他清清嗓子说，"这是最重要的证词：基·尼·利比德夫说：我一开始就觉得他在某些方面与众不同，或者说有点古怪，但搞不清怎么会这样。否则，我决不会跟他有任何联系，这一点，你可以相信我。在我看来，他有点外地人的样子，但我对自己解释说，因为他是乡下来的，明显地缺乏教育，修养不够。我只能说，虽然他在我父亲跌倒在雪地里时帮助了他，我确实很感激他，但总的来说，我在他面前是不舒服的。后来我就讨厌他，因为他企图强奸我。我坚定地跟他说，我绝不希望再看到他——"

"这不符合事实，我没有强奸她，"雅柯夫半站起来说道，"这一点也不真实。"

"请别……"比比柯夫说着，惊奇地盯着他。

"安静！"波第安斯基上校说，用拳头猛敲了一下桌子，"快给我坐下！"

格鲁贝索夫用他的指尖咚咚地敲着。

雅柯夫匆忙坐下。比比柯夫尴尬地望着上校。他严厉地对雅柯夫说："请你要自制，这是一次法律调查。我继续念下去：调查官问：你想控告他要强奸你吗？

"基·尼·利比德夫说：我肯定他有意要强奸我。到这个时候，我才开始怀疑他可能是个犹太人。但我一发现他肯定是犹太人，就大声地喊叫起来。

"调查官说：请说说你所指的你发现他'肯定是'，是什么意思？

"基·尼·利比德夫说：他——我发现他像犹太男人那样割了包皮。我禁不住看了一下。

"调查官说：基娜依达·尼古拉耶夫娜，你镇静一下继续说下去。你也许有点尴尬，不过，最好还是讲真话。

"基·尼·利比德夫说：他知道我是不会让他得寸进尺的，就离开房间了。那是我最后一次看到他。感谢我主。

"调查官说：如果你原谅我问一句的话，那是否说，实际上并没有强奸？他没有碰你或企图这样做吗？

"基·尼·利比德夫：你可以那么说，但事实毕竟是事实，他自己脱光了衣服，他的企图是跟一个俄罗斯女人发生关系。那是他所希望的，否则他就不会脱了衣服，全身一丝不挂。我肯定地说，你是不会赞成那种行为的，阁下。"

"调查官说：没有人表示和暗示赞成你的行为或他的行为吗？基娜依达·尼古拉耶夫娜。事后，你将这意外的事件告诉你父亲尼古拉·马克西姆莫维奇没有？

"基·尼·利比德夫说：我父亲的身体一直不好，自从我可怜的母亲去世以后，他的精神也不好。而且他唯一的哥哥一年前又因患病久治无效去世了。所以，我不希望给他精神上再受打击。否则，他一定会用马鞭抽打这个犹太人。

"公文上写着：说到这里，证人放声大哭。"

比比柯夫放下公文。

"现在请你说说，"他问雅柯夫，"你是否企图把自己的意志强加给基娜依达·尼古拉耶夫娜？"

伊凡·西姆欧诺维奇用桌子上一个大瓷罐给调查官的杯子倒满了水。

"绝对不是,阁下。"雅柯夫急躁地说,"我在楼上房间干活时,她两次请我跟她一起吃饭。最后一个晚上——我干完油漆活的那个晚上,她请我到她卧室里去。也许我是不该去的,现在看来这是很明显的。可是,如果你考虑一个人的本性,这么做并不是件怎么难的事。不管怎么说,我有怀疑。我一看到她身子不干净,我就走了。阁下,请原谅我这么说。这是千真万确的事。从现在到主的最后审判日,我可以受审查,可是,不会比我现在说的更真实的了。"

"你所说的'不干净'是什么意思?"

雅柯夫觉得心慌意乱。"讲了这样的事情,实在对不起。但是,一个人碰到麻烦,他只好自己申辩。事实是:她刚好有月经。"

他举起戴镣铐的双手擦擦脸。

"接近俄罗斯女人的任何犹太人,都应该给绞死。"波第安斯基上校说。

"她说明过她当时是这种情况吗?"格鲁贝索夫说话有点迟钝。

"我看到她的血,阁下。请原谅我,当时她用一块布在洗自己的身子。"

"你看到她的血?"检察官挖苦地问道,"那么这对你这个犹太人宗教上有什么意义呢?你知道中世纪时,据说犹太男人有月经吗?"

雅柯夫看着他,又惊讶又惧怕。

"我可一点也不知道那些事,阁下。不过,我看是不可能的。还是谈谈基娜依达·尼古拉耶夫娜·利比德夫吧。她的情况对我来说意味着干那种事对我们任何一方都没有好处。诚然,我太笨了,起先不应该同意到她房间里去。我一干完活,早该回家去了,不应该被一桌摆满了各种食品的宴席所引诱。"

"说一说在卧室里发生的事,"比比柯夫说,"请你在这个问题上谈谈，不要扯得太远。"

"没发生什么事，阁下。我用我的生命发誓。这正如我说过的，也是你刚才念过的公文里那个少女所说的。我尽快地穿好衣服就走了。我向你保证：那是我最后一次看到她。相信我吧，发生了这样的事，我很抱歉。"

"我确实相信你。"比比柯夫说。

格鲁贝索夫大吃一惊，盯着调查官。波第安斯基上校在椅子上移动一下，感到不舒服。

比比柯夫好像在为自己辩护。他说："我们发现了两封经过证人证实是他们亲手写的信。一封是尼古拉·马克西姆莫维奇写给雅柯夫·伊凡诺维奇·多罗古雪夫的信，赞扬他作为利比德夫砖厂的工头，工作勤奋。另一封是他的女儿基娜依达·尼古拉耶夫娜用一张蓝色香信纸写给雅柯夫的信，邀请嫌疑犯到她家里找她。信中并说明此信是经过她父亲许可的。这两封信，我档案里都有。这是基辅市警察局的柯里姆津上尉在砖厂办公室发现后交给我的。"

上校和检察官无精打采地坐着，像雕像一样。

调查官又对雅柯夫说："我从少女写信的日期推测：信是在你刚才说的事件之后写的，对吗？"

"对，阁下。当时我正在砖厂做事。"

"你没有按她的要求回信吗？"

"没有。我没有回信。我心里琢磨着：我已经招惹了一大堆不必要的麻烦，我无意再招惹更多的麻烦。俗话说，如果你怕洪水，就离水远一点。"

"她后来非正式地对我说的话，"调查官说，"证实了你的声明。所以，考虑到当时的情形——这并不意味着我赞赏你的行为，雅柯夫，我想提交检察官，建议不控告你妄图强奸女性的行为。"

他转向他的助手。助手点点头，赶快记下来。

检察官气得长满胡须的两腮发红。他拿起公文包，推开椅子，吵吵闹闹地站起来。波第安斯基上校也站起来。比比柯夫伸手去拿茶杯，不慎把杯子打翻了。他跳起来，用手帕轻轻地抹去流在桌上的茶水。伊凡·西姆欧诺维奇感到惊慌，连忙帮助他把公文收起来，将弄潮的那些公文擦擦干。

格鲁贝索夫和波第安斯基上校两个人不吭一声，绷着脸踱步走出房间。

调查官抹干了桌上的水，就坐下来一直等到伊凡·西姆欧诺维奇把公文擦干了，分好类才拿起他的记录，清清嗓子，用洪亮的声音继续问雅柯夫。不过，他对发生这意外的事有点尴尬。

"雅柯夫·鲍克，我们有法律，"他严厉地说，"反对你们那些正统教徒和异教徒不使用出生正式记录上的名字，而伪造或假冒别人的名字。那就是说：出于一种欺骗或其他的目的而这样做。但是，本案件尚未发现伪造或假冒的文件，目前也没有你以前相同的犯罪行为的记录，这一次我就宽恕你，不予追究责任。不过，我个人觉得，正如我已经告诉你的那样：你的欺骗行为是与法律不相容的。只是出于最大的幸运，这才没有发展成为应当受到更严厉申斥的行为——"

"阁下，我衷心感谢你。"雅柯夫用手指擦擦眼睛。

调查官继续说："无论如何，我将请求法院控告你擅自居住在禁止犹太人居住的一个区里。当然，在某些情况下是可以例外的，但这无论如何不适用于你。这方面，你没有遵守法律。这算不了什么大罪，但你将受到控告并判以轻罪。"

"阁下，我会给送进监牢吗？"

"恐怕是这样。"

"唉，在监牢里会关多久？"

"不太久——至少一个月吧，也许短一些。这决定于法官对你的判决。这给你一次教训，你确实需要这样的教训。"

"我还得穿上犯人的衣服吗？"

"你将和其他犯人一样对待。"

有人敲门。一个穿制服的信使走进来。他交给伊凡·西姆欧诺维奇一封信。伊凡立即传给比比柯夫。

调查官把信封拆开，他的手有点发抖，他念了手写的字迹，慢慢地揩揩他的眼镜，匆匆走出房间。


尽管雅柯夫希望他会被放出去，受个警告或遭到狠狠的训斥，然后给送回犹太人的居住区——啊，他是多么高兴跑回去呀！——他知道他会吃点苦头。他起先很失望，后来觉得情况并不太糟，心情宽慰些。在监牢里关一个月，而不是一年，少则三个礼拜。况且，如果你要从这个角度来看，还不收房租呢！自从他戴着镣铐在雪地里游街以后，观众的种种议论，昨天晚上调查官在牢房里对他提出的可怕的问题，这一切都使他觉得大难即将临头，如果不是更坏的话。如今，事情总算平静下来了。实际上，只不过受这点小小的处罚。如果请个律师说说，还可能把判决减少到也许一个礼拜或者一天也不要。这当然意味着他积蓄的卢布就完蛋啦，虽然警察肯定会把卢布还给他。但一个卢布他会挣，即使一天挣不到一个卢布，干上一周或一个月也就行了。他宁愿去干一个月苦工，也不愿待在监牢里，那是不用担心有没有卢布的，但关键在于自由。一旦他们放了他，他就不会那么愚蠢地以身试法了。

调查官的助手犹豫地把身子伸过去，念一下比比柯夫揉皱后放在桌子上的条子。他看了一下，没有表情地笑了。可是，当雅柯夫想报以微笑时，这位助手却用劲地擤擤鼻子。

之后，调查官回来了。他喘着气，绷着脸，冷冰冰的。格鲁贝索夫和波第安斯基上校跟着走进房间。他们再次在桌子旁边各就各位。检察官又打开他的公文包。伊凡·西姆欧诺维奇关心地望着他们，但谁也不说话。助手试试他的钢笔，准备记录。格鲁贝索夫的笑容消失了，他的嘴唇紧闭着。上校的表情是极端严肃的。雅柯夫瞧了他们一下，心里顿时觉得十分恐慌，背上直冒冷汗。他又一次作了最坏的打算，至少是近乎最坏的打算。

"检察官现在要问你几个问题。"比比柯夫用嘶哑的声音沉着地说。他坐下，摆动着他那夹鼻眼镜上的带子。

"请先回答我的问题，"上校对格鲁贝索夫点点头说。格鲁贝索夫正看着他公文包里的夹层。检察官抬头看看，表示同意。

"请犯人说明一下，"上校波第安斯基的声音在房间里回响，"他是不是我现在指出的下列政治组织的成员：社会民主党、社会革命党或其他别的组织包括犹太人联盟、犹太复国主义者，好吗？"

"我已经问过了。"比比柯夫不耐烦地说。

上校转身对他说："调查官先生，保护皇上不受敌人陷害的工作是秘密政治警察管辖的范围。现在你对我们事务的干涉实在太多了。"

"根本没有。上校，我们正在调查一起民事犯罪行为——"

"即使是民事犯罪行为也可能是对皇上的叛逆罪。我请求你不要干涉我的审问。我也不干涉你的审问。"他转向雅柯夫说，"告诉我，你是不是我刚才提到的那些所谓政党的党员？或是其他恐怖主义者或民粹主义者秘密组织的成员？老实回答我，否则我就把你送到彼得罗巴夫尔斯基城堡去。"

"不是，先生，我什么也不是，"雅柯夫赶快回答，"我从没加入你刚才提到的任何政党或秘密组织。说句老实话，我还搞不清这些组织有什么区别呢！假如我是个受过较好教育的人，我也许知道，但是现在你问我这些组织？我实在说不出什么。"

"如果你撒谎，你将受到严厉的惩罚。"

"阁下，是谁撒谎？作为一个退伍士兵，我发誓我没有撒谎。"

"住嘴！"上校厌恶地说，"我从来没见过一个可以称得上是士兵的犹太人。"

雅柯夫的脸上火辣辣的。

上校生气地在纸片上写了几句，并把纸片塞进他的紧身短上衣的口袋，然后对检察官点点头。

格鲁贝索夫从他的公文包里取出一个封面闪闪发亮的黑色笔记本，竖起眉毛仔细地查阅其中用手写的满是密密麻麻字迹的一页。然后，他放下笔记本，眼盯着雅柯夫，心情看来还挺愉快的。他用干巴巴的稍微重一点的声音说："嗨，我们都在自己穷开心。雅柯夫·斯帕索维奇·鲍克先生，化名多罗古雪夫，化成我不知道叫什么别的名字，但我现在有几个重大问题要问你。我要求你给予最大的注意。你自己承认，你犯了某种公然破坏俄罗斯法律的罪。你已经坦白了某些罪行，我们有充分的理由——非常充分的理由去怀疑你别的罪行，其中之一性质是这么严重，在我没有进一步细查证据之前，我是不说的。经过我的同事们同意，现在我打算继续这样做。"

他向比比柯夫鞠了一躬。比比柯夫正在抽烟，郑重其事地向他点点头。

"哦，我的主，"雅柯夫呻吟着说，"我对你起誓，我没犯过什么大罪，我是清白的。不，先生，我犯的最大罪过就是愚蠢——未经任何许可就住在卢基安诺夫斯基区，因此，调查官说我得坐一个月牢，但肯定不是犯了什么大罪的。"

主饶恕我吧！雅柯夫恐慌地想着，我现在处境不好，比跌在流沙中还坏。这首先是一个人不知道他跑的是哪条路，才落得这个地步。

"简明扼要地回答这个问题，"格鲁贝索夫看了看他的笔记本说，"你是个'神秘的宗教主义者'或'传统的拉比学者'？请绝对准确地把他的回答记下来，伊凡·西姆欧诺维奇。"

"都不是。我什么也不是。"雅柯夫说，"如同我告诉那位长官一样，如果说我是什么的话，我就是一个自由思想的人。我这么说，就是让你晓得我不是个教徒。"

"那对你没有啥好处，"检察官说着，突然发火了。"我所预料到的就是这么个回答。当然，这无非是妄图回避我的审问。现在，直接回答我，你是个割过包皮的犹太人，对吗？"

"阁下，我是个犹太人。我承认这一点，其他是我个人的事。"

"这一切我都问过了。维拉第斯拉夫·格里戈里耶维奇，"比比柯夫说，"全都在有关证据的记录里了。伊凡·西姆欧诺维奇，念给他听听吧，可以节省点时间。"

"我必须要求调查官不要打断我的提问，"格鲁贝索夫斩钉截铁地说，"我对节省时间毫无兴趣。时间对我是无关紧要的。请让我说下去。不要徒劳无益地插话。"

比比柯夫提起大水罐，想给自己的杯子倒上水，可是水罐里空空的。

"阁下，我去装满它吧？"伊凡·西姆欧诺维奇低声地说。

"不必，"比比柯夫说，"我不渴。"

"自由思想的人干的是哪一行？"上校说。

"波第安斯基上校，我请求你，现在别问，"格鲁贝索夫说，"那并非政治党派。"

波第安斯基上校点了一支烟。

格鲁贝索夫对雅柯夫讲话，他大声念了他笔记本上的某些词语，并且发音发得很慢。

"你们当中有哪些人——没有吗？有的犹太人被称为'圣人'？一个犹太人想伤害一个基督徒或者像你称呼的'非犹太人'，他就到'圣人'那里去，给了他一点'贡礼'，即某种小费吧，而这个'圣人'就利用这个词的魔力，把灾难带给那个基督徒。这不是事实吗？回答我。"

"先生，"雅柯夫说，"我不懂你要我做什么。我跟这些东西有什么关系呢？"

"如果你还不懂，你要不了多久就会懂得这是怎么回事。"格鲁贝索夫脸红地说，"同时，你要老实地直接地回答我，不要反问我一大堆不相干的问题。现在，告诉我，'艾费柯曼'你们犹太人指的是什么意思？我要的是事实，不要添油加醋。"

"可是，这跟我有什么相干？"雅柯夫说，"你问我这些东西，我懂得什么呢？假如这一切对你是生疏的，对我同样也是生疏的。"

"我再一次命令你，围绕着我提出的问题来回答。我最后一次耐心地告诉你，我对你个人的评论不感兴趣。记住你的处境已经相当不妙，不要再啰唆了。"

"我不敢肯定，"雅柯夫沮丧地说，"那是逾越节庆祝仪式上用的某种未发酵的面包，用来防止鬼怪和坏人的干扰。"

"把这一切全记下来，伊凡·西姆欧诺维奇，那是魔术吗？"

"阁下，按照我的想法，这是一种迷信。"

"但你说这跟未发酵的面包一样。"

"我想，实际上是一样的。我对这些东西并不内行。假如你要了解真实情况，我可派不上用场。对那些入乡随俗的人，我没什么反对的，可是对我自己来说，我感兴趣的是世界上有什么新鲜事物。"

他看看调查官，但比比柯夫正望着窗外。

格鲁贝索夫把他的指头偷偷地伸进公文包里，然后取出用手帕包着的东西。他慢慢地窥视手帕的四个角，最后自鸣得意地露出一块三角形的破碎的未发酵的面包。

"这是在砖厂马厩你的卧室里发现的，你现在有什么说的？"

"阁下，我能说什么呢？什么也没有。这是块未发酵的面包，可不是我的。"

"这是所谓'未发酵的干面包'吗？"

"我不知道是，还是不是。"

"我知道很虔诚的犹太人吃的是这种面包。"

"我想是这样。"

"那跟普通的未发酵的面包有什么不同？"

"别问我，阁下，我确实不知道。"

"我爱问什么就问什么，问到你的眼睛都瞪出来。你明白了吗？"

"明白，先生。"

"你烤过这种面包吗？"

"没有。"

"那它怎么会跑到你住的房间里去呢？警察就在里面发现的。"

"是一个我不认识的老人带进去的。我最诚恳地告诉你，有一天晚上，他在坟场附近迷了路，我把他带到我的房间，直到雪停了他才走。有些小孩用石头砸他。他受惊了。"

"这是发生在卢基安诺夫斯基区坟场附近吗？"

"就在砖厂那里。"

"他是个'圣人'吗？"

"假设他是个'圣人'，那跟我有什么关系呢？"

"慎重回答！"检察官用手掌敲打着桌子。那块面包掉在地板上。伊凡·西姆欧诺维奇赶快捡起来。他拿给所有的人看，幸亏没打碎。比比柯夫咬咬他的干嘴唇。

"回答有礼貌一点。"他说。

雅柯夫茫然不知所措地点点头。

格鲁贝索夫又向调查官鞠了一躬。"向你表示最诚挚的谢意。"他顿了一顿，好像要再说几句，后来改变了主意。"你的那位'圣人'朋友经常到马厩来吗？"他问雅柯夫。

"他就来过那么一次。我不认识他。我从来没见过他。"

"那是因为他走后不久，你就被捕了。"

雅柯夫对这一点没提出异议。

"你把别的犹太人藏在马厩里，跟他们一起偷东西去做买卖，这是真的吗？"

"不是。"

"你是有计划有组织地偷窃你的老板尼古拉·马克西姆莫维奇·利比德夫的东西吗？"

"主可以作证，我连一个戈比也没偷过。"

"你肯定你自己没有烤过这块面包吗？在你的房间里还发现了半袋子面粉。"

"尊敬的阁下，那是变质的面粉。我也不是个烤面包师傅。我为了省几个钱，有一次试着烤面包，可是它发不起来，结果像一块石头。面粉白白浪费了。烤面包的技术我还没学会。我大部分时间干的是木匠和油漆匠的活——我希望我的工具不会丢失，那是我在这世界上所拥有的一切了。一般来说，我是个修配工，不是做犹太人吃的面包的师傅。虽然挣的钱很少，但有什么要修配的，我就去修配。我在做事中运气总是不好。但我不是个犯人，阁下。"

格鲁贝索夫听得不耐烦了。他说："严格地回答我的问题。不要扯得太远。那个'圣人'烤犹太人吃的面包吗？"

"假如他烤的话，也不在我房间里。谁知道在什么地方烤呢？他没告诉我。我也认为不是这样。"

"也许是别的犹太人烤的？"

"也许是吧！"

"不仅仅是'也许'吧！"检察官盯着他说，"这是千真万确的事。"

雅柯夫看到他眼睛窥视着他那罪恶的公文包时，赶紧在桌子下面揉揉他上了镣铐的双手。

"你以前见过这个吗？"他用手指头在桌上摇动一块沾了血迹的破布。

比比柯夫望着晃动着的破布，心不在焉地擦擦他的眼镜。伊凡·西姆欧诺维奇看得入了迷。

"我来给你说说，"检察官说，"这是一件农民短外套的一角，跟你现在爱穿的那件短外套一模一样。这块破布以前碰巧是你的吗?"

"我不知道,"雅柯夫厌烦地说。

"我劝你仔细想想,雅柯夫·鲍克。你如果不吃大蒜,嘴里就不会有气味。"

"是的,阁下,"雅柯夫绝望地说,"这大概是我的吧,不过,这有什么值得担心的? 我跟你说的那个老人,他脑袋瓜给石头砸了,我就从我不再穿的一件旧衬衫撕了一块布,帮他把血迹擦掉。那件衬衫破得不能再穿了。我发誓,全部事实就是这样,这是千真万确的。"

"这你承认是沾了血迹的。"检察官大叫道。

雅柯夫觉得他的舌头不听使唤。

"你在砖厂院子里的砖窑附近曾经追赶过小孩,特别是一个名叫基尼亚·戈洛夫的十二岁的男孩吗?"

雅柯夫不能回答。

格鲁贝索夫望了望比比柯夫后,装腔作势地问了雅柯夫,笑容满脸地说:"年轻的犹太人,告诉我,你干吗发抖呢?"

3

一个人为什么发抖呢?

他又给关进了牢房时发现,地板上有三个肮脏的草垫。一个是他的——他一看到他这张"床",可以想象是多么痛苦! 其他两个垫子上躺着新来的犯人。一个是衣衫破烂,头发散乱的人,另一个像个活骷髅。两个人又穷又脏,在房间里散发着一股臭味。可是他们对他毫不在意,穿破衣衫的人对着墙壁眨眨眼睛,另一个在打鼾。

雅柯夫一直在牢房远远的一个角落里。他觉得被遗弃了，从这世界
上消失了。

"现在，我下一步会怎么样呢？"他自己问自己。假如发生了不
幸的事，有谁会知道呢？我还不如死了拉倒。他想起了他的丈人和
妻子，可是他不能用什么魔法把他们叫来，特别是他的妻子。他想
起了他的父母——长眠在长满野草的坟墓里的一对青年夫妇。他们
的命运使他很难过。他那天真的幻想破灭了，这激起了他的义愤。
他被不公正地控告，举目无亲，无法提供证明，也不能使人相信。
下一步他们会控告他什么可怕的事？"假如他们了解我，他们会说
出这样的事吗？"他尽力想了解刚刚发生的事并给自己作出解释。
他毕竟是个有理智的人。一个人应该有理智。可是，他越是有理
智，他就越搞不清楚。他熟悉的人和事都成了罪过。下一步的事，
估计要冒风险。不管他愿意还是不愿意，他毕竟是个犹太人。这不
足以说明他的命运如何。可是，他记得他的生活使他对过去已经发
生或刚刚发生的种种事情充满了愤怒。我是个修配工，但我一生中
打破的东西比我修配的东西多些。他们下一步要控告他犯了什么罪
呢？假如没有人相信他，他对这些可怕的旁敲侧击，含沙射影的责
问和控告，怎么为自己进行辩护呢？他心里痛苦极了。他脑子里充
满了关于下一步怎么办的孤注一掷的种种想法——诸如偷偷地逃出
牢房，到犹太人区去找那个老人，请他告诉俄罗斯人他头上给石头
砸了，是雅柯夫帮他把血迹擦干的。这行吗？

雅柯夫从这一家走到那一家，挨家挨户地敲门，问问"圣人"
在哪里，可没有人知道他。后来到了最后一家，人家说知道他。他
是个圣徒，但老早就走了。雅柯夫赶忙乘火车到明斯克去，经过几
个月拼命地寻找，终于见到了那位老人。有一天晚上，他从犹太教

堂回家，老人的拉比帽上闪着月光。

"请一定跟我回到基辅去，证明我无罪，告诉法官们我没有做过他们说我做过的事。"

但是，这位年老的"圣人"认不出雅柯夫。他久久地望着他，只是摇摇头。他太阳穴上的伤已经好了。现在他想不起来雅柯夫所说的，他跟他在马厩上面的房间里一起度过的那天晚上的事。

雅柯夫记起他还在牢房里时，他用指甲抠破他的双手，然后抓他的脸。

打鼾者醒过来，喘了一口气。"阿金莫特奇，"他喊道，"以前是个裁缝。我是无罪的。"他呜咽地说："不要打我。"

另一个犯人窃笑了。

"有烟吗？普特西金，"那个以前是裁缝的犯人问了躺在另一张垫子上的犯人，"给个烟蒂？"

"去你的！"眨眼睛的人说。他的眼珠充满了血丝。

"你有烟吗？"阿金莫特奇问雅柯夫。

"我口袋里空空的。"雅柯夫说着，将口袋提起来给他看。

"我敢打赌，你不知道我为什么到这儿来。"阿金莫特奇说。

"是不知道。"

"我也不知道。他们将我的身份搞错了。我绝没有做过他们说我做过的事。他们小时候吃娘奶时早该闷死才好呢！他们误认我是个无政府主义者。"

他哭了。

"我由于一包小册子或者随他们叫什么吧，给抓到这里来了。"普特西金说，"有个穷光蛋，他有一对放荡的眼睛，穿着厚大衣在因斯特杜斯基大街对我说，'兄弟，我得去小个便，请替我把这捆东西拿一会儿，我回来就给你一个五戈比的铜板，我以我的名誉担保。'我对一个要去小便的人能说什么呢？我能说不行吗？否则，他就对着我小便。因此，我就替他拿着那捆东西。不一会儿，一个长着小眼睛的侦探从对街跑过来，用枪紧紧对着我的胸口，几乎要打响了，然后他一句话也不听我说，就把我三推两推地弄到秘密警察局，我们一到那里，三个彪形大汉就用粗棍子把我打了一顿，直打得我的骨头都裂开了，他们才给我看那些说要推翻沙皇的小册子。谁要推翻沙皇呢？从我个人来说，我对尼古拉二世和他的皇室，特别是年轻的公主和那可怜的生病的男孩——我像爱自己的儿子一样爱他——唯有怀着最崇高的敬意。可是，没有人相信我。这就是我给抓来的原因。这全是那些他妈的小册子造成的。"

"我也给认错了人了。"阿金莫特奇说，"你是怎么回事呢？我的伙伴。"

"也是一样。"雅柯夫说。

"他们说你干了些什么事？"

他想他不该告诉他们，可是他的话很快就说出来了，像是对于控告者的控告。

"他们说我杀害了一个男孩——这是无耻的谎言。"

牢房里一片沉寂。雅柯夫想，现在，我闯祸了。他找卫兵去，但卫兵去提盛汤的桶了。

躺在草垫上的两个犯人，头靠着头，互相交头接耳。阿金莫特奇先低声说了几句，接着是普特西金。

"你杀害了那男孩吗？"阿金莫特奇问雅柯夫。

"没有。当然没有。我为什么要杀害一个无辜的孩子呢？"

他们又互相窃窃私语，然后普特西金用口齿不清的声音说：

"老实告诉我们，你是个犹太人吗？"

"犹太人不犹太人，有什么区别呢？"雅柯夫说。当他们两人窃窃私语时，他有点害怕。

"别耍花招，否则我就把卫兵叫来。"

穿破衣衫的犯人站起来，走近雅柯夫，对他狞笑着说："你就是那个杀了信基督教的小孩并把他身上的血吸干的混账的犹太人吗？我看到报纸上说过的。"

"让我安静一下，"雅柯夫说，"我没有对任何人干过这种事，更不必说对一个十二岁的小孩了。这不是我的本性。"

"你是个浑身发臭的犹太骗子。"

"你爱怎么想就怎么想，可是请让我安静一下。"

"除了他妈的犹太人以外，还有谁会干出那种事？"

普特西金向雅柯夫猛扑过去，想用他那腐蚀的牙齿咬住他的脖子。雅柯夫使劲地把他推开。可是嘴里发出臭气的阿金莫特奇，骑在他背上，用他那黏糊糊的瘦得皮包骨的双手，猛打他的头和脸。

"杀害基督徒的凶手！"

"住手！"雅柯夫喊着，用他的双臂抵挡。虽然他转身闪避，用拳头还击，但阿金莫特奇还是用双拳打他的脖子，而普特西金则从他背上狠狠地踢了他一脚。雅柯夫跌倒在地上，心里又痛苦又绝望。他们野蛮地踢他，他感到无比愤怒，直到他失去了知觉，躺在地上，一动也不动。

后来，雅柯夫在他的草垫上醒来了。当他听到他们打鼾时，他感到恶心。一只老鼠匆匆地跑过去，他突然站起来，心里很惊慌。但是，看到从又小又高的钉着铁条的窗口露出了一点弯弯的明月，他平静地望了一会儿。

# 第四章

## 1

"大约在几分钟之内,马厩就烧塌了。"普罗斯柯说着,朝雅柯夫脚上啐了一口痰。倘若说这是犹太人耍法术搞的,他并不惊讶。他用手指着马厩里烧焦的遗物给来访者看:有四匹马被烧得狂奔乱叫,最后死掉了,还有一大堆木头和木板全烧断了,从屋顶上掉下来横七竖八地放着。

到砖厂来的官员们,有的留着胡须,有的蓄着小胡子,有的穿着制服和高筒靴;有几个拿着雨伞,但雨早停了。他们是秘密警察局的宪兵、便衣侦探、基辅市警察局要员,其中还有一位帝国陆军将军,他上身挂着两排金扣子,胸前横别着一列勋章。工头普罗斯柯介绍情况时,这些人默默地东张西望。格鲁贝索夫戴着英国的圆顶硬礼帽,穿着沾满泥巴的高筒靴和雨衣。他对普罗斯柯的证词颇为得意,便在波第安斯基上校的耳旁小声说了几句,紧紧地抓住他的手。在雅柯夫舔自己干燥的嘴唇时,上校热情地对格鲁贝索夫耳语几句,以示回答。比比柯夫齐踝骨的小鞋子沾了泥巴,有点发黄。他围着那条冬天的围巾、戴着大帽子,站在两个绷着脸的黑色百人团组织的代表后面。这两人身上别着咄咄逼人的徽章,一支接着一支地抽着他亲切地向周围的人提供的烟盒里的香烟。在他们身边,那个长着丘疹的伊凡·西姆欧诺维奇陪着俄国正教一位老神父安那斯塔斯。雅柯夫听到他们窃窃私语,说这位神父是犹太教的"专家"。他的肩膀圆胖，留有一撮小胡子，双手瘦瘦的，黑眼珠不停地转动着。他的衣服随风飘拂，风一吹，他就用手掌把圆圆的硬顶礼帽往下压紧一点。他能怎样对雅柯夫落井下石，雅柯夫不晓得，也不敢瞎猜。他被上了手铐，腿也被绑了起来。他既神经紧张，又精疲力竭。他的身体仿佛飘动起来，尽管他竭力用十个指头来抓住他自己的心。他站着不动，后面是五个全副武装的卫兵，其他人还不算在内。虽然他被捕已快一个月了，他仍然将信将疑：这样的事会发生在他身上——一个仿佛在梦中不认识自己真面目的人。他听着普罗斯柯讲话，吓得不知所措，好像控告他犯了弥天大罪是真实的，好像这样的事是发生在他不太了解的人身上或陌生人身上，与他并不相干，虽然他清楚地记得：他生怕自己会撞上这种倒霉事。

在天气一直冷凄凄的五月的一个星期天下午，天空阴云密布，四周灰暗，砖厂里冷冷清清的。除了赶车人里斯特和沙地乌克以外，厂里的工人都没有来。他们两人默默地听着，一句话也不说，偶尔吐口痰。后者是个乌克兰人，粗大的手上拿着帽子，神情不安，而前者则是个德国人，不高兴地盯着他们以前的工头普罗斯柯。人们盼着尼古拉·马克西姆莫维奇来。但雅柯夫晓得当天太迟了，他不能清醒地离家到这儿来。早晨过后，雾慢慢变淡而消散了，天下起倾盆大雨，到了下午还在下个不停。几匹马拉着六辆车相继离开普罗斯基区的法院区，先在砖厂会合再走。马车在路上溅着泥浆。载着雅柯夫、波第安斯基上校和宪兵们的汽车在卢基安诺夫斯基区的一条路上陷进了泥坑，招引了几个人来，因而激怒了检察官。他明白地告诉开车的，他不想"把这件事声张出去"。报纸上关于雅柯夫事件的报道也不太多。人们只知道有个从波多尔区来的犹太人被作为"嫌疑犯"抓起来了，但不晓得是谁，是什么原因被抓的。为了不妨碍目前的调查工作，格鲁贝索夫答应过一段时间提供进一步的情况。在他们离开法院前，比比柯夫曾设法把这个消息转告雅柯夫，但别的谈得不多。

"从头说起吧！"格鲁贝索夫对普罗斯柯说。他穿着一套节日的服装，裤子厚厚的，上身加了短夹克，"我要听听你说说最早对他是怎么怀疑的。"

检察官策划了这场重演的戏。他告诉被告："让你知道一下我们对你的指控所采用的必然的逻辑，你就可以为你自己的利益采取相应的行动。"

"可我怎么为自己的利益采取行动呢？"

"以后你会清楚的。"

普罗斯柯工头净净鼻子，拭了两下，然后将手帕放进裤袋里。

"虽然他伪称是俄罗斯人，我一眼就看出他是个犹太人。假如你不是色盲，分辨青葱和胡萝卜就很容易。"普罗斯柯捧腹大笑了一阵子后说，"他自称是雅柯夫·伊凡诺维奇·多罗古雪夫，但我从他的口音判断，这个名字不是他的。一个人的名字是他生来的权利，可是他的名字恰像一套偷来的衣服披在他身上。我本能地觉得他是个犹太人，正如你在黑夜中觉得有鬼一样。别急，小兄弟，我自己想，这里好像有鬼。也许，这是他天生的气味，或是他讲俄文的样子，或者是他追赶小孩时扁平足跑步的模样，可是，当我睁开双眼看时，我看到我原来就知道的事实——他是个犹太人。此外，不可能有两种解释。俗话说，癞蛤蟆成不了绅士。天生的犹太人脸上总是掩盖不了的。我心里想，这是个狡猾的混蛋，而他以为他伪装得不错，因为他穿了一件有带子的羊皮袄，把他那犹太人的连腮胡子和鬈发统统剃光了。他耍弄了尼古拉·马克西姆莫维奇。现在，把他从阴暗的洞里揪出来，似乎慢了一步，但我决心一定要把他揪出来，靠着主的帮助，我终于这样做了。"

"把详细过程说一说。"格鲁贝索夫说。

"我第一次看到他以后还不到十五分钟，我就回到办公室去，要他把证件给我交到区警察局去，他立即告诉我他的身份，但他撒谎说他把证件交给老板了，老板已经送去警察局登记过。我自己想，假如一个人说话不老实，他别的方面也不会老实，我得仔细查个水落石出。幸好我没等得太久。有一回，他出于不可告人的目的，在砖窑里钻来钻去，我就偷偷回到办公室核对他账本的数字。他在账目上搞了名堂，每天进账少写一点，这样他自己可以多捞几个卢布——不太多，因为犹太人很狡猾，也许每天捞三五个卢布吧，这样就不会引起尼古拉·马克西姆莫维奇的怀疑。他在他宿舍里有个小锡罐子，里面存了一大把卢布。"

"你撒谎！"雅柯夫说着，气得发抖，"你是小偷，反而诬赖我！你和你的几个赶车人从尼古拉砖厂里偷了成千上万块砖头，你恨我监视你，使你不能再偷！"

没人听他说的。

"你说他偷了卢布做什么用？"比比柯夫问普罗斯柯："假如我记得不错的话，他锡罐子里大约有九十卢布。假如他一天偷四个卢布，我们估计，他应该有的卢布比这多得多。"

"谁知道犹太人怎么花钱的?！我听说他们花钱去妓院胡搞。我敢断定他的钱大部分送给波多尔区的犹太教堂了。一个卢布，他们可派许多用场。"

"秘密警察局总共没收了他一百零五个卢布，"格鲁贝索夫跟波第安斯基上校商议后宣布。"不许你讲话,"他对雅柯夫说,"人家问你什么,你就答什么。"

"还有,"普罗斯柯继续说,"他把别的犹太人偷偷带进砖厂,其中有一个就是那些戴小圆帽的'圣人'或者随你怎么叫他们,他就跟这里这个雅柯夫一起在马厩里祷告。另一个犹太人也来了,他们以为四周没有人监视他们。他们两人头上扎着角状羽毛,向犹太人的神灵祈祷。我从窗口监视他们,看到他们祈祷,然后吃未发酵的酸面包。我猜想,他们在那里炉子上烤了几个。一点不错。藏在他床底下的半袋面粉给警察搜到了。正如我跟你们说的,我对他有怀疑,所以我就一直跟踪他们。我看见这个家伙晚上像鬼魂一样到处乱窜。他脸色苍白,眼神古怪,鬼鬼祟祟地找什么东西。我也看见他在追赶那几个我跟你说过的小孩。我担心他会对他们下毒手,真没想到我想得一点不错。有一天,两三个小学生背着书包到砖厂来。我看见他追赶他们,但他们跳篱笆逃掉了。有一回,我问他:'雅柯夫·伊凡诺维奇,你干吗追赶这些小学生呢?他们是好孩子,他们到这里来,不过是想看看我们怎么造砖头。'但他回答说:'假如他们是这么天真无邪,耶稣基督就会保护他们。'他以为我这个人不懂他的意思,可我懂。"

雅柯夫呻吟着。

"这就是我监视他的原因。有时候,我没有空,我就叫赶车人监视他。"

"是这样。"沙地乌克点点头,他身上还带有一股马的味道。里斯特也说一点不错。

"我看到他们戴着小黑帽在祷告。他们烤未发酵的酸面包时,我偷偷地看着他们。后来,那个男孩给杀害了。他们在洞里发现他遍体鳞伤。那天早上正好下雪，四月份又下了一次雪，我看到这家伙带着那个戴小圆帽的犹太人匆匆忙忙下了楼梯，离开砖厂。我跑上去看看。我是踏着他们在雪地上留下的脚印走的，这样他不会发现我去过。就是在这一天，我发现他们烤了几块面包，床底下有半袋面粉，一包工具和我跟你说过的血衣布片。魔鬼走到哪里，就在哪里拉屎撒尿。

"自此以后，他企图烧掉马厩以毁灭罪证，但他看见我在监视他。我在砖厂碰到他时，看见他血流满脸，不敢抬起头来看我。这是在他们杀害了那个男孩之后的事。葬礼举行过后，我就到警察局去报告。一个礼拜以后，他们来逮捕他。他们把面包和别的东西拿走，我跟你说过了。我和沙地乌克和里斯特上楼去，把地板撬开，发现有的地方有深黑色的污迹，我们要给警察看看。恰好在这个时候，我们看见一个蓄有灰白小胡子的犹太老人从马厩里跑出来，紧接着，房子就着火了。冲天大火在不到五分钟内把整个马厩烧塌了，幸亏我们救出了几匹马。我们救了六匹，失去了四匹。如果这是一场普通的火灾，我们就能把十匹马全救出来。可是，情况不是这样，好像有什么东西使房子烧起来，风助火势，犹如人们正在死去，魔鬼正在迎接他们时大声呼喊那样。他们念了一本犹太书上的巫语，我对主发誓，这家伙被捕前住的楼上，火焰变成绿油油的颜色，这是我以前从没见过的。然后它变成黄色，再转成黑褐色。它们比马厩里的火烧得快两倍，虽然马厩的草料棚里堆满了稻草。马厩里的火是橘红色的，就像普通的火灾那样烧得较慢，所以我们从烈火中救出了六匹马，只失去了四匹。"

里斯特发誓说他每句话都是真的，而沙地乌克两次在自己身上画了十字。

2

安那斯塔斯神父呆板地拥抱了玛华·戈洛夫，那位壮烈牺牲的男孩的憔悴的母亲。她个子稍高，脖子瘦削，眼眶红红的，灰眼睛湿湿的，眼皮上有雀斑，皮肤黝黑，脸上绷得紧紧的。她尽力想向神父行屈膝礼，可是一下子就瘫倒在他怀里了。

"请宽恕我们的不法行为，神父。"她哭了。

"你一定要宽恕我们，我的孩子，"神父用鼻音说着，"世界对你犯了罪，特别是那些冒犯天主的人。"

他在身上画了十字，他的手轻得像小鸟。其他一些官员也在身上画了十字。

玛华·戈洛夫正和一个围着厚围巾的邻居站在门口，雅柯夫一眼就看出她在等待着官员们的到来。载着官员们的车辆一出现，那位邻居就跑到一幢两层楼木屋的倾斜的台阶上。屋顶上盖着一片尖起的有凹楞的马口铁。这屋子俯瞰着围墙低低的坟场和远处的砖厂。比比柯夫停下来望望砖厂，它的烟囱礼拜天不冒烟。房子像个匣子，以前刷成白色，现在几经风雨，已变成灰色，漆也已经剥落了。前院寸草不长，因为下雨变得泥泞不堪，四周围着一道高高的围墙，没有油漆，用长长的、粗糙的、乌黑的木板沿着街道一侧钉成一排，整整齐齐的。屋子前面的路坑坑洼洼的，全是烂泥。四轮马车和汽车就停在那里。这些马车看起来像送葬的行列，只是少了一口看得见的棺材。报纸上说玛华三十九岁，还算漂亮，但神态紧张而烦恼。她眼睛朝四周望望，下巴瘦小，嘴巴绷得紧紧的，一副不太愉快的样子。当时她穿着一件黑花的上衣，绿色的长裙和双排扣子的尖鞋子。她在领口别了一个褪了色的浮雕像小徽章，肩上绕着一条薄薄的围巾，头上戴着一顶崭新的白帽子，顶上插着一束樱桃花，吸引着不少人的目光。雅柯夫从大门被带到院子里时，玛华情不自禁地啜泣起来。站在他身边的检察官办公室的一个官员和一个宪兵咒骂雅柯夫，声音不高，但给他听到了。

"肯定是这家伙干的。"玛华说。

"究竟是哪一个？"比比柯夫问道，摸摸他那银边的夹鼻眼镜，眼睛盯着她。

"就是基尼亚跟我说起的那个犹太人。他曾经拿着一把长刀追赶他。"

"把她提到的这个人的身份记下来。"格鲁贝索夫对伊凡·西姆欧诺维奇说。这位助手身上没带笔记本，但他对一个警察说了一声，警察就记了下来。

院子里有一口长了青苔的石井，比比柯夫朝下看了一看，可什么也看不见。

他往井里丢了一块小石头，一会儿便听到一阵溅水声。官员们彼此看了一下，但调查官走开了。

"阁下，他的住房在楼上，"玛华对检察官说，"你会看到，房间小小的，但基尼亚按年龄来说个子也是小小的。这不是我的缘故，你会明白的，因为我并不算矮，是他那个怯懦的父亲造成的，他抛弃了我们。"她激动地笑了。

玛华带他们进屋去，匆匆上楼，给官员们看了基尼亚这可怜的孩子睡觉的地方。他们在门口的地毯上跺跺脚，去掉泥巴，然后分成几组，默默地走进去看那间阴暗的小室。这小室在一间大卧室和另一个房间当中。大卧室不太整齐，里面放了一张双人铜床；另一间，玛华说是储藏室，门锁着。

"这么多卧室，一个寡妇怎么管得了呢？一般来说，我就放放东西。我自己有不少家具，我姑姑死后又把她的家具留给我了。"

其他人看过基尼亚的房间后，雅柯夫给带上去看。他不想去，但他晓得如果他这么说，他们也会把他强拉上去。他拖着脚上铿锵作响的锁链，慢慢走上楼梯，锁链弄得他的关节很酸痛。三个穿高简靴子的宪兵已先拿着手枪在平台上等着他，便跟着他上去。玛华、安那斯塔斯神父、格鲁贝索夫、伊凡·西姆欧诺维奇和波第安斯基上校待在走廊上。雅柯夫偷偷地在基尼亚的房间里瞟了一下。他们目不转睛地监视着他。格鲁贝索夫撅起嘴。雅柯夫想平心静气地看看，不动声色地看看，但他办不到。他好像等着房间里的一头野兽向他扑过来。他胆战心惊地看着小卧室里的墙纸破了，帆布床没弄好，破床单脏了，变灰了，褪色的毯子也破了。房间和帆布床虽然使他觉得陌生，但他突然闪出一个念头，似乎他以前看过这些东西。这使他想起波多尔区印刷厂楼上的那间小卧室。他能记得的就是这些了，但他担心他们以为他在想别的。假如他们知道了，肯定会给他定罪。

"我的宝贝基尼斯卡希望成为一个神父，"玛华贴近安那斯塔斯神父的耳边大声地说着，用一块洒了香水的手帕擦擦发红的眼睛。"他是个信教的小孩，崇拜天主。"

"有人告诉我，他正准备上神学院，"神父说，"一位修道士跟我说，他是个可爱的小孩，在某些方面是个'圣童'。我了解他已经具有神秘的经验。我也听说他热爱我们神父的圣衣，并希望有一天能穿上圣衣。他的去世是天主的损失。"

玛华伤心地哭了。伊凡·西姆欧诺维奇的眼睛模糊，他转过身去，用衣袖擦擦眼睛。雅柯夫觉得要哭似的，但哭不出来。

后来，安那斯塔斯神父下楼来了。比比柯夫上了楼梯，从宪兵们身边挤过去。他随随便便地走进基尼亚的小房间看看，漫不经心地东张西望，然后蹲下来，掀开床单，看看床底下。他摸摸地板，再瞧瞧他沾了灰尘的指尖。

"地板可能有灰尘，"玛华迫不及待地说，"但我常常把便壶倒干净。"

"这没关系，"格鲁贝索夫厌恶地说，"喂，你发现了什么啦?"他问比比柯夫。

"没什么。"

调查官敏捷地看了一下玛华的卧室，然后在另一间锁着的房间门口停了停，好像在听着什么似的，但他没按动门把去开门。接着，他悠然地逛下楼。玛华赶紧想去收拾基尼亚的床，但格鲁贝索夫命令她不要管它。

"我只要花一分钟就行了。"

"随它去吧!警察喜欢这个样子。"

他们下楼来。屋外细雨濛濛，但有些官员聚集在院子里。其他的人，包括犯人和押着犯人的宪兵则待在玛华不整齐的客厅里。客厅里有股烟味和走了气的甜啤酒和白菜的味道。应格鲁贝索夫的要求，玛华将通气窗打开，并用一块脏地毯，匆匆忙忙地把没人坐的六张椅子擦干净。雅柯夫不敢坐下。玛华想用扫帚将地板打扫一下，但检察官从她手上接过扫帚。

"这个可等一等，玛华·维拉第米洛芙娜。请务必十分注意我们说的话。"

"我刚才想打扫一下，"她匆忙解释说，"说真的，我不敢奢望这么多高级官员到这里来。我只以为犯人要来看看他干了什么勾当。我才不会替一个不干不净的犹太人打扫呢！"

"行了，"格鲁贝索夫说，"我们对你的家务事不感兴趣。现在言归正传，说说你儿子的遭遇吧！"

"打从他小时候起，他就想当个神父，"玛华哭了，"可是现在，他却躺在坟墓里了。"

"是的，这个，我们大家都知道。这件事是个悲剧。不过，你要说的应该限于跟这起犯罪案件有关的细节，你所知道的细节。"

"阁下，你看我可以先给各位泡点茶吗？"她心神不定地问着，"水开了。"

"不用了，"他说，"我们很忙，回家以前有许多事要办。请把事情经过说说，特别是基尼亚是怎么失踪和死亡的，比如，你是怎么知道的。"

"你，"他对雅柯夫说。雅柯夫正望着窗外栗树上的雨滴。"你很清楚，这与你关系重大，要注意听。"从雅柯夫给关进监狱以来，这座城市变绿了，到处有清香扑鼻的丁香花，可是谁有心思去赏花呀！透过敞开的窗子，他闻到了湿草和新叶的芳香，看见坟场尽头一排排银色的白桦树干。附近，有个在街头演奏手风琴卖艺的人正在演奏一支华尔兹舞曲，那是基娜依达·尼古拉耶夫娜曾经用吉他为他演奏的曲子：《夏天永远消逝了》。

"请说下去。"格鲁贝索夫对玛华说。

她举起双手把帽子拉直，目光碰到他时就把手放下来。

"他是个诚实的好孩子，"玛华很快就开始说，"他从来不像别的孩子那样给我添麻烦。就我自己来说，我是个纯洁、真诚、直率的寡妇。我的丈夫是个无线电报务员。正如我刚才说的，阁下，他抛弃了我。两三年之后，他得了奔马痨死掉了，他亏待了我们母子俩，这是他罪有应得的下场。我勤劳工作来维持自己，所以，你们去过的我的家并不是挺干净的，但我的孩子总算有个安身之处。我的生活一直是靠无可指责的劳动。假如你干的是牛马活，你就不能过着地主的生活。请原谅我说得这么坦率。我们就这样在没有我丈夫的情况下混日子。这屋子并不是我的。我租了这屋子，有时转租一两间给别人。不过，有时不得不提防流氓，特别是那些欠了人家债不还的人。我不愿意我的小孩卷入这些事情，所以，我很少让房客住进来。为此，我不得不加倍辛苦地工作，只有那些正派的人，我才让他们来住。虽然基尼亚并没有良好的条件，但他具备他所需的东西。他不会不愿意帮我干活，以表示他对我的好感。他不像其他小孩，比如，我可以告诉你，我们隔壁家的瓦西亚·西斯柯夫斯基。我的基尼亚是个天使，是个安分守己的小家伙。他有一次问我：他是否该离开神学校去当屠宰手的学徒。我劝他说：'基尼亚，我的好宝贝，你最好继续学下去。受了教育，有一天你发了财就来接济你年老而贫困的母亲。'他回答我说：'妈妈，我一定常常关照你，特别是你年老和生病的时候。'他真是一个'圣童'。有一天，他上了《圣经》课回来对我说，他要当个神父，这一点也不使我感到惊奇。那一天，我高兴得双眼含着泪水。"

她激动地望了望格鲁贝索夫。他微微地点点头。

"说下去，玛华·维拉第米洛芙娜，现在跟我们讲讲三月底发生的事，就是今年犹太人逾越节前短短的几个礼拜所发生的事，稍微讲慢一点，我们就能听懂你所说的每一件事。你说的每句话都要清清楚楚的。"

"你有没有注意听着？"他问雅柯夫。

"非常注意听，阁下。不过，我确实不明白这一切跟我有什么关系。我对这一切太陌生了。"

"耐心些就是了，"格鲁贝索夫说，"这就会像你脸上的鼻子一样，使你感到非常熟悉。"

有几个官员，包括那位陆军将军笑了。

"在你说的那个礼拜的一个早晨，"玛华说，狠狠地盯了雅柯夫一眼，"那是个星期二，我终生难忘的一天，基尼亚醒来，穿上黑色的短裤（那是他命名日我给他买的）就离家上学去了，这跟平时一样，是早晨六时。那天，我得干到天黑以后很久才下班。下班后还得去买菜，所以，我当然很迟才回家。到家时，我发现基尼亚不在家，我歇了一会儿。我生下他以后便得了静脉曲张病，很痛苦。我跑了几步路，到隔壁邻居索菲娅·西斯柯夫斯基家里去，因为他家的瓦西亚和基尼亚在学校是同一个班级。我问他我的孩子到哪里去了。瓦西亚说他放学后见过他，但不知道他到什么地方去了。基尼亚不像平常那样跟他一起回家。'他上哪儿去了？'我问。'我不知道。'他回答说。哎，他上他祖母家去了，我不用担心，我这样想。可是，就在那个晚上，我得了流感。整整三天，我畏冷发热，身体很虚弱，又在床上躺了三天多，只能起来上厕所（请原谅）或者烧一点饭或开水充饥止泻。基尼亚失踪了一个礼拜左右，准确地说是六七天。我下决心穿衣服起来去报告警察时，人家发现他死在一个洞里，全身有四十七处刀伤。邻居们带着悲伤的表情，拖着缓慢的脚步到我家里来，他们简直像死人一样，还没开口就使我害怕。之后，他们告诉我这可怕的事发生的经过，我不禁大叫起来：'我完了，我失去了我的命根子！'"

玛华伸手擦擦眼睛，她几乎站不住了。两个官员走上前去扶她，但她靠着一张椅子，继续笔直地站着。那两个人便退回原处。

"对不起，"比比柯夫温和地说，"你打算向警察报告你儿子失踪之前，怎么等了整整六七天？假如这是我的儿子，我会马上去报警，最迟也不会超过他没回家的那天晚上。当然，你当时病了，可是，即使病人，得知这种事后，也会从床上爬起来，采取紧急行动的。"

"阁下，假如你想听我说的话，关键是病得厉害不厉害。不管是你的儿子，还是我的儿子，当你发高烧和恶心时，头脑总不是最清醒的。我挂念着基尼亚，而且做了几个噩梦。我害怕他遭到什么可怕的不幸，但我想我是在做梦，因为我发烧了。我得了流感，病得很重，我的邻居索菲娅和瓦西亚都病倒了。没人来敲我家的门，平时一天总有两三次。而索菲娅的丈夫尤里·西斯柯夫斯基，谁需要他帮忙，他就去敲谁家的门，很像圣诞老人。我们相处得不好，但那是冬天一个晚上的事。不管怎么说，这五六天里假如有人上我家里来，我会把他两只耳朵撕掉，为我可怜的孩子呼叫，可是，没有人来。"

"让她继续说下去，"格鲁贝索夫对比比柯夫说，"如果需要，你等一会儿再问。"

调查官对他的同事点点头说："维拉第斯拉夫·格里戈里耶维奇，我断定：这确实太需要了。不过，看在你面上，我等会儿再问。关于还有什么别的需要问的，或者不那么需要的，比如，调查过程中的全部程序。我想，如果不是出于别的原因，我们也应该讨论，至少是在原则方面。"

"明天吧，"格鲁贝索夫说，"明天什么事都谈一谈。"

"玛华·维拉第米洛芙娜，现在谈谈问题的要害吧！"他说，"给我们讲讲在这个谋杀事件发生之前，基尼亚和瓦西亚·西斯柯

116 | *THE FIXER*

夫斯基跟你说的有关这个犹太人的情况。"

玛华专心地倾听着这些人交换意见，时而明显地感到厌烦，时而坐立不安。比比柯夫说话时，她紧张地望望四周，然后眼睛朝下看，好像有人在看她似的。

"瓦西亚告诉我基尼亚跟我说过不止一次的事——他们害怕砖厂那个犹太人。"

"说下去，我们正听着呢！"

"基尼亚跟我说，有一天，他和瓦西亚正在砖厂院子里玩的时候，他们看到两个犹太人——大约是傍晚时，从厂门潜入，然后走上楼梯，到这个人住的房间里去。"

她瞟了一下雅柯夫，然后把目光移开。他正低着头站着。

"对不起，我插一句，"比比柯夫对检察官说，"我想弄明白两个孩子怎么会知道那两个人是犹太人呢？"

波第安斯基上校狂笑着，格鲁贝索夫也笑了。

"阁下，这并不难，"玛华激动地说，"他们穿着犹太人的衣服，脸上蓄着又长又粗的小胡子，不像这里有的先生那样，修得整整齐齐的。还有，孩子们经常从窗口窥视，看到他们在祷告。他们穿上黑长袍，戴了黑帽子。孩子们给吓坏了，一口气跑回家里来。我请瓦西亚待一会儿，和基尼亚一起喝杯咖啡，吃几片白面包，但他被吓昏了。他说他要马上回到自己家里去。"

格鲁贝索夫听着，胸前握着拳头站在那里，"请说下去。"

"我听孩子们说，这个人带了另一个犹太人上马厩他的房间里去。有一个是个背了黑书包的老头，天晓得他们用这个干什么。基尼亚有一次当面对这个人说：如果他再追他，他就要去告诉工头。'如果你去跟他说，我就马上宰了你。'这个犹太人说。有一天，基尼亚看见他在砖厂追赶另一个小孩，一个不足八岁的这里附近邻居的小孩，名叫安德里乌斯卡·柯托托夫，他父亲是个扫马路的。这个小孩幸运地从敞开的厂门逃出来了，谢谢天主。后来，这个犹太人看到我的基尼亚就追赶他，可是基尼亚爬过围墙，当时逃掉了。不过，他跟我说，他心里受惊了，因为他以为那个犹太人抓住他之前，他爬不过围墙。有一天，基尼亚躲在砖窑旁边，看见两个犹太人妄图抓住一个俄罗斯小孩，并把他赶进马厩里。但那个小孩很机灵，他咬他们，又抓又叫，他们害怕了，只好放掉他。我不止一次地警告基尼亚不要再到那里去，否则他会给绑架和杀害的。他答应我他不去了。我想他一阵子不会再去，后来有个晚上他回家来又害怕又发烧，我大声地问他：'基尼亚，你哪儿难过？快跟我说出了什么事。'他说，那犹太人藏在坟场的墓堆里，手拿着一把长刀，在夜色中追他。我跪着向他说：'基尼亚·戈洛夫，我以圣母的名誉求你答应我，别再走近那个鬼犹太人，别再到那家砖厂去。''好吧，亲爱的妈妈，'他说，'我答应你。'他是这样说的，但后来他又到那里去了。孩子毕竟是孩子，阁下，正如你所知道的一样。主知道是什么东西把他们推上险途，假如我把他锁在家里，就像他小时候那样，他今天就不会死了，也不会变成棺材里的一具尸体了。"

她虔诚地在自己身上画了十字。

"玛华·维拉第米洛芙娜，请告诉我们那两个小孩还跟你说了些什么？"格鲁贝索夫对她说。

'他们跟我说，他们在这个犹太人的桌子上看到一瓶血。"

陆军将军听了喘不过气来，官员们恐慌地互相递了个眼色。雅柯夫脸色苍白地盯着玛华，他动动嘴唇，显得焦虑不安。"我桌子上一瓶血也没有，"他大声喊道，"假如有什么东西的话，就是一瓶草莓酱。酱不是血，血不是酱。"

"安静！"格鲁贝索夫命令道，"轮到你讲话时，我们一定会通知你。"

有个宪兵用左轮枪对准着雅柯夫。

"把枪放下，太蠢了！"比比柯夫说，"犯人已经戴上手链和镣铐！"

"你本人看见过那瓶血吗？"他问玛华。

"没有。可是，两个小孩看见过。是他们跟我说的。他们几乎说不出话来，脸色吓得变青了。"

"那么你为什么不把这些情况向警察报告呢？这是你的责任。还有你刚才提到的其他事情，比如拿着刀追赶你儿子的嫌疑犯等都要向警察报告。这是一种犯罪行为。我们的社会是个文明社会，这类事必须向警察报告。"

她马上回答："因为我也给警察气够了。阁下，请别怪我这么说，我也向从没找过我麻烦的在场的警察先生们表示抱歉。有一次，我向他们诉说尤里·西斯柯夫斯基用一块木头砸我的头（由于某些原因，我只好忍气吞声），他们整个上午把我留在警察所，让我回答他们提出的有关我个人的问题，然后他们填了几张长长的表格，好像我自己反而成了犯人，而不是他们放掉的那个疯子。我头顶上有个血淋淋的伤口，连白痴都懂得是谁打了谁。我可不能像这样白白浪费了时间。我得去挣钱度日。这就是我没有把小孩跟我说的向警察报告的原因。"

"这是完全可以理解的，"格鲁贝索夫说着，转身对着那位将军，他点点头，"但我同意调查官的意见：这类事应立即报告。现在，把你的话讲完吧！玛华·维拉第米洛芙娜。"

"我讲完了，没什么可讲的了。"

"在这种情况下，"检察官向官员们说，"最好继续进行下一步吧！"

他从他黄色的背心口袋里取出一只薄薄的金表并仔细地对了一下。

"维拉第斯拉夫·格里戈里耶维奇，"比比柯夫说，"我必须坚持审问证人的权利。"

玛华目不转睛地盯着他。她的眼神由恐惧变成愤怒。

"我有什么地方得罪了你吗？"她喊道。

"我们谁也没有得罪谁，这不是问题的要害。玛华·戈洛夫，我想问你一两个问题。请原谅，维拉第斯拉夫·格里戈里耶维奇，我坚持这样做。很遗憾，目前有些问题还不能详细地讨论。但有一两个问题我坚持要问，我希望给予老老实实的回答，直接的回答。比如，玛华·戈洛夫，你收过一帮盗贼的赃物，其中有一个是经常到这里来的、你现在的或过去的情夫，这是真的吗？"

"你不必费心去回答这种问题，"格鲁贝索夫说着，脸红了一阵子，"这和问题的实质无关。"

"我一直认为这并非那么无关的，维拉第斯拉夫·格里戈里耶维奇。"

"不是，我没收过这类物品，"玛华说着，她的嘴唇发白，眼睛模糊，"这是我的敌人恶毒散布的谣言。"

"这是你的答复吗？"

"当然是的。"

"很好。还有，一年前，即去年一月，你把一小瓶苯的溶液洒到你情夫的眼睛里，使他终身瞎了眼，而后来你又跟他言归于好，这是真的吗?"

"是他向你们告我的吗?"她给激怒了。

"告你?"

"告诉你这些恶毒的谣言?"

"波里斯·亚历山大洛维奇,作为你的上级,我禁止你问这些问题,"格鲁贝索夫生气地说,"如果你有这类问题要问,请于明天上午到我的办公室去问,不过,我个人觉得这与案件并无多大关系。它们并不改变这些重要证据的分量。现在我们必须坚决继续搞下去。今天是礼拜天,我们回家还有任务呢。"

"你所指的'重要证据'是什么呢?"

"我们一直在致力收集的证据,包括历史的证据。"

"历史不是法律。"

"那我们会弄清楚的。"

"我必须坚持得到玛华·戈洛夫的回答。"

"我已经说过了,没什么可再说的,"玛华傲慢地说,"他经常打得我半死,我不得不自卫。我的双腿和背上给他打得青一块,紫一块,疼了几个月。有一次,他把我的眼睛打得很厉害,脓液流了三个礼拜。"

"他还打你的儿子,有一次打得太厉害了,小孩失去了知觉,这是真的吗?"

"我不许你回答。"格鲁贝索夫大声嚷着。

"不要做蠢事。"波第安斯基上校对比比柯夫说。

"这个犹太人杀了我的孩子,"玛华喊着,"应该叫人挖掉他的眼睛。"她跑到窗口,对着坟场墓碑的通道口呼叫,"基尼亚,我的孩子,回家吧!回到你妈妈身边来呀!"

她伤心地哭了。

她疯了，雅柯夫想。她那插着樱花的帽子也疯了。

"瞧瞧你死盯着我那副模样，简直像森林里的一只饿狼！"玛华转身面向雅柯夫嚷着，"叫他老实点！"

这在官员们中间引起一阵骚动。两个宪兵架着雅柯夫的手臂。

玛华盯着犯人，想脱掉她的帽子。她的眼球在颤动，她呜咽一声昏倒在地板上。那顶帽子从她的头上滚掉。但在她昏倒前，她有气无力地望望四周，看看是什么地方。安那斯塔斯神父和波第安斯基上校俯身助她一臂之力。

玛华苏醒过来时，唯有一个警察和几个宪兵在房间里陪着她和雅柯夫。雅柯夫很惋惜地看到比比柯夫第一个离开了。他从窗口看见他走下泥泞的小路，独自坐进一辆四轮马车。基尼亚的母亲要回她的帽子，对着帽子吹了一吹，然后小心翼翼地把它放回衣橱的抽屉里。

她用一条粗糙的黑围巾裹着头。

3

格鲁贝索夫戴着硬圆顶帽，穿着湿湿的雨披肩，拿着一把大黑雨伞撑在安那斯塔斯神父的头顶上。这位嘴唇湿润的神父正站在一块又低又平的石头上，他的声音随着他那有时前言不答后语的内容，时而升高，时而降低，带着鼻音，不断数落着犹太民族的血腥罪行。

一群官员和警察把马车和汽车留在一条用圆石铺成的倾斜的街道下面，一排乌黑的棚屋排列在街道的一侧。棚屋的居民从窗口和门廊里望望他们，可没有一个人出来看看。一群鸽子从街上飞起来，两只小白狗尖声地吠着。当那群官员们走近时，小白狗便迅速跑进屋里去。他们步行先爬上一座梯形小山的台阶，从那里可以遥望远处弯弯曲曲的第聂伯河，然后他们下山走进一个泥泞的深谷，再沿着深谷一直走到一个几乎是垂直的多石的山底下。山的表面有些洞，其中有个洞就是发现基尼亚·戈洛夫尸体的地方。雅柯夫读过当天的报纸，报纸上作了详细的描写：这个洞是数百年前几个宗教隐士开凿的山洞之一，洞口大约有十五英尺高。要走进洞去，得爬过从外面挖通到多石的山上的那些粗糙的台阶。山顶上是一片稀疏的白桦树林，夹杂着树干瘦削的白树，林中有许多吱吱叫的燕子。山下是市郊的一大片平地，分散的房屋和空地交织在一起，大约离尼古拉·马克西姆莫维奇的砖厂两俄里远。

"从这里有一条几乎笔直的路通到砖厂，那里是假设的基尼亚被杀害的地方。"格鲁贝索夫说。

"但是，请允许说一句，维拉第斯拉夫·格里戈里耶维奇，请你注意这个事实：从玛华·戈洛夫的家里到这里的路跟那条路一样笔直，而且更近一点。"比比柯夫说。

"不管怎么说，"检察官答道，"最重要的证据是专家们提供的论证。"

神父是个长头发、高鼻子的人。他的嘴里有股大蒜的味道。他正站在格鲁贝索夫雨伞下面，他面前的听众松散地围了个半圆圈。检察官叫人把雅柯夫带近点。当卫兵将他往前推时，官员们让开了一条路，他的镣铐丁当作响。比比柯夫站在后面看着，无动于衷地抽着烟。天还下着濛濛细雨。雅柯夫丢了帽子，在目前情况下，这比他所想象的可能发生的事更使他心神不定。不过，他想丢失的只是一顶帽子，而不是生命，但这种想法太可怕了，因为这是他第一次自己承认害怕丢了命。他怕他就要听到什么秘密的证词，而这证词一旦披露，他就要给专断地定罪了。他站在一寸深的泥泞里呼吸急促，呆呆地听着。

"我亲爱的孩子们，"神父对这群俄罗斯人说，扭扭干燥的双手，"自从开天辟地以来，假如打开地壳底下，寻找死亡的人数，你一定会惊讶地看到其中有多少无辜的信基督教的小孩被憎恨基督的犹太人折磨致死。几个世纪以来，正如他们的《圣经》和各种评论所说的，犹太人血的声音指引他们去亵渎，去做出各种不可言喻的恐怖行动——比如，犹太教法典把血比作水和牛奶，煽动对非犹太人的仇恨，认为他们无非是牲畜，而不是人。'不要杀生'，对我们是不适用的，因为他们在法典上不也写着：'杀掉非犹太人中的好人？'这种背信弃义的条款也写在他们的魔法里面，那是一本关于犹太人魔术和炼金术的书，其中提到撒旦的大名。从那以来，无数天真纯洁的儿童被杀害了，死者的眼泪并没有感动刽子手们，使他们刀下留情。"

他的目光射向官员们的脸上，但没人移动。

"宗教谋杀意味着将我主耶稣钉上十字架事件的重演。谋杀信基督教的小孩并在犹太人中间私分他的鲜血是他们永远敌视基督教的象征，因为，在杀害这位无辜的信基督教小孩的暴行中，他们重演了基督殉道的悲剧。基尼亚·戈洛夫失去了他自己温暖的鲜血，这对于我们来说，象征着我主耶稣被反对基督的人残暴地钉在十字架上时，痛苦地流血，一滴一滴地失去他宝贵的鲜血。据说，杀害非犹太人——任何一个非犹太人，会加速他们久已盼望的复国救主艾里查的到来。他们永远敞开着大门等着他。但自从他第一次来过

后，他从没有接受邀请再来过，坐上那把空着的椅子。自从他们在
耶路撒冷的圣殿给圣蒂特斯 [1] 的军队烧毁后，他们的犹太教堂里就
没有牲畜的祭坛了。因此，杀害非犹太人，特别是无辜的儿童被认
为是合适的代用品。甚至他们的哲学家麦蒙尼德斯 [2]——他的著作
1844 年在我国给烧掉了，也煽动犹太人去杀害信基督教的小孩。我
刚才不是跟你们说过，他们把我们当成畜生吗？"

"根据有记录可查的史实，"安那斯塔斯神父用他优美而自然的
声调说，"基督徒的血对犹太人有许多用处。他们用它来搞妖术和
巫术的宗教仪式，做春药和毒染水井，注入一点致命的毒物，使瘟
疫从一个国家传播到另一个国家，将被杀害的基督徒的血和他们犹
太人自己的尿、毒蛇的头和被绑架的给弄伤残的我主基督鲜血淋漓
的身躯混在一起。据记载，一切犹太人都需要用基督徒的血来延长
他们的生命，否则他们就夭折早死。而且当时他们认为我们的血是
他们治病的最佳药物，这也是有记载的。他们按照他们古老的药
典，用我们的血来为他们妇女分娩时止住大出血，治疗婴儿的双目
失明症和减轻他们割礼时的痛苦。"

基辅警察局的一位官员柯林金偷偷地画了十字。他穿着一件湿
外套，靴子上全是泥巴。雅柯夫觉得昏眩无力。神父目不转睛地盯
了他片刻就继续说下去。虽然他说话时是平心静气的，但他的手势
显示出他有点激动。这帮俄罗斯人怀着极大的兴趣继续听下去。

"我的孩子们，我们中间有的人会说，这一切都是过往年代迷
信的故事，但我坦率地跟你们说的这些事实——我并不是说全是事
实，一定可以从对犹太人的许多控告中推论出来。没有人能永远掩

---

1 圣蒂特斯：公元一世纪基督教的领袖，圣保罗的信徒和战友。
2 麦蒙尼德斯（1135—1204）：生于西班牙，犹太教主要神学家和哲学家。

盖这些事实。俗话说，敲钟人死了，风也会把钟敲响。也许在这种科学发达的时代，我们不能再接受每一个对有些可悲的人控告的陈述。然而，不管我们信不信，我们必须扪心自问：这还有几分是真实的？我不是说，一切犹太人都犯了这些罪，因此要对他们实行大屠杀。但是，他们之中有些教派，特别是犹他派和他们的头头'圣人'，他们秘密地犯了我跟你们说的罪。非犹太人各界虽然有对付他们的经验，看来往往忘得一干二净，哎！直到另一个可怜的孩子失踪了，后来发现死成这副模样：双手给捆在背后，身上给锋利的凶器戳了好几处，按照魔数计算，伤口数是3，7，9，13，就像古代犯这种罪的样子。我们知道：虽然他们有别的用处，但他们的逾越节也是对基督被钉上十字架的一种庆祝。我们知道：正是这个时候，他们绑架非犹太人来准备他们庆祝宗教的仪式。在我们这个圣城里，1100年波罗伏斯坦人入侵时，修道士尤斯特拉霍斯被从彼柯拉大寺院劫走并卖给喀山的犹太人。他在逾越节时被钉上十字架了。现在他们不敢再公开地犯下这样的罪行了，他们就以逾越节的前夕吃未发酵的面包和蛋糕来庆祝这个节日。但是，这个行动也掩盖了一个罪行，因为他们吃的面包和糕点里有我们殉难者的鲜血，当然那位'圣人'是不会承认的。由此可见，他们用我们的血去做逾越节的食品，他们还是在消耗我们活着的基督的身躯。我亲爱的孩子们，我向你们保证：正是这个缘故，基尼亚·戈洛夫，这位想当神父的天真烂漫的小孩被杀了！"

神父用白手帕擦擦一只眼睛，再擦擦另一只。站在离雅柯夫最近的两个卫兵从他身边走开了。

但雅柯夫喊道："这全是瞎编的鬼话，每一句都是假的，谁能相信？我就不信！"他的声音颤抖，脸色苍白。

"能理解的人就会相信。"神父说。

"假如你懂得好歹，你就会尊重人家，"格鲁贝索夫生气地低声说道，"听听就懂！"

"如果真相刚好相反的话，怎么会是这样呢？"雅柯夫大声呼喊着，喉咙都喊哑了，"你可以用一两个事例来证实你的理论，但我不承认你说的是真的。神父先生，请您想想，大家都晓得《圣经》禁止我们吃血。《圣经》上从头到尾都这么说，法律和别的也全这么说的。关于《圣经》方面的知识，我大部分忘记了，但我一直生活在犹太人民中间，而且了解他们的习惯。就拿我自己的妻子来说，假如发现蛋黄上有一点点血，她就扔给羊吃。'拉伊莎，'我说，'这没关系，我们可不能像国王那样生活。'但她从不再把蛋取回桌上，不管用什么办法，即使有谁想拿回来，她也不准许。我从来也没这么做过，你总得入乡随俗嘛。她那么做是不能改变的，神父先生，我从没说过，'把带血的蛋捡回来吧！'假如这么说，她会把蛋摔在我身上。我们吃的肉或鸡，她也要用水浸上好几个小时，把点点血迹都洗掉，然后用盐搓搓，直到每一滴血都弄干净才罢休。她用水冲了无数次。事实就是这样，我发誓。我发誓我没犯过你们说我犯过的罪，神父先生，我不是指你个人，而是这里的一些官员。我不是个犹他教徒，也不是什么'圣人'。我的职业是修配工，比起大多数职业来说，这是个较差劲的。以前，我一度在帝国陆军里当过兵。事实上，我把事实全告诉你们了，我不是信教的人，我是个自由思想的人。起先，我妻子为此和我争吵过，可我说一个人的信仰是他个人的事，情况就是这样。神父先生，请原谅我这么说。然而，我生来从没碰过那个男孩或别的男孩。我曾经也是个男孩，那是我觉得很难忘却的时代。我喜欢孩子。假如我妻子生了个孩子，我早就成了幸福的人了。从我的本性来说，我不会做出你们所说的事，如果有人是这么想的，那他肯定搞错人啦。"

他转身向着那帮官员。他们客客气气地听着，包括那两个黑色百人团的代表。不过，那个矮个子掩饰不住他对雅柯夫的反感，另一个这时走开了。有个戴圆布帽的人向雅柯夫亲切地微笑，然后冷淡地望着远处，一座天主教堂金色的圆顶从那边的树丛中显露出来。

"你最好向神父忏悔，"格鲁贝索夫说，"而不要讲出这种无用的滥话。"他请求神父原谅他说了这样的话。

"阁下，忏悔什么呢？我不是跟你说过我没有干过那种事吗？我可以向你坦白一些事，但不能坦白这个罪行。你应该原谅我这一点，我没干过。我究竟为什么要干这种事呢？阁下，你错了。有人犯了严重的错误。"

但，没有人承认。他心里非常难过。

"坦白交代你是怎么干的？"格鲁贝索夫回答说，"你怎么用糖果把基尼亚拐骗到马厩里面去的，然后你们两三个人猛抓住他，堵住他的嘴，捆住他的手脚，再把他拖上楼梯，拉到你的住处。你们在那里戴着黑帽子，穿着黑袍子祷告，剥光了受惊的孩子的衣服，开始用刀刺他身上几个地方，起先是十二刀，接着又弄了十三个伤口——在他的心脏周围、脖子上有十三个伤口，从这些伤口放了血，还有脸上。这是按你们希伯来神秘哲学的书上说的干的。你们恐吓他、折磨他，你们幸灾乐祸地不顾他可怜的哀求，使他充满恐惧而死去，同时，你们将他的鲜血一滴滴地吸到瓶子里去，直到把血抽光为止。如果我了解你们的习俗的话，你将五六升热血放在小提包里，叫一个驼背的犹太人及时送到犹太教堂去做未发酵的面包和蛋糕。可怜的基尼亚心脏的血给吸干后，便一命呜呼地躺在地板上。你和那个穿白短袜的犹太佬把他抬起来，三更半夜送到此地，将尸体扔在洞里。后来，你们两人吃了面包和盐，以避免他的鬼魂去抓你们，然后在日出之前赶快溜掉。你害怕你房间地板上的血迹被发现，随后就派一个犹太人将尼古拉砖厂的马厩烧掉，这就是你应该坦白认罪的事实。"

雅柯夫握紧双手，捶打着自己的胸膛，痛苦地呻吟着。他抬头寻找比比柯夫，但这位调查官员和他的助手早溜之大吉了。

"把他带到洞里去。"格鲁贝索夫命令卫兵。

他合上雨伞，匆忙走在他们前面，奔上台阶，走进洞里。

雅柯夫脚上锁链太短了，爬不上陡峭的台阶，所以两个宪兵抓住他的手臂又推又拉地将他弄上台阶，另一个卫兵紧跟在后头。之后，一个卫兵进洞去，另一些人从狭窄的洞口把雅柯夫硬推进去。

阴湿的洞里，死气沉沉。墙上挂着半圈的蜡烛，在那微弱的灯光下，格鲁贝索夫取出雅柯夫的工具包。

"这些是你的工具吗？雅柯夫·鲍克。这是赶车人里斯特在马厩你的住处找到的。"

雅柯夫在烛光里辨认着他的工具。

"是的，阁下，我用过好多年了。"

"看看这把生锈的刀和这些用破布擦过血的钻子，那么，你承认不承认这些工具是你和你那帮犹太人用来刺穿一个天真可爱的信基督教的小孩的身体取血的？！"

雅柯夫强制自己看了一看。他望着钻子闪光的刀刃，钻子后面以至洞的深处，这时，他清楚地看到有关的人都在这里。他们之中有玛华·戈洛夫，她的头用一块黑色围巾裹着，她的泪水映射着烛光。她跪在基尼亚的棺材旁边号啕大哭，这棺材是为了这个场合临时从墓中取出来的。两支又长又粗的蜡烛点在他的大头和小脚旁边，他的尸体一丝不挂地躺着，那灰色的萎缩的尸体在烛光下清晰可见，显得怪可怜的。

雅柯夫慌慌张张地算了一算这孩子脸部给刺过的伤口，禁不住喊道："十四个！"

但是，检察官回答说，这是两组七个，像什么魔术似的，而安那斯塔斯神父的脑袋瓜又发出了大蒜的臭味。他跪了下来，口中念念有词地开始祈祷。

# 第五章

## 1

日子一天天过去。俄罗斯的官员们不耐烦地等待着雅柯夫"月经期"的到来。格鲁贝索夫和那位陆军将军经常查看日历。假如他的月经不马上来，他们威胁要用一种他们专用的机器从他的阴茎里抽血。这种机器是铁制的一种抽血机，带有一个表示抽了多少血的红色指示器。棘手的问题在于这部机器总不能准确地工作，有时竟把人体内的血抽得一滴不剩。这是专门给犹太人用的，因为只有他们的阴茎适宜这么抽。

早晨，卫兵们走进地下室，粗暴地把他叫醒。他们仔细搜查了他的全身，命令他穿衣服。雅柯夫给戴上手铐和铁链，然后跨上两排楼梯，他希望到比比柯夫的办公室去，却被带到大厅那边的检察官办公室。下午，在后面靠墙的一条凳子上有两个穿着旧西装的男子鬼鬼祟祟地抬头望着雅柯夫，然后低头看看地上。他想，他们是密探吧！格鲁贝索夫的办公室是个大房间，天花板高高的，在检察官办公桌后面的墙上有一个绕着蓝色光圈的耶稣被钉在十字架上的雕像。他常在这里坐下来看看公文，查阅打开着的法律书籍。雅柯夫受命坐在格鲁贝索夫对面的一张椅子上。卫兵在他后面两边站着。

天气暖和得令人感到不太舒服，窗子都关着，使热气透不进来。检察官穿了一套淡绿色的西装，配上同样一件陈旧的黄背心和

黑色的蝴蝶领结。他的连鬓胡子擦过了。他用一条大手帕拭拭脸上
和手掌上的汗，然后擦擦肥胖的脖子后面。雅柯夫早上做了一场噩
梦，心里乱哄哄的，自从上次在洞里见过检察官的言谈举止后，他
几乎不敢再抬头看他。他觉得快闷死了。

"我已经决定把你送到基辅监狱的预审拘留所去听候审判，"格
鲁贝索夫说着，净净鼻子，然后慢慢地擦了一下，"当然，要预言
什么时候开庭审判是很难的，所以，我想问问你是否可以给予较密
切的配合？由于你有时间考虑你的处境，也许你现在愿意说老实
话。你要说什么？继续顽抗只能使你头疼，和我们配合也许能改善
你的处境。"

"阁下，还有什么别的可说呢？"雅柯夫伤心地说，"我已经用
我有限的词汇思索过了，除了说我是无罪的以外，我没什么可以再
说的了。控告我是没有证据的，因为我没干过你们说我干过的事。"

"这可糟透了。你被捕之前，我们就知道你在这个谋杀案中所
扮演的角色。除了第一商会的商人曼德尔鲍姆和李特维诺夫以外，
你是住在这个区唯一的犹太人。这个犯罪案件发生时，他们不在俄
国，这也许是故意的。事发后，我们立即怀疑是一个犹太人干的，
因为一个俄罗斯人是不可能犯这种罪的。他可能在一次打架中刺了
人家的喉咙或者猛击一两个重拳突然把一个人打死，但是，俄罗斯
人决不会在小孩身上刺了十七处致命伤，用这个办法来杀害一个无
辜的儿童。"

"我也决不会，"雅柯夫说，"我生性就不会这样，不管是什么
情况。"

"这些证据对你是不利的。"

"阁下，这些证据也许是错误的吧？"

"证据就是证据，不可能是错误的。"

格鲁贝索夫的声音变得亲切了，他劝说道："雅柯夫·鲍克，跟我说老实话吧！是不是犹太民族叫你犯了这个罪的？你看起来像个正派人，也许你不愿意去干，但他们逼着你去干。他们威胁你或对你许下某种诺言，你就勉勉强强地为他们去搞谋杀？换一句话说，这是他们的主意，而不是你的主意，对吗？假如你承认这个，我就坦率地告诉你，我会照这样处理的，你的生活就会好过些。我们将不会控告你犯了最严重的罪。也许过了一会儿，你会被假释，你的判决就会暂时搁起来。也就是说，有各种'可能性'。我们对你的要求就是你签个字——这个要求不太过分吧！"

格鲁贝索夫脸上红光闪闪，仿佛他正在做一次比平常更大的努力。

"阁下，我怎能做出这种事？我不能干这种事。我为什么要嫁祸于无辜的人们呢？"

"历史已经证明他们并不是那么无辜的。此外，我也不明白你虚伪的顾虑。你毕竟自己承认是个自由思想的人，你承认时，我是在场的。犹太人对你来说不算什么。虽然我不责怪你，我考虑你是个离家为自己谋出路的人。来吧，这里就是你从掉进去的罗网里摆脱出来的好机会。"

"如果犹太人对我来说不算什么，那么为什么把我弄到这里来呢？"

"你太蠢了，你自己去帮助他们实现罪恶的目的。他们究竟给了你什么好处？"

"阁下，至少说他们没有来干预过我的事。不，我不能签什么字。"

"那你可要记住：这对你造成的后果是极其严重的。法院的判决就够你呛啦！"

"请告诉我，"雅柯夫深深地呼吸了一口气说，"你真的相信魔术师从被杀的基督教小孩身上偷血去拌在面包里的说法吗？你是个受过教育的人，肯定不会相信这种迷信的事的。"

格鲁贝索夫往后靠了一下，微笑着说："我相信你为了宗教仪式的目的而杀死了基尼亚·戈洛夫这个男孩。他们一了解事情的真相，整个俄国就会相信。你们相信吗？"他问卫兵。

卫兵们发誓说他们相信。

"当然，我们相信，"格鲁贝索夫说，"犹太人就是犹太人，有这个就行了。他们的历史、他们的性格是改变不了的。他们的本性是不变的。这已经为戈宾诺、张伯伦和别人的科学研究成果所证实。我们俄国这儿目前正在准备一个关于犹太人面部特征的报告。我们的农民有句俗语说：偷东西的人戴了一顶火烧的帽子。对犹太人来说，火烧的是鼻子，从鼻子可以看出他是个罪犯。"

他将一本笔记本翻到用钢笔勾画着素描的一页，倒过来让雅柯夫能看到这一页上面的几个印刷符号：犹太人的鼻子。

"比如，这个就是你的，"格鲁贝索夫指着一个瘦高鼻梁、小鼻孔的鼻子说。

"这个是你的。"雅柯夫指着一个短鼻梁，肥肥的宽扁的鼻子，嘶哑地说。

检察官脸色变得阴沉，冷冷地一笑。"你是个聪明人，"他说，"可这对你无益。你的命运是可以估计到的。我们的社会是个人道的社会，但我们有办法处罚不思悔改的犯人。也许，我该提醒你注意，让你知道你现在是处于多么有利的地位，而不太久之前，你的犹太同伙是怎么给处死的。他们被吊死时，头上戴着塞满滚烫沥青的帽子，旁边吊着一只狗，以表示全世界是多么鄙视他们。"

"阁下，狗吊死狗。"

"你咬不动，就别把牙齿露出来，"格鲁贝索夫火冒三丈，用一把尺抽打了雅柯夫的下巴。木尺"啪"的一声断了，一截飞到墙上，雅柯夫又哭又叫。几个卫兵用拳头揍他的脑袋，但检察官挥手叫他们走开。

"从现在起到死为止，你可以去跟比比柯夫哭诉去，"他对着雅柯夫嚷道，"但我要把你关在牢里，直到把你的肉一片一片从骨头上剥光为止。你会求我让你坦白交代谁强迫你去杀害那个无辜的男孩的！"

2

他担心监牢的情况会越来越坏，果然，情况马上就恶化了。这就是我的运气吧！他痛苦地想着。他们说什么呢？——"假如我做蜡烛生意，太阳就不下山了。"然而，我是修配工雅柯夫，太阳就一小时一小时地落下去。我属于那种认为"活着是危险的"这号人。有件事我必须学习，那就是少说话，尽量少说话，否则我会自取灭亡。正如现在的情况所说明的，我已经给毁了。

基辅监牢也坐落在卢基安诺夫斯基区。它的围墙高高的，是个古老的灰色楼房，宛如一座城堡。监牢内有一个巨大的泥地院子，铁门旁边扔着几堆废物——破马车、烂席子、旧木板、垃圾桶、石头和沙堆等，犯人们有时还在那里用水泥进行操作。在西边行政管理办公室和主要的囚室之间有块空旷地是供人散步的场所。雅柯夫和看守他的卫兵们是坐有轨电车从区法院跑了几俄里到这个监牢的。在此之前，他一直待在区法院的牢房里。雅柯夫到达基辅监牢时受到斜眼睛的监狱长的招呼："哈啰，吸血鬼，欢迎你来到这希望之乡！"副监狱长个子瘦小，面容削窄，眼睛略突，右手只有四个指头。他说："我们这里会给你吃面粉和血，直到你拉出未发酵的面包来。"小官员们和职员们从办公室里冲出来想看看这位犹太人，但监狱长格里基斯柯依打开了一扇门，带着雅柯夫走进里屋的办公室后，他便在他的办公桌旁坐下。他现年六十五岁，蓄着一撮柔软灰黄的小胡子，穿着带金色肩章的咔叽制服，戴着一顶遮阳的鸭舌帽。

"我这里不要你这号人，"他说，"可我对此没有选择的余地。我是沙皇的仆人，忠实地执行他的命令。你们犹太人是最下贱的社会渣滓，我读过你们的故事，不管怎么说，你们总是皇上陛下尼古拉二世托管的人。因此，你将待在这里，直到上面另有指示。你最好自己规矩一点，遵守各种规章制度，叫你干什么，你就干什么，而且很快去干。不管在什么情况下，除非我同意，你不得企图和监狱外面的任何人通讯，如果你捣乱的话，你就会被就地枪毙，明白了吗？"

"我该在这里待多久呢？"雅柯夫设法问了一下，"我意思是说，我还没给审判呢。"

"政府当局需要你待多久，你就待多久。好吧，你有问题自己去想，跟这位警官去，他会告诉你该做什么。"

警官蓄着下垂的胡须。他领着雅柯夫走下走廊穿过几个阴暗的办公室时，职员们站在门口往外看。他们来到一个长长的房间，里面有个柜子和几张长凳。警官命令雅柯夫脱下衣服。雅柯夫换上了一件麻袋似的白夹克和一条不像样的麻布裤子。夹克闻起来有汗臭味。他还拿到一件没有纽扣的衬衫和一件破旧的大衣。大衣原来是棕色的，已经变成灰色，是给他晚上睡觉时穿着或盖着用的。他脱掉靴子换上硬邦邦的监狱鞋时，一阵令人压抑的黑影向他袭来，他觉得昏眩。但他还是支撑住了。

"在这张椅子上坐下来理个发。"警官命令他说。

雅柯夫坐在一张靠背笔直的椅子上。当监狱的理发师用一把大剪刀正要剪去他的头发时，警官核对了他的官方文件后阻止了他。

"别管它。上面命令说让他留着头发。"

"命令总是这么说的，"理发师生气地说，"这些硬毛一长出来就有特权。"

"剪掉它！"雅柯夫喊着，"剪掉我的头发！"

"安静！"警官命令他道，"学会服从命令。走吧！"

他用一把大钥匙打开了一道金属门，跟随着雅柯夫走下一个灯光暗淡的潮湿的走廊，然后到了一个拥挤的巨大的囚室。囚室的一边钉着隔棚，另一边墙上有两个又高又小又脏的窗子，从窗口透进一点点亮光。有个发臭的小便池像露天的阴沟，从囚室的后墙通出去。

"这是三十天的囚室，"警官说，"你在这里待一个月，然后你去受审或者他们把你转移到别的地方。"

"别的地方在哪里？"

"你会晓得的。"

不管它在什么地方，跟这儿有什么差别呢？雅柯夫忧郁地想。

门一打开，囚室的喧哗声就消失了，四周越来越寂静，好像犯人们望着雅柯夫进来时，谁扔了一条被子把他们全蒙住了。他进来关了门后，他们又开始谈话和踱步。房间里大约有二十五人。四周密不透风，那股灼焦的臭味真令人作呕。囚犯中，有的坐在地板上打牌，有两个人紧靠在一起跳舞，还有几个人在摔跤或拳击，互相竞争，挨了踢就大声骂着。有个玩得入迷的老头从一张破凳子的上面反复跳下来。一个脸部凹陷有病的人用鞋子的鞋跟敲打着他的另一只鞋子。囚房里有几张长凳和桌子，但没有帆布床或草席。犯人们沿着外面的墙睡在一个低矮的木台子上。台子离肮脏潮湿的地板仅有十厘米高。雅柯夫独自坐在最远的角落里，心里思忖着他悲惨的命运。他很想拔掉几把自己的头发，但害怕被人看到而没有拔。

## 3

铁栅外面一个荷枪的卫兵喊道："吃晚餐！"另外两个卫兵打开了囚室的门，送来了三木桶冒着热气的汤。犯人们一哄而上，将每个木桶围得水泄不通。雅柯夫那天没吃过东西，他慢慢地站起来。一个卫兵给围着三只桶的各组犯人一把木勺子。犯人们坐在木桶前面的地板上，每人只准许舀十勺子仅撒了一点大麦的水汪汪的白菜汤，然后将勺子传给排着队的下一个。那些想多吃几勺子汤的人，遭到其他人的痛打。每个人都轮过之后，又从第一个人开始。

雅柯夫挤到最靠近木桶的地方，但是，一个正在吃汤的犯人突然停下来，走近木桶，得意地叫了一声，从木桶里舀起半只露着五脏的死老鼠。他的脚畸形，头上有伤疤。他抓住老鼠的尾巴，赶快用另一只手把勺子里的汤倒掉。两个犯人粗暴地抢走他手中的勺子，将他从木桶旁边推开。这个跛脚的犯人一瘸一拐地走到另一只桶旁边的犯人面前，晃了晃死老鼠。他们狠狠地骂了他一顿，但没人离开木桶。因此，他拿着死老鼠拙笨地在他们周围跳来跳去。雅柯夫朝第二只桶里望望，里面已经空了，唯有几只死蟑螂在桶底漂浮着。他没仔细看第三只桶，对锡杯里没有放糖的淡而无味的茶水也不感兴趣。他希望吃一点面包，但他分不到，因为警官先生还没有将他的名字写在要吃面包的人的名单上。到了晚上，别的犯人一起靠在台子上打鼾。虽然不太冷，雅柯夫还是裹着大衣，在黑漆漆的囚室里来回走着，直到鞋钉刺进他的脚。他精疲力竭地躺下来时，用在囚室里找到的半张报纸盖着脸，以避免苍蝇的纠缠，可是，他不久便给叮当的铃声吵醒了。

早餐时，他吞了几口有烂木头味道的淡茶，但没沾上木桶里灰色的薄粥。他听说这几只木桶在装汤或装粥以前是放在浴室里用的。他要求吃一点儿面包，但卫兵手里的名单上还没有他呢。

"什么时候名单上有我？"

"去你的！"卫兵说，"不要胡闹！"

雅柯夫注意到犯人们对他的态度，开始时他们是中立的，后来慢慢地改变了。他们的感情有所克制，比先前更沉默寡言了。上午，他们三五成群地围在一起，靠近小便沟窃窃私语，瞧瞧雅柯夫。那个跛脚犯人时而用敏锐而狡猾的目光打量着他。

雅柯夫觉得浑身冷汗直冒。他想，也许出了事啦，有人跟他们说过我是什么人。假如他们以为我杀害了一个信基督教的小男孩，他们会设法把我弄死的。

在这种情况下，他应该向卫兵大声疾呼并要求在被他们杀害之前转移到别的囚室去吗？假如他这样做，他能活着转到那里去吗？假如犯人们向他突然袭击，卫兵不来保护他，怎么办呢？

早上放风时，犯人们排成两队，十二个人一组，每组距离十步，沿着院子四周跑步，做十分钟的运动，而武装的卫兵，有的带着卷起来的牛鞭站在又高又厚的围墙下监视着。那个畸形脚的犯人溜到雅柯夫那一边，低声对他说："你头上的头发为什么不像我们那样剃干净？"

"我不知道，"雅柯夫低声回答，"我跟理发师说过，叫他剃掉的。"

"你是个密探，还是告密者？大伙对你有怀疑。"

"不是，都不是，告诉他们我不是。"

"那么你为什么坐得离我们远远的？你他妈的到底是什么人？"

"老实跟你说，我的脚给鞋钉刺伤了。这是我第一次进牢房。我正在努力适应这里的生活，但很不容易。"

"你盼望收到什么食品包裹吗？"畸形脚的犯人问。

"谁会给我寄包裹来呢？我没有亲朋好友会寄什么包裹给我。我的妻子抛弃了我。我熟识的人都是穷苦人。"

"那么，如果你收到一个包裹，就让大家分享。共同分享是我的格言，也是这里的规矩。"

"好的，好的。"

畸形脚的犯人没再说什么，一瘸一拐地走过去。

他们不晓得我是什么人，雅柯夫想，从现在开始，我最好多和他们交往。一旦他们弄清楚我是什么人，恐怕他们就不会提问题，而是揍我一顿了。

可是，犯人们跑步回囚室时，他们低声争论着什么。雅柯夫想起在区法院的囚室里遭受痛打的情景，不禁浑身淌汗。

一会儿之后，一个犯人离开了队伍里的伙伴走近雅柯夫。他个子高高的，眼睛湿湿的，块头挺大，脸色苍白，表情严肃，脖子乌黑，双腿瘦削，有点弯曲。他慢慢地古怪地走过来，好像害怕他的衣服上有什么会掉下来似的。雅柯夫正背着墙坐在地板上，看到他，便匆匆站起来。

"听着，小兄弟，"这个犯人说，"我叫费特尤柯夫。犯人们派我来跟你谈谈。"

"假如你们担心我是个密探，"雅柯夫急躁地说，"你们就错了。我在这里，跟大家一样，在等待审判。我没要求什么特权，他们也不会给我什么特权。我甚至连一片面包也分不到。至于我的头发，我曾叫理发师把它剃光，但警官不同意，你也不必问我为什么。"

"他们控告你什么？"

雅柯夫用干燥的舌头舔舔嘴唇说："不管他们控告我什么，反正我没犯什么罪。我向你保证。这件事太复杂了，不讲几个小时是说不清的，有的我自己也搞不清。"

"我是个杀人犯，"费特尤柯夫说，"我在家乡的小旅馆里用刀刺死了一个异乡人。他对我挑衅，所以我刺了他两刀，一刀刺在胸口，他倒下去时又在他背上再刺了一刀。就这样把他结果了。我也流了一两滴血。他们说我杀了人时，我大吃一惊。我是个心地善良的人。假如你不惹我，我是从不会找你麻烦的。谁会想到我杀了人呢？如果你跟我说起任何这类事，我会当着你的面嘲笑你。"

雅柯夫望着这个杀人犯，沿着囚室的墙慢慢地斜着移动。同时，他看见两个犯人一边一个，偷偷靠近他。他喊叫时，费特尤柯夫从他背后赶上来，从裤子里抽出一支粗短棒，朝他头上狠狠揍了一下。雅柯夫被揍得一脚跪下，双手捧着鲜血淋漓、痛得快裂开的脑袋，然后瘫倒在地上。

他醒来时发现自己躺在又冷又湿的木台子上。他的头疼得很厉害，头盖骨的左边像有一团灼伤的痛感。他用手指摸摸前额被打肿的软软的部位。鲜血徐徐流下来。他痛苦极了，心里想：是不是每一次给送到另一个囚室和别的犯人在一起就要挨打呢？雅柯夫坐起来，感到头昏眼花，鲜血从他脸上滴个不停。

"擦一擦吧！"有个戴着开裂的眼镜的老人偷偷看着他，劝他说。他是个管粪桶的人，还送送开水，有时拖拖地板。"用门边那只桶里的水擦擦吧。"

"人家没惹你，你为什么打人？"

"听着，小伙伴，"老人低声地说，"趁卫兵没来之前快把血擦擦，否则犯人们会杀死你的。"

"就让他们杀掉我好了。"他嚷道。

"我跟你说他是个卑鄙的告密者，"畸形脚的犯人从囚室的另一边说，"干掉他！费特尤柯夫。"

犯人中引起一阵紧张的咕哝声。

两个卫兵跑到走廊上来，有一个手上拿着短枪。他们从隔栅外往里看。

"这里怎么啦？不要再喧哗，你们这些猪猡，否则罚你们一个礼拜只吃一半的定量。"

另一个卫兵从围着铁条的隔栅朝那阴暗的囚室里望望。

"那个犹太人在哪里？"他叫喊着。

没有一个人吭声。犯人们互相看了一眼，有的偷偷摸摸地望着雅柯夫。

过了一会儿，雅柯夫说他在那里。犯人中传来一阵低低的咕噜声。卫兵用短枪对着他们，咕噜声就消失了。

"在哪里？"卫兵说，"我看不到你。"

"在这里，"雅柯夫说，"没什么可看的。"

"警官将你的名字写上了吃面包的名单，今晚，你就有六盎司的面包吃了。"

"同时，你可以做你的未发酵面包的美梦了，"带枪的卫兵说，"假如你明白我的意思的话，还有那殉难的基督徒的鲜血。"

卫兵走后，犯人们相互兴奋地谈论着，雅柯夫又感到害怕。

杀人犯费特尤柯夫又一次走近他。他紧张地站起来，用手抓着墙壁。

"你就是他们说的杀害一个俄罗斯小孩的犹太人吗？"

"他们造谣，"雅柯夫粗声地说，"我是无辜的。"

囚室里充满了犯人们的议论声，有个犯人喊道："犹太狗杂种！"

"这不是我揍你的原因，"费特尤柯夫说，"你的头发没剃，我们以为你是个密探。我们打了你，想看看你是否去向卫兵报告。如果你去报告了，我们就会干掉你。畸形脚就会用刀结果你。我们就要去受审，我们不想让什么人去报告他在囚室里听到的情况。我不知道你是个犹太人。如果我早知道了，我就不会揍你。我小时候当过一位犹太铁匠的学徒。他不会做出他们说你做过的事。如果他喝了血，他会吐光的。他也不会伤害一个信基督教的小孩。我揍了你，对不起。这是个误会。"

"是误会。"畸形脚说。

雅柯夫摇摇晃晃地走到水桶边去。水桶发出一股臭味，但他跪下来，往自己头上浇了一些水。

这一切发生以后，犯人们对他便失去了兴趣。他们转向别的事了。有的到台子上睡觉，有的在玩牌。

那天晚上，费特尤柯夫叫醒了雅柯夫，给了他一块他留下来的香肠，那是他姐姐寄给他的。雅柯夫狼吞虎咽地吃下去。那杀人犯还给他一块湿布压住他头上红肿的伤口。

"说老实话，"他低声地问，"你杀了那个小孩吗？也许你出于别的原因把他杀了，对吗？你可能是喝醉了。"

"没有什么别的原因，"雅柯夫说，"我也没有醉。我从来没醉过。我是无辜的。"

"我希望我也是无辜的，"费特尤柯夫叹口气说，"我干了一件可怕的事。那个家伙对我来说是个陌生人，而陌生人应该受到保护，《圣经》上是这么说的。我流了一点血，这你知道，我晓得的第二件事是我刺了他一刀，他就死在我脚下。主给了我们生命，但这生命却是岌岌可危的。只要打一下，它就完了。不要问我什么原因，除非说魔鬼是强者。如果我能使那个人起死回生，我是很愿意的。我会说：将你的生命拿回去吧，不要再走近我了。我不晓得为什么杀了他，而我自己并不想当个杀人犯。像这样的事情已经够糟的了，谁要让它变得更糟？现在，他们将把我送去西伯利亚的一个集中营。如果我能活着服满刑期，我将不得不在那里度过我的余生。"

"小兄弟，"他对雅柯夫说，在身上画了个十字，"不要失望。桥墩可能会倒塌，但真相会大白的。"

"那要等到何时呀！"雅柯夫叹口气说，"我虚度了青春，可怎么办呀？"

4

他的青春慢慢地消逝了。

他给关了将近三个月，比那位比比柯夫先生估计的要长三倍。

唯有主晓得何时是个尽头。雅柯夫尽力在探索他究竟出了什么事。他快发疯了。一个穷困而善良的修配工待在牢房里干什么？他干了什么坏事，活该受到这望不到尽头的可怕的监禁？他在不公正的世界上吃的苦头还不够多吗？他拼命把他从离乡背井到基辅牢房所发生的各种可以理解的事件联系在一起，然而，一想起这些意料不到的奇特的经历是由有关的事件蓄意造成的，他不禁思绪混乱。真的，这世界和以前的世界是一个样。大雨虽灭了火，却酿成水灾。没有道理的事简直太多了。他犯了一些错误，并为此付出了沉重的代价。有个茫茫的黑夜，一张厚厚的黑网罩在他身上，因为他正站在网的下面。虽然他四处奔跑，却逃不出黏胶状的网心，何况这网还是看不见的。究竟谁是设圈套的人呢？他有时以为因为他不信教，所以主在惩罚他。主毕竟也是个妒忌别人的人。"在我面前，你不能信仰别的上帝，"当然更不许不信仰他。他也咒骂非犹太人对犹太人永久的仇恨。事情在某个历史时刻变得很糟，信不信主，还是永远这样糟下去。果真应该如此吗？他不断地咒骂自己。这种事早就会发生在一个更愿意献身的犹太人身上，可它却发生在一个最近变成自由思想的人身上，因为他是雅柯夫·鲍克。他责备自己常犯错误。他不能经常分清遥远的过去所发生的事和那些直接导致他在砖厂被捕的事。当然，他知道还有外在的原因——那毕生缠着他的命运的主宰。假如他不小心，他就可能过早地夭折。

他多么盼望说明自己是什么人呀！他叫雅柯夫，是从犹太人定居点一个小镇来的修配工，是个孤儿。他娶了拉伊莎，又被她抛弃了。他谴责她的灵魂。他生来就很穷，勉强挣扎糊口，在其他方面也是一筹莫展。如果他是这样的人，他在牢房里干什么呢？如果他的生活本身就是一种惩罚，他们还要惩罚谁呢？为什么把一个对社会无害的人关在一座用厚石墙围起来的牢房里呢？他想求他们放他走，道理很简单，因为他不是犯人，这是尽人皆知的事实，他们可以到他家乡去调查。假如格鲁贝索夫、波第安斯基、监狱长或其他官员以前了解他，他们决不会相信他会犯下这弥天大罪。像他这样的事也不会有了。假如有一张纸上写明他是无罪的，他就可以拿出来，并说："请读一读吧！这里全写着呢！"可是，这只是藏在他心底里，只有他们找到了，他们才会知道。但他们并不去找。怎么会有人对玛华·戈洛夫看了两眼，注意到她迷信的样子和她帽上难看的樱桃花，而不怀疑她对这件杀人案件的实情比她愿意说的了解得更多呢？那位一个多月不见的调查官怎么啦？他仍然忠于法律，还是参与别人的罪恶活动，去追捕一个犯罪的犹太人？或者他只是把一个活该牺牲的人遗忘了？

雅柯夫待在区法院牢房的最初几天里，以为对他的控告几乎是不能成立的，跟他的生活和行为没多大关系。但到那洞里现场参观以后，他就不再考虑什么成立不成立，真相和伪证的事了。根本无"理"可讲，他们有的只是反对一个犹太人，或者任何犹太人的阴谋。他是偶然被选上的牺牲品。他会被审判的，因为控告已经进行了。不需要有什么别的理由，身为犹太人本身就意味着他在生活中是容易遭殃的，包括历史上酿成的最严重的错误。偶然性和历史的必然性在雅柯夫身上交织在一起，而他从没想过他会给牵连进去。这种牵连，用另一种说法，并非针对他个人，但它的影响所造成的厄运和痛苦却并非如此。他的遭遇是个人的，痛苦的，也许是遥遥无期的。

他感到上了圈套，被人抛弃了，孤立无援了。他仿佛从这人世间消失了，没有人称得上是他的朋友，没有人知道他的遭遇，一个人也没有。雅柯夫责怪自己未听斯莫尔的劝告待在他的老家。他自己闯了一场大祸，究竟为了啥？寻找机会？难道是寻找毁灭自己的机会不成？他抓了一条小鱼，却给一条大鲨鱼咬住了。不难想象哪一个能吃到肉。虽然他眼下终于有点明白事情会怎么样，或者以为他全明白了，他仍然不会让自己听任命运的摆布。他心头闪起哲学念头的瞬间，便谴责历史，谴责反犹太主义，谴责命运，甚至有时也谴责犹太人。"谁会帮助我？"他在睡梦中喊着，但别的犯人有他们自己的苦衷和他们自己的噩梦。

一天晚上，有个新客人给带进囚室来。他是个脸色阴沉，有点发胖的年轻人，胡子稀疏，手脚小巧，穿着自己的服装。起先，他愁眉不展，谁朝他看看，他就还以鬼鬼祟祟的目光。雅柯夫从远处看着他。这年轻人是囚室里瘦骨嶙峋的犯人们中唯一的胖子。他有钱贿赂卫兵给些方便，靠外面寄来的包裹过日子，每周两大包。他并不吝惜食品和香烟。"伙伴们，到我这儿吃个痛快吧！"他说着就取出剩下的东西给人家，当然他自己的供应一直很充足。他甚至给大家绿瓶子装的矿泉水。他看来很懂怎么跟别人打交道，有些犯人就跟他玩牌。畸形脚被派去当他个人的侍者，但他挥手叫他走开。同时，他也是个爱烦恼的人，有时自言自语，摇摇头表示反对，有时用脏指甲抓他的手腕。他把自己衬衫上的纽扣一个一个摘掉。雅柯夫想跟他谈谈，起先就站在他旁边，但没有开口，也许他不知道跟有钱的人说些什么。这一半是因为那个人明显地暗示不想别人打扰他，一半是由于连他自己也说不清的种种原因。新来的犯人伪装对人热情，施予小恩小惠，但他的眼睛掩盖不了这样的事实：他并不是个热情的人，后来他对人就不那么热情了。他常常单独坐在一角自言自语。雅柯夫意识到这个人在注意他。他们两人彼此了解各自的心事，互相瞧了瞧。一天早上，在牢房的院子里放风之后，他们就在囚室的一隅交谈起来。

"你是个犹太人吧？"胖胖的年轻人用意第绪语问道。

雅柯夫承认。

"我也是的。"

"我想是这样。"雅柯夫说。

"如果你是这么想的，为什么不过来找我？"

"我想应该等一等。"

"你叫什么名字？"

"雅柯夫·鲍克，是个修配工。"

"你好！我叫格隆芬·格列戈尔。你怎么到这儿来的？"

"他们说我杀害了一个信基督教的小孩。"他仍然没法用稳定的语调说话。

格隆芬惊讶地望着他。

"噢，你就是那一个？我的天呀！你刚才怎么不跟我直说？我很高兴和你同在一个囚室。"

"这有什么可高兴的？"

"我听说他们指控有个人杀了一个他们在洞里找到的俄罗斯小男孩。当然，这全都是他们编造的谎话，但在波多尔区到处谣传着一个犹太人给抓起来了，不过，没有人见过你，也不知道是什么人。不管他是谁，他是为我们大家而殉难的。这真的是你吗？"

"是我，但愿这不是我就好了。"

"我怀疑有这样一个人存在。"

"事已如此，我没别的可说了，"雅柯夫叹口气说，"我最坏的敌人像这个一样地存在。"

"不要悲伤，"格隆芬说，"主会帮助你。"

"他会不会帮助我，这取决于他。假如他不帮助我，我希望别人很快会帮助我或者他们会把我埋在地里，再用泥土和草盖起来。"

"别急！"格隆芬心不在焉地说，"别急！如果一个办法不行，再想个别的。"

"哪有什么别的呀？"

"只要人活着，就很难说下回会出现什么机会。死人就用不着签支票还债了。"

他开始作自我介绍。"当然，我比一些我记得的人要富一些，"格隆芬说着，望望雅柯夫是否同意，"我雇了一位第一流的律师，他已经按你所说的非官方的办法为我申辩。如果我应该花钱的话，花上几百个卢布，我也不怕，因为我的来源比这个多。我的职业是伪造钞票。这样搞是不诚实的，但进账很好，就好像是从沙皇尼古拉二世那里弄来的。沙皇搞了很多钱，是从犹太人那里弄去的。还有，如果这回贿赂失败了，我就不知道怎么办才行。我有个老婆和五个小孩。我真有点担心。这回是我在牢房里待得最长的一次。你在这里多久啦？"

"大约一个月。从我被捕以来总共有三个月了。"

"唷！"伪造者从他最后一个包裹里取出两支香烟和一片苹果给雅柯夫。雅柯夫感激地抽着、吃着。

他们第二次交谈时，格隆芬问了雅柯夫关于他的双亲、家庭和家乡的问题。他要知道他在基辅一直是干什么的。雅柯夫跟他说这个，谈那个，但话不太多。他确实提到拉伊莎，而格隆芬却坐立不安。

"我说，不要多谈犹太姑娘。我老婆不会有这些想法，至少她不会跟什么非犹太小伙子跑，更不用说干这种事了！"

雅柯夫耸耸肩膀。"有的人这样，有的人不这样，而这样干的人有的是犹太人。"

格隆芬开始问些情况，小心翼翼地东张西望，然后小声地说，他很感兴趣的是了解一下究竟那个男孩出了什么事。"他是怎么死的？"

"谁怎么死的？"雅柯夫惊讶地问道。

"被杀害的那个俄罗斯男孩。"

"我怎么晓得呢？"他从他身边走开，"他们说我干的事，我没干过。假如我不是犹太人，我就没有罪了。"

"你敢肯定吗？你为什么不私下告诉我？我们两人是患难之交。"

"我没什么可私下告诉你的，"雅柯夫冷淡地说，"没有家禽，就没有羽毛。"

"你的命运不佳，"伪造者亲热地说，"但我会尽我力所能及地来帮助你。一旦他们放我出去，我就跟我的律师谈谈。"

"对此，我会感谢你。"

但格隆芬越来越沮丧。他的双眼模糊了。他什么也不再说。

第二天，他溜到雅柯夫身边，忧郁地低声说道："他们在外面说，如果政府将你带去审判，他们可能同时发动一场大屠杀。黑色百人团正在进行骇人听闻的威胁。千百个犹太人将像逃避瘟疫一样地离开城市。我的丈人在谈论着拍卖家产，逃到华沙去。"

雅科夫默默地听着。

"没有人责骂你，你明白吗？"格隆芬说。

"假如你丈人想逃走，他至少可以走吧！"

他们谈话时，伪造者不时紧张地朝囚室的门口望望，好像他正等着卫兵的到来似的。

"你正盼望收到包裹？"雅柯夫问道。

"不，不。如果他们不让我出去，我就快发疯了。这是个臭地方。我担心我的家庭。"

他匆匆离去，但二十分钟后又带着包裹里剩下的东西回来了。

"看着这点剩下的东西，"他对雅柯夫说，"也许我终究要采取一些行动。"

一个卫兵打开了房门，格隆芬从囚室里消失了半小时。他回来时告诉雅柯夫：他们当晚要放他出去。他看起来是满意的，但他的耳朵火辣辣的，后来，他自己咕噜了一个多小时。过了片刻，他就不说什么了。

这就是金钱所具有的威力，雅柯夫想。假如你有钱，你就有了自由。

"我走之前能替你做些什么呢？"格隆芬低声地说着，塞给雅柯夫一张十卢布的纸币，"不要急，这保证是真钞票。"

"多谢。有了这个，我可以买点东西。他们不肯把我自己的钱还给我。也许我能向别的犯人买一双较好的鞋子。这一双鞋子伤了我的脚。还有，假如你的律师能帮助我，我会十分感激你的。"

"我正在考虑：你也许要我替你带一封信给什么人吧！"格隆芬说，"就用这支铅笔写出来，我就去寄。我包里有纸和一两个信封。出去后，我会给你贴上邮票的。"

"万分感谢。"雅柯夫说，"可我给谁写信呢？"

"如果你没人可写，"格隆芬说，"我可不能给你伪造个收信人。你跟我说过你有个丈人，给他写信怎么样？"

"他毕生很穷苦。他能帮我什么？"

"他总有一张嘴，对吗？让他去喊叫吧！"

"他是有张嘴，有个肚子，可是没东西吃。"

"他们说，一只犹太家禽在品斯克啼叫，他们在巴勒斯坦都听得到。"

"也许我该写。"雅柯夫说。

他越想起这个，就越要写信。他有个最强烈的愿望，就是让人家知道他的命运。正如格隆芬说的，外面的人知道有人给关在牢房里，但不知道是谁。他要使每个人都知道，这个人就是雅柯夫·鲍克。他要他们晓得他是无罪的。应该让人家知道，否则他永远出不去。也许他们可以成立一个什么委员会来帮助他吧？也许有人懂得法律，律师在起诉之前可能来看看他。假如不行的话，他至少能促进他们出示这个文件，以便开始为他辩护。在这个臭气熏天的囚室里再过一个礼拜就是三十天了，他没有得到任何人的消息。他考虑给调查官写信，但又不敢。假如他把信转交给检察官，事情会搞得更糟。或者他不会这么做，他的助手伊凡·西姆欧诺维奇可能会这么做。无论如何，这个机会风险太大了，利用不得。

雅柯夫不慌不忙地写了两封信，一封给斯莫尔，另一封给艾伦·拉特克，那位租给他一个房间的印刷商。

"亲爱的斯莫尔，"雅柯夫写道，"诚如你所预言的那样，我自己闯了大祸啦，现在给关在靠近多罗戈季斯基大街的基辅监牢里。我知道你不可能帮助我，但请尽快设法营救我。还有谁我能向他呼救呀？你的女婿：雅柯夫·鲍克。又及：假如她回家了，我宁愿不知道。"

他给艾伦·拉特克是这么写的："亲爱的朋友艾伦，你不久前的房客雅柯夫·鲍克现在给关在基辅监牢的一个囚室里。等满三十天后，天知道我会出什么事。已经发生的事情是够糟的了。我被指控杀害了一个名叫基尼亚·戈洛夫的俄罗斯小孩。我发誓：我连碰也没碰过他。请一定帮个忙，将这封信送到犹太人办的报纸去，或者送给一位诚挚的慈善家，如果你碰巧认识一个的话。告诉他们：假如能帮我出狱，我会毕生勤奋工作来报答他们。务必抓紧办理，因为情况十分危急，而且越来越坏。雅柯夫·鲍克。"

"好的，"格隆芬说，收下了两封封好的信，"这就行了。那么，祝你交好运！不要把那十个卢布放在心上。你出狱后还给我。只要出去了，你就能搞到更多的钱啦。"

卫兵打开了囚室的门，伪造者匆匆消失在走廊下面，牢房的卫兵快步跟着他。

十五分钟后，雅柯夫被叫到监狱长办公室。他将格隆芬包裹里剩下的东西交给费特尤柯夫保管，并答应和他分享。

雅柯夫在卫兵用枪押送下急忙穿过通道。也许这次是起诉了吧，他激动地想。

监狱长格里基斯柯依跟副监狱长以及一位穿着像将军一样的服装的表情严肃的视察员在他的办公室里。格隆芬坐在角落里，戴着帽子，闭上眼睛。

监狱长从信封里取出了雅柯夫刚写好的两封信，然后晃了一下。

"这是你写的信吗？老实回答，你这个狗杂种！"

雅柯夫愣住了，情绪很消沉地说："是的，阁下。"

监狱长指着用意第绪语写的信纸。"把这些鸟字给我译出来。"他对格隆芬说。

伪造者张大眼睛长时间地看着信，然后用俄语大声读出来，语调急促而单调。

"你这个犹太人吸血鬼，"监狱长说，"你竟敢破坏监狱的规定？我个人警告过你，没有我的明确的许可，不要想跟外面任何人接触。"

雅柯夫一言不发，眼睛盯着格隆芬。他的肚脐眼隐隐发疼。

"他把你的信件转交给我们了，"副监狱长对雅柯夫说，"他是个守法的公民。"

"不要期望我做个有道德的人，"格隆芬自言自语，他的眼睛仍然闭着，"我不过是个伪造者罢了。"

"你这个狗娘养的密探，"雅柯夫对他喊着，"你干吗哄骗一个无辜的人？"

"看看你说了什么话，你这个人，"监狱长警告说，"下流的人，讲下流的话。"

"人人为自己，"格隆芬咕噜着，"我有五个小孩和一个神经质的老婆。"

"还有，"副监狱长说，"我们看到你写着，你也想贿赂他去毒死管院子的人，因为他在砖厂院子里看见你企图绑架那个男孩，而且你想给玛华·戈洛夫钱，叫她不要去告你。这难道不是千真万确的吗？"他问格隆芬。

伪造者马上点点头。他的汗水从帽子下面流到黝黑的眼皮上面。

"我从哪里去搞钱来贿赂他们呢？"雅柯夫问。

"犹太民族会给你的。"视察员回答。

"把他带走，"老监狱长说，"调查官需要你的时候会叫你。"他对格隆芬说。

"密探!"雅柯夫喊着,"狗娘养的叛徒!这全是肮脏的骗局!"

格隆芬像个瞎子一样,被副监狱长带出了办公室。

"这就是你从你的同胞那里期望得到的一种帮助,"视察员对雅柯夫说,"对你来说,最好的办法就是坦白交代。"

"我们不会让你这种人无视我们的规定,"监狱长说,"对你要严加管押,如果你还有别的信要写,你就用你自己的血写吧!"

5

雅柯夫被他们推入一间狭小的单人囚室,囚室里又闷又热,真叫他活受罪。热汗湿透了他的背脊,从他的腋窝流下来。到了第三个晚上,门的插销被拉开了,有人把钥匙插进锁里一转,门就开了。

有个卫兵命令他下楼到监狱长的办公室去。"你他妈的还不动,你可真会惹麻烦。"

调查官正坐在办公室里的椅子上,手上拿着一顶黄草帽在扇风。他穿了一套起皱的麻布西装,戴了一条白色丝领带。雅柯夫走进去时,他和副监狱长正谈得起劲。他那苍白的脸跟又黑又短的小胡子成了鲜明的对照。副监狱长穿着闪亮、发臭的雨靴,神色不安,脸上红了一阵,强烈地意识到被激怒了。当犯人带着死人般苍白的脸色和极度震惊的表情,一瘸一拐地走进办公室时,两个官员暂时停止了谈话。副监狱长咬咬嘴唇说:"如果你征求我的意见,我以为这是个不平常的审判程序。"但是,比比柯夫耐心地说明了相反的意见,"我到这里来,是履行我作为调查官的应尽义务的,副监狱长先生，因此，没什么可怕的。"

"假如像你说的这样，为什么你趁监狱长去度假不在家，别的官员在睡觉时将近午夜才来？这真是来此办公事的奇妙时刻，如果我可以这么说的话。"

"这是热得可怕的一天过后的一个可怕的夜晚，"调查官喉咙发干地说，用握住拳头的手挡住嘴巴咳了一声，"但此时凉快多了。事实上，你到街上一走，就能感觉到从第聂伯河吹来的一阵微风。坦率地说，我刚才已经上床啦，可是屋里热得难受，床单上的汗比我身上的汗还多，我翻来覆去睡不着。后来我想，这样下去也没用，就爬了起来。我穿了衣服就闪出一个念头，如果我办点公事比躺着喝冷饮要有益多了。冷饮能补气消暑。幸运的是我的妻子和小孩在黑海边上的夏季别墅里，我想八月份去和他们会合。你可知道今天下午阴凉处的温度升到四十点五度，此刻在三十三点八度上下浮动？我跟你说，今天在我的办公室里肯定是不能工作的。我的助手埋怨天气热得令人恶心。他不得不被送回家去。"

"如果你要办，那就去办吧，"副监狱长说，"但我不能不坚持作为一个旁证待在这里听你审问。这个犯人是在我们管辖之下的，这一点是够清楚的。"

"我可以提醒你：你们的作用是看守，而我的任务是调查，对吗？这个嫌疑犯还没审判，也没有判决。事实上，到目前为止还没有进行任何起诉。他也不是根据政府法令正式扣押的。他给关在这里，不过是作为一个物证而已。如果你允许我这样说的话，我有权单独审问他。这个时候也许不太方便，但这只是从正常的意义上来说的，所以，我请求你离开一段短短的时间，不超过半小时。"

"万一监狱长回来要了解一些情况呢，所以，我至少该知道你想问他什么问题。如果是关于犯人在这里的待遇问题，我坦率地警告你不要过问，如果你问了这些问题，监狱长一定会很生气的。这犹太人并没有受到亏待。如果他遵守规章制度，他就会和别的犯人一样受到同等的待遇。如果他不是这样，那就是自找苦吃。"

"我要问的问题并不涉及你们监狱对犯人的待遇问题。不过，我希望你们总该人道一点。你可以跟监狱长格里基斯柯依说，我要核对几天前被告在我面前说过的一些证词。如果他喜欢多了解一些宝贵的情况，叫他给我打电话。"

副监狱长绷着脸朝犯人瞧了瞧，不高兴地走开了。

比比柯夫用两个手指头压住嘴唇，坐定了一会儿就敏捷地走到门口，聚精会神地听听外面的动静，然后拿着他的椅子，也给雅柯夫拿了一张，走到办公室没有窗子的角落里，并示意他坐下。

"我的朋友，"他用低沉的声音急促地说，"我从你的外表就能知道你的遭遇。如果我不就这方面发表意见，请你不要以为我是不负责任的或者是不近人情的。我答应副监狱长提问只限于别的事情上，而且，我们交谈的时间不长，我有不少话要说。"

"阁下，这样行呀，"雅柯夫小声地说，感情上有些激动，"但我想知道你能否给我一双别的鞋子。这双鞋子的钉子刺伤了我的脚，可没人相信。叫他们给我换一双，或是借给我一把锤子和钳子，我就能自己把它修修好。"

他吸了一口气，用袖子擦擦眼睛，然后说："阁下，我穿得不整齐，请原谅。"

"我想，我们穿着同样的亚麻布衣裳，"比比柯夫开玩笑地说着，一面用他柔软的帽子慢慢地扇着风。他低声地补充说道："告诉我，你穿多少尺码的，我会给你送一双鞋子来。"

"也许，最好不要送来，"雅柯夫小声地说，"否则，副监狱长会晓得我对你发了牢骚。"

"下命令把你抓进监狱的，是检察官，而不是我，你知道吗？"

雅柯夫点点头。

"你想抽支烟吧？你可知道我的土耳其烟真是美极啦？"

他给雅柯夫点了一支。雅柯夫抽了几口，不得不熄掉它。"浪费了，请原谅，"他咳嗽着说，"这么热，连呼吸都不容易。"

这位官员收起他的烟匣。他把手伸到胸前的口袋里取出夹鼻眼镜，然后吹吹，将眼镜架在淌汗的鼻梁上。"我想让你知道，雅柯夫·斯帕索维奇，假如我可以这么说的话，我认为你的案件引起了我特别的兴趣。上礼拜，我刚刚从圣彼得堡坐火车回来，那火车挤得闷死人啦，简直不是人坐的。我在那里和司法部长奥多耶夫斯基商议了你的事。"

他把身子往前伸，轻声地说："我到那里去，把我已经收集到的证据送去，请求上面对你的控告加以限制，诚如我向检察官提出的建议一样，把问题严格限制在你非法居住在卢基安诺夫斯基区这一点上，或者如果你离开基辅回老家去，问题就干脆一笔勾销。然而，我得到明确的指示，要对任何一个疑点的蛛丝马迹继续进行调查。我以对你最大的信任告诉你，司法部长虽然很有礼貌而且很有兴趣地听了我的汇报，可是我离开时，有个明确无误的印象：他希望获得证实你犯罪的证据。"

"我要吃苦头了。"

"你应该明白，这一切并没有这么特别地说明。这不过是个印象，也许我理解错了，当然，我并不这么想。坦率地说，事情看来搞得模糊不清，加上一些暗示、犹豫和我不完全明白的老问题，含含糊糊的评论等，把事情搞得更混乱了。甚至到现在为止，他们也没有非常明确地说什么，可是，跟以前一样，我处于某种压力之下，他们要我公开收集跟上面那种主要看法有关的证据。内政部长也定期给我打电话。我得承认，这些压力使我坐立不安。我妻子跟我说，和我过日子比平常更难了，我的胃出了点毛病。她今天给我来信，催我去看病，而今晚，"他继续说，将声音降到最低限度，"我感觉到，在我到这里来的路上，我的马车被人家跟踪了，当然，毫无疑问，我可以说，我现在的神经是正常的。"

他把苍白的脸往雅柯夫的脸靠过去，继续低声地说："但这既不是这里，也不是那里。回到刚才谈到的事实上来吧，奥多耶夫斯基一度提出：如果我觉得'不太好'或'有压力'，或者这件工作变得枯燥乏味，或者看起来跟他所指的所谓'你的信条'相违背的话，他就解除这个案件对我的'负担'。我相信，我得到一个明确的暗示：作为一个由于宗教原因引起的谋杀案进行起诉，就能更好地达到法律的目的。当然，这种控告不外是无稽之谈。"

"关于这起谋杀案，"雅柯夫说，"假如我插过手，就叫我变成一个跛子，永远待在地狱里。"

调查官用帽子慢慢地扇着。他朝门口望望，然后说："我告诉司法部长（我非常直率地告诉他，没有吞吞吐吐，也没有偷偷摸摸）：含含糊糊的议论不能解释法律，对法律也无用。我跟他说：我所指出的证据和别人的证据恰恰相反，我们应该解除对犯人的主要控告，犯人是无罪的。他耸耸肩膀。这位伯爵是个仪表堂堂的人。他很英俊，能说会道，身上恰到好处地洒了香水。他的行动好像表明我还缺乏真知灼见。很明显，我们就谈到这里为止。耸耸肩膀也许意味着有很多意思，也许一点也没有，但总归是个疑问。我可以说句恭维话，他是个绅士。但是，我得坦率地告诉你：这对于我的同事，检察官格鲁贝索夫来说，连一点点疑问也没有。我想说，他甚至在事实面前也是会相信他自己的。我这么说是经过慎重考虑的。格鲁贝索夫不止一次地强烈要求我——事实上，他虽然没说什么，却一直坚持这样做：对你提出严厉的起诉，指控你谋杀基尼亚·戈洛夫。我干脆拒绝了。当然，这样做增加了我精神上的不安。你应该知道：出于种种实际的缘由，这件事不能再这样拖下去。假如我不能拟出起诉的方案，别的人会做的。假如他们能撇开我，他们就会撇开我的，到那时我就不能帮你什么忙了。所以，我继续进行我的调查时，就假装和他们合作，直到我得出确凿无误的结论为止。我要再把收集的证据呈交司法部长。假如他们坚持由检察院起诉，我可以向报界披露我的调查材料，让他们的起诉成为一起丑闻。我希望能这样。事实上，我已经计划隐名匿姓地将收集到的有关控告你的事件的真相泄露给一两个地位高的记者。到目前为止，反对你的证据，除了反动报纸发表的一些匿名的控告信和有挑衅性的文章外，再没有别的了。今晚，我躺着睡不着时就这样决定了。我很冲动地决定来找你，是为了将我的计划通知你，使你不会觉得在人世间连一个朋友都没有。我知道人家诬告你。我决心尽自己最大的努力继续进行调查，以便弄清问题的真相，在必要时公布全部事实。我这样做，既是为了俄国，也为了你和我。因此，雅柯夫，我了解你的处境很艰难，但我要求你不要急躁，要有信心。"

"谢谢阁下，"雅柯夫说，话音里有点颤抖，"假如你经常走出房子待一会儿，让你的肺吸吸新鲜空气，你望望天空，看看明天是否会下雨——那当然不会有什么不同。这又小又暗的囚室真叫人难熬呀！到现在为止，我晓得有人知道我干了什么，没干什么；我晓得我相信谁，我很想听听你在谈到记者前提到的'事件的真相'究竟是什么意思。"

比比柯夫又走到门口，轻轻地开了门，偷偷地朝外看看，然后小心地关上门，回到他坐的椅子上，再一次把脸贴近雅柯夫。

"我认为谋杀是玛华·戈洛夫一帮犯人和抢劫犯干的，特别是她那瞎了眼的情夫，他叫斯蒂泮·布尔金。大概是由于他双目失明，为了对她进行复仇而干的。她完全忽视了她的儿子。她是个坏女人，既愚蠢又狡猾，道德败坏，是个死心塌地的妓女。基尼亚显然威胁他们，也许不止一次，要向区警察局揭发他们罪恶的活动。很可能她的情夫使她相信必须干掉这个小孩。也许，事情是在酒醉的情况下发生的。小孩给杀了，我十拿九稳肯定是在他母亲的屋里。布尔金在这野蛮的屠杀中扮演了主要角色。他们显然折磨了这可怜的小孩，在他身上戳了好几刀，将喷出来的血吸干，以免在地板上留下任何一点痕迹。我猜想他们把沾血的破布烧掉了。最后把刀深深地刺进小孩的心脏。可我拿不准玛华是否看到他死去，或者醉昏过去了。"

雅柯夫不寒而栗地说："阁下，你这是怎么发现的？"

"我不能告诉你，不过，一般地说，盗贼会内讧的。还有，我刚才跟你说过，玛华一贯是又愚蠢又狡猾的。假如我们耐心地做工作，事件的真相届时总会大白的。我们有理由相信：她把她儿子的尸体放在浴盆里一个礼拜，再送到洞里去。我们正在寻找她的一个邻居，据说她在那里看到尸体之后就迁离了这个地区。我猜想，由于玛华的威胁，那位邻居吓得几乎精神失常。恶人为了保自己的命，自然要控告你为宗教仪式去弄血。这原先是怎么捏造出来的，我们拿不大准。我们怀疑是玛华自己写了一封匿名信，说什么这残忍的事是犹太人干的。她给警察局的那封原信，署名是'一个基督徒'。虽然我一直没有能够拿到这个原件，但我知道是怎么回事。不管怎么说，恶人们总要尽他们所能地做到一切，来维护他们对别人的控告，甚至找几个证人来证实你'犯罪'。他们是可怕而危险的人。我的助手伊凡·西姆欧诺维奇断定：是普罗斯柯和里斯特烧了尼古拉·马克西姆莫维奇的马厩，并没有得到什么鬼犹太人的帮助。"

"原来是这么回事，"雅柯夫叹口气说，"天外有天，真相难明呀！请原谅我问一句：那位检察官也知道你刚才跟我说的情况吗？"

比比柯夫自由自在地用帽子扇扇风。

"说得准确些，我不知道他知道还是不知道。我不是他的亲信，但我怀疑他知道的比他自己承认的多。我也知道他是个野心勃勃和见风使舵的人，是个从不放弃追名逐利的人。他年轻时是个身强力壮的乌克兰汉子，可是，自从担任了公职以后，他变得比沙皇更俄罗斯化。假如仁慈的主不加干预的话，他也许有一天会当上我们最高法院的法官，无疑的，这是他最求之不得的。假如真的出现这种情况，那他将是一个'没有法律观念的法官'。"这位官员停顿了一下，又接着说，"雅柯夫·斯帕索维奇，假如你不把这些话或我的其他话对别人说或自己再说一遍，我会感激你的。我像大部分俄罗斯人那样，说得太多了，不过，我特别想安慰你一下。这一点要求是为了我们彼此的安全。"

"即使这里有的人不是我的敌人，我能对谁再说一遍呢？但我要问的是：那位检察官真的以为我杀害了基尼亚吗？他确实相信神父在洞里所说的那些话吗？"

"关于他真的相信什么，我必须再一次承认自己一无所知，虽然在办公务过程中我经常见到他。按照我的意见，他比较相信他周围那些人所相信的情况。我不想瞎说他灵魂里有多少迷信和华而不实的东西或那是为什么目的服务的。但我敢断言，他不是傻瓜。他懂得我们的历史，对法律也很熟悉，虽然对其精神实质不甚了了。他肯定知道亚历山大一世在 1817 年，尼古拉一世在 1835 年，以官方的敕令禁止对住在俄罗斯土地上的犹太人进行血腥的诽谤，然而，这是千真万确的：为了某种政治目的而挑起一场屠杀，这些诽谤在上一代人中又出现了。我用不着告诉你：在最近的年代里，原先的进步出现了令人失望的倒退。不管怎么说，我们称它'进步'，特别令人失望，因为自从农奴解放以来，我们得到的东西太少了。在我看来，一个国家里有些事是该诅咒的，因为有些人把另一些人作为自己的财产。这种腐败的现象从未从俄罗斯土地上消失，而这就孕育着将来可能发生的坏事。还有，沙皇一直没有收回原来的敕令，所以它就变成了法律。假如格鲁贝索夫像我最近这样，好好调查研究这个问题，比如，某些罗马天主教教皇们，包括一个英诺森，一个保尔，一个格列戈里和一个克里门（我忘了他们称呼的顺序）发布了某种停止这种诽谤的禁令。我相信：他们中有一个把它叫做'毫无根据的拙劣的捏造'。有趣的是，我晓得，正是这种相同的对犹太人的血的控告被第一世纪的异教徒用来为早期的对基督徒所进行的压迫和屠杀找到理由。他们也被称为'吸血鬼'。假如你懂得天主教的弥撒，你就会明白这是什么原因。血的神秘是从原始人类中产生的，他们以为血中有一种奇异的力量。当然，在颜色和成分方面它是最有戏剧性的东西。"

"那么，如果教皇说不是，为什么神父说是呢？"

"安那斯塔斯神父是个骗子。他用拉丁文写了一本反对犹太人的小册子。这使他得到了贵族院的赏识。他们怂恿他去陷害你。搞大屠杀的狂热分子就是以他为中心的。我觉得有趣的是：他的小册子发表不久，基尼亚·戈洛夫就被谋杀了。他是个被剥夺了神职的天主教神父，因为他有些不规矩的行为，我们估计是贪污了教堂的基金。他是后来从波兰来的，参加了正教，不巧，他们的教务会议不支持对你的控告，但也不否定。基辅大主教通知我，他将不发表什么声明。"

"这也不能阻止事态的发展吧！"雅柯夫低声地说。

"恐怕不能。雅柯夫，你懂得一点法文？"比比柯夫问。

"阁下，不懂，我想也不敢想。"

"法国有句俗语：改变得越多，越保持原貌。你必须承认，这也许有点道理，特别是联系到我们所说的'社会'。事实上，现在的社会和朦胧的过去相比，并没有根本的变化，甚至我们随便把人类文明当作一种进步，也是如此。坦率地说，我不再相信这种观念了。我尊重人，因为人不得不经历生活中的一些遭遇，有时也因为人是怎么经历过来的，但尽管他标榜自己是文明的，他并没什么变化，而我们的社会也是这样。这就是我的感觉，但我坦白地说了，诚如你所猜想的，让我说，我有点像个社会向善论者。这就是说，我的行动像个乐观主义者，因为我觉得我不能像悲观主义者那样行动。人们往往觉得在时代的混乱面前是孤立无援的，有一大堆难以控制的事件和经历过的经验力图去了解，假如可能的话加以处理；假如他有什么能出力的地方，他就不该逃避工作的重任。他是冒着失去自己的人性而这样做的。"

"假如是这样的话，就让它去吧！"他继续说，"假如检察官稍微研究一下《旧约全书》，我肯定，他会懂得《利未记》里关于犹太人不能吃任何含血的东西的禁忌。我不能一字不差地加以引证——因为我的笔记放在家里的书桌上——但上帝警告说：不管谁吃了血，犹太人或陌生人，他就将他从他的民族中清除出去，他往后也不会让国王大卫给他建造一个宫殿，因为他在许多战争中打过仗，洒了许多血。他虽然出身并不高贵，却是个言行一致的上帝。我也从《旧约全书》权威的俄文和其他犹太文的圣书上懂得：这些书里并不存在关于允许犹太人出于宗教的目的而使用血，特别是使用基督徒的血的任何法律的或社会风俗的记载。你知道，根据我秘密地查阅的那些书，关于禁止出于任何目的而使用血的规定，在后来犹太人的律法、文学和医学的著作里，从来没有加以取消或改变。比如：没有任何关于医药上用血配方的记载，不管是内服或外用，等等。有许多这样的事实，格鲁贝索夫自己应该去熟识一下，然后把我研究的概要送一份给他参考，我跟你说，我曾这样反复认真地思考过。坦率地说，雅柯夫·斯帕索维奇，我在你面前这样贬低我的同事，使我感到很尴尬，可我得出了不愉快的结论：不管他知道什么或者从我的报告中会知道什么，对于认定你是无罪的，这一点对你是有帮助的。假如实际上不是没有用处，至少跟他的目的和要求是相对立的，因为他也想叫你被判罪。"

雅柯夫搓搓双手。"如果这样的话，我该怎么办？阁下。我会被抛弃而死在牢里吗？"

"谁抛弃了你呀？"调查官问，亲切地望着他。

"当然不是你，我谢谢你，我的运气多么不好！可是，如果格鲁贝索夫不信你的证据，我在这里可要受许多年苦啦。我们的生命究竟有多长呀？你不能搞一份控告我某种小事的起诉书吗？那我就可以去找个律师了。"

"不，那行不通。谋杀，是人家要逼我控告你的罪。我恐怕只能从那里开始。到一定的时候，你的律师会出场的。但是，现在律师不能像我这样帮你的忙，雅柯夫。等机会到了，他可以帮忙，我会关照帮你找个好律师。我心里已经物色了一个人。他是个胆大勇敢的人，具有最好的声誉。不久的将来，我会把他找来，我肯定他会同意代表你申辩的。"

雅柯夫谢谢他。

比比柯夫看了看表，突然站起来说："雅柯夫·斯帕索维奇，我还能跟你再讲些什么呢？相信真理，忍受煎熬，适当地扮个无辜者的角色。"

"阁下，这可不容易呀！我不适于这种生活。我觉得要像一条狗那样受人摆布是很难的。这并不全是我的意思，但有点类似。我的意思是说，我对监狱生活太厌烦了，况且我也不是个硬汉子。说句实话，我非常害怕，这种恐惧情绪日夜从没离开我。"

"没人说这是容易的。然而，你并不孤立。"

"在囚室里，我是孤立的。在思想上，我是孤立的，我不想在你面前叫苦，因为我很感谢你对我的帮助……"

"我亲爱的朋友，"比比柯夫严肃地说，"你叫苦也不会叫我生气，我考虑的是怎么不叫你失望。"

"你为什么要不叫我失望呢？"雅柯夫说着，忧心地站起来。

"谁说得清楚呀？"比比柯夫戴上他那柔软的帽子说，"我国这不幸的情况部分地使我产生了怀疑。俄国是一个这么复杂而愚昧的、长期受苦的、孤立无援的国家。在这个意义上说，我们都是这里的囚犯。"他停顿了一下，用手指理理胡子，然后接着说，"有这么多事情等着我们去做，这就要求全力以赴，但是说实话，我们将从何处着手呢？也许我将从你身上着手吗？雅柯夫，要记住：假如你的生活是没有价值的，那么我的生活也是一样。假如法律不能保护你，它最终也不能保护我。所以，我不敢叫你失望。这一点使我焦虑不安——我一定不能叫你失望。好吧，请允许我说句再见。让我们两人尽量好好睡睡，也许明天情况会好些。为了明天，感谢上帝。"

雅柯夫抓住他的手，想硬按到自己嘴唇上，可是比比柯夫早走掉了。

## 6

隔壁的囚室里关着一个犯人。他是个极度痛苦而绝望的男子。一会儿，他就用一只鞋子或一双鞋子敲打着墙壁。嘈杂声远远传过来，雅柯夫便用鞋子敲墙，给予回答。但，那个犯人叫嚷时，他虽能听到一点，可听不准他说些什么。白天与晚上他俩彼此互相尽力大叫大嚷了好几次。对雅柯夫来说，这叫声听起来好像有人想跟他诉说伤心的事儿，而他一心一意想听个明白，然后讲讲他自己的伤心事儿。但，那犯人的叫嚷、痛哭和发问都给抑住了，难以分辨。他知道，他自己也是这样。

那单间的囚室是个长方形的小室，墙壁是用砖和水泥砌成的，外墙上有个钉了三根铁条的窗子。窗子在犯人头上半米高的地方。门是用坚固的铁皮做的，门上留了一个窥视孔，大约一般高度的人站着时眼睛可以看到里面。卫兵值班时，就从这个窥视孔往里偷看。雅柯夫明白走廊上对他喊些什么，而另一个犯人从门上的小孔对他叫喊时，他俩彼此都弄不清怎么回事。孔口很小，走廊上的回声把犯人说话的声音抑住了，变成一阵嘈杂声。

有一次，一个面容黝黑、眼睛古怪的卫兵出现至囚室附近，倾听他们两人彼此互相叫喊，然后把他们咒骂一顿。他命令那个犯人住嘴，否则就砸碎他的脑袋，而对雅柯夫，他却说："你不要再叫嚷了，否则我把你的犹太脑瓜敲掉。"可是，卫兵一走开，两个犯人又重新敲打墙壁。卫兵一天来一次，送一碗布满小虫的稀汤和一片发臭的黑面包。他也不定期地查看囚室。当雅柯夫觉得有一只怀着恶意的眼睛在窥视他时，他往往正睡在地板上，或在囚室狭窄的范围内走来走去，或背靠着墙而坐，双膝盘起来，陷入失望的沉思之中，这时那只眼睛就立刻缩了回去。从早上卫兵和他的助手送食物时开门的次数，雅柯夫懂得这一排囚室里只有两个犯人。另一个犯人是在他的左边。而在右边，卫兵后退五十步到后一扇门。他们用钥匙开了门，然后猛然"砰"的一声关上，再从另一边将门锁上。有时，大清早，这巨大的监狱还沉浸在寂静的夜色中，几百个人，或者说几千人还在做梦、呻吟和打鼾，在睡觉中放屁，而隔壁的那个犯人已经醒来，开始敲打着隔在他们之间的墙壁。他猛敲了一阵子，然后放慢速度，好像他想教给雅柯夫一种密码，而雅柯夫虽然默默地数着他敲打的次数，尽力把它们译成俄文字母，可是，他把这些字连在一起，却一点道理也没有。他咒骂自己太愚蠢了。他往墙上猛敲一下，但这有什么意思呢？有时，他们两人同时徒劳地猛击着墙壁。

一个人孤孤单单地被关起来，是雅柯夫所懂得的最大的失望，他对自己说，他没法这样孤独地给关下去。在他被单独禁闭的第十二个早上，卫兵给他送来汤和面包时，雅柯夫请求宽恕。他吸取了教训，并表示，如果他们能宽大地把他放回普通犯人的囚室里去，他一定遵守监狱里的每一条规定。因为那里至少还有别的人可做伴，也有些人与人之间的活动。"如果你将我的请求转告监狱长，我会衷心地感谢你的。一个人一点也不讲话，哪怕是一会儿不讲话，孤孤单单地待着是很难过的。"可是，两个卫兵谁也不吭声。叫他们给监狱长捎个信，根本不用花什么钱，但他们就是不肯。雅柯夫陷入沉思之中，仿佛自己有时回到波多尔区，跟什么人随随便便地谈了一遍。他好像跟艾伦·拉特克一起站在公寓院子里一棵树下，告诉他这一切不幸的遭遇。（假如你获得了自由，这不幸的遭遇算得了什么不幸呢？）他俩讲几句亲热的话就够了，最好用意第绪语，用俄语也挺不错。或者因为眼下不可能获得自由，他手上有工具的话，他就会干一个上午，在墙壁上打个小洞，跟另一个犯人讲话，也许他后退一点，还可以看见他的脸。他们可以互相诉说自己的经历，讲它几个月，需要时再从头讲起。但另一个犯人，不知道是生病了，还是心情不好，不再敲打墙壁了，他们两人谁也不再向对方叫喊。

假如他先前忘了那个犯人的话，他此刻突然又想起他。有个晚上，远处一阵呻吟声打破了他的美梦。他醒了，可什么也没听见。他用沉重的鞋子敲打墙壁，但没反应。他梦见听到走廊里的脚步声，然后一阵令人窒息的叫喊声又把他吵醒了，很可怕。他想：出了什么事了，我得躲起来。囚室的门咔嚓一声，走廊里传来不止一个人的脚步声。雅柯夫躲在阴暗的角落里，紧张地等待着。要是他的门有什么动静，他就喊叫起来。但脚步声从他的囚室门口过去了。走廊另一端的大门"砰"的一声关上了，一把钥匙在锁里转了一下，喧哗声就结束了。随之便是死一般的寂静，雅柯夫不敢再回去睡觉。他用一双破鞋子敲打着墙壁，又叫又嚷，直到嗓子叫哑了，还是没有任何反应。第二天早晨，没人送东西给他吃。他想，他们想叫我活活饿死。但是到了中午，一个醉醺醺的卫兵给他送来了汤和面包，一边自言自语着。雅柯夫来不及抓住饭碗，卫兵就把汤的一半洒在他身上。

"这家伙杀了一个俄罗斯小孩，对我们称王称霸。"卫兵自言自语，满口酒味。

卫兵走了，雅柯夫慢慢地嚼着黑面包，他发现卫兵没锁门。他脖子后面的头发竖起来了。他激动地站起来，将两个手指头伸进门上的窥视孔，当门缓缓往里开时，他高兴得几乎晕倒了。

雅柯夫心里又怕又乱。他想，如果我走出去，他们一定会把我杀了。外面肯定有人在等着我。他偷偷从门孔往外看，但什么人也没看见。然后，他轻轻地把门关上，默默地等着。

大约一个钟头过去了。他又开了门。这一回，他匆忙往过道里看看。右边，在一排囚室的尽头，那个水泥门敞开着。是不是那个卫兵喝醉了，也忘记锁上了呢？他溜到走廊上去，在距离水泥门几尺的地方停步，然后马上返回来。可他没走进囚室。他又一次走近大门，正想把门推开，忽然轰隆一声，他的动作比他想象的快些。因此，他跑回他的囚室，走进去就把门关得紧紧的。他在里面等着，全身都麻木了，内心十分痛苦。没有人来。可是，雅柯夫明白了，他断定卫兵是故意把门开着的。假如他走出去，溜下台阶，在台阶下另一个卫兵就会抓住他。他就是那个眼睛古怪的卫兵。他会看看雅柯夫，然后慢慢地举起枪。在监狱的工作记录上，监狱长会这样写着："犯人雅柯夫企图逃跑，被击中腹部。"

但是，雅柯夫又溜到走廊里去。他多么渴望自由呀！这一回他却想着别的，对他以前没有想到获得自由，觉得很惊讶。他小心翼翼地左顾右盼，然后从门孔里偷看那个犯人的囚室。他是个蓄着胡子的男人，慢悠悠地来回摆动着，敞开着的窗子中间那根铁条上扎着一条皮带，他被皮带吊着，靠近门口的地上有个凳子被踢翻了。他的眼睛朝下看，他那架在鼻梁上的眼镜摔碎在地板上，掉在他晃来晃去的瘦小的脚下。

雅柯夫看了好久好久才认出来，这个人就是比比柯夫。

# 第六章

## 1

那天夜里一闪亮，比比柯夫的鬼魂出现了。他戴着白色的大帽子。他的眼镜丢了，鼻梁上不再架着眼镜。他尴尬地擦擦鼻梁。

"雅柯夫·伊凡诺维奇，可怕的事发生了。那些人真没道德。他们恐怕也要杀你。"

"不，不！"雅柯夫喊着，"我不相信迷信那一套。"

调查官比比柯夫点了一支玫瑰色纸烟，默默地坐着，然后想说什么，但没说就走了。他慢慢消失在黑暗中。那白色的身躯变得黑糊糊的，好像傍晚和黑夜的交替。那纸烟柔和的亮光直到纸烟点完才熄灭。这给雅柯夫留下一片朦胧的回忆：比比柯夫给吊死在窗口，他鼓鼓的双眼低垂，盯着地板上被砸碎的眼镜。

雅柯夫整整一个晚上盘坐在囚室的中央，心里充满了对死亡的恐惧。如果他睡了一会儿，那也是在死亡的恐怖气氛中度过的。他一动不动地躺在一个坟场里，身体僵硬，心里怕得不得了。漆黑的天空闪着乌黑的星星。假如他动一动，他就会跌进一个敞开的坟墓中，跟那些腐烂的尸体，它们的臭肉烂骨混在一块儿。他不怕死，却怕受折磨。他害怕在死以前身体给肢解和砸烂。他仿佛看到他给拖进囚室那可怕的刑具之中，巨大的木制刑具把他的肢体碾碎了。他们把他的遗体悬挂在窗条上。黎明时，那只肮脏的眼睛穿过门上窥视孔盯着他，使他愣了一下，他从朦胧的睡梦中苏醒过来，乞求保存自己的生命。当囚室的门"砰"的一声打开时，他喊了一声，但卫兵并没有勒死他。有个卫兵用脚塞进去一碗稀汤，幸亏汤里没有蟑螂。

雅柯夫整天在囚室里漫步，有时他跑步，五步，三步，五步，三步，不兜圈子，直往墙上扑去，或者用拳头猛击金属的囚室门，发出一阵长久的痛苦的喊声。他以极大的悲痛哀悼比比柯夫的去世。接连几个礼拜，他心里一直想着这位潜在的救命恩人，这个公正而温和的人。他对他寄托着一些希望，希望他帮他从监狱里恢复自由，摆脱为他设下的陷阱，从那可怕的控告和罪名中解脱出来。这些想法给他带来唯一的欣慰。他觉得有个好人正在帮助他，由于他的帮助，审判时，他会被判决无罪。他想象自己被释放，匆忙回到自己的故乡，或者他能自筹路费的话就跑到美国去。然而，此刻这些希望和期待，这些梦寐以求的幻想全化为泡影了，连招呼也不打就从他身边溜走了。如今有谁能救他呀？他能指望什么呢？比比柯夫留在他心上的，不过是一个没有希望的裂痕。如今，谁会去揭发凶手玛华·戈洛夫和她的同谋犯并向报界宣布他无罪呢？假如玛华离开基辅，逃到另一个城市或别的国家，他们还会注意到她吗？全世界怎能知道这件对一个无辜者的不公正的指控呢？假如除了监狱里的人以外，没有人知道他的下落，那么谁能救他呢？对任何人来说，他是无关紧要的，他雅柯夫仿佛不存在似的。假如他们不打算名正言顺地杀害他，他们就会悄悄地杀死他，把他永远活埋在监狱里。

"妈妈！爸爸！"他叫喊着，"救救我！斯莫尔，拉伊莎！随便什么人，快救救我！来人啊，救救我！"他一圈圈地走着，仿佛忘了自己在走，而在制订各种奇特的逃跑计划。但是每种方案都行不通，使他伤透了心。他一天到晚地走着，走得鞋子都散了架，然后光着脚在破裂的地板上再走。他漫无目标地走呀走，一圈一圈艰难地走呀走，走得汗流浃背。他在步行中不时揍揍自己——拍脸捶胸，敲敲脑袋，扭捏肌肉，为自己的苦命而哀哭。

他那弯曲的脚疼得难以忍受。他精疲力竭地躺倒在地板上。他受自己这样搞的煎熬，浑身疼痛，心里非常沮丧。他的脚溃烂了，脚底布满了血淋淋的伤疤和流着脓血的疮，它们好像被风吹得鼓鼓的袋子快炸开似的。脚越肿越厉害，脚踝都看不出来了。雅柯夫脸朝天躺着，呼吸急促，声音粗杂，至少好像冷静一些了。我能忍受多久呀？他觉得他的脚好像被铁链捆起来放在火上烤。两条腿一直肿到膝盖上。他靠着背躺着，希图一死了事。有一只眼睛冷淡地盯着他。最后，他设想这只眼睛犹如在门孔上，一只眼睛盯着他化脓的脚，但那个看着他的人没什么说的，也不说什么。雅柯夫喊着："救救我的脚，我疼死了！"不管那个人是谁，他听到他的叫喊声也不吭声。之后，门孔上那只眼睛消失了。雅柯夫发着烧，浑身颤抖，衣服潮湿，痛苦地呻吟着，他又度过了一个夜晚。早晨，门锁一转，监狱长格里基斯柯依走了进来。雅柯夫一心想着比比柯夫，一见到他就躲开。可是，这个斗鸡眼的监狱长看起来是真挚的，甚至是通人情的。他在隔壁囚室看到的却像梦幻一般，不太真实，他拿不准看到没有。他不敢问起调查官的事。假如他们知道他知道这件事，也许会马上处死他。

"你在耍什么花招？"监狱长问道。

"我的脚给鞋子里的钉子搞肿了，"雅柯夫说，"我需要找医生看看，请帮个忙。"

"你这号人，没医生可找。"

雅柯夫疲惫地闭上眼睛。

监狱长走了。下午，他带来一个监狱医务室的医生。

"他把他的脚搞坏了。"医生说。

"严重吗？"监狱长说，"或许它会自己好起来？"

"两只脚全是脓，可能会坏死。"

"这小杂种活该受这个罪。"监狱长说。

"好吧，"他对雅柯夫说，"到下面医务室去。我叫你在这里烂掉，但我不想让囚室沾上什么臭味，否则你的病菌会传染。还不给我快走！"

"我怎么走得动呀？"雅柯夫说，"可以叫费特尤柯夫或什么人帮帮我吗？"

"你们两人完全是一路货——杀人犯，"监狱长说，"费特尤柯夫不在啦。他违抗命令，反对卫兵，给枪决了。"

"枪决？"雅柯夫大吃一惊。

"因为他不服从命令。他侮辱卫兵。这对你是个教训。好吧，快走！"

"我走不动。我走不动，怎么去？"

"你走不动就爬过去。鬼带你去。"

雅柯夫想，他们把我当成一只狗。他用双手和膝盖从囚室爬到走廊里，然后忍着疼痛向着门口的楼梯移动。虽然他爬得很慢，他全身的重量压得他的膝盖很疼，他仍然不能让腐烂的双脚不在地板上受到摩擦。但他尽力克制自己不叫嚷。监狱长和医务室的医生走了。雅柯夫爬向那个水泥门时，有个卫兵拿着手枪跟着他。他爬下倾斜的木头台阶，全身的重量压得他手臂发抖，他的脚颤簸着跨过了每一级台阶。他不止一次差点从楼梯上栽下来。他想停一停喘喘口气，卫兵就用枪柄戳他。雅柯夫爬到楼梯下面时，双手磨得青一块紫一块，两膝出血，背上淌着臭汗，黑糊糊一片。当他沿着走廊从牢门里爬出去，到院子里时，脖子上的血管胀得鼓鼓的。

医务室在行政区，位于囚室四方院的另一边。这时正是下午十分钟放风的时候。犯人们的二列纵队给雅柯夫让开了路，望着他停停爬爬地走过泥土的院子。

"这个犹太杂种卖五戈比，"畸形脚的人喊着。一个穿着破羊皮袄的犯人转身打了他的嘴巴。卫兵打了那个犯人。

假如我活着，我能爬过去吗？雅柯夫觉得恶心，几乎快昏倒了。爬过院子的一半路，他那颤抖的手撑不住，他便瘫倒了。几个犯人从他们的队伍中冲出来，但拿着皮鞭的卫兵大叫大嚷，不许他们走近。正在院子里巡逻的哨兵用手中的来复枪对准犯人们。犯人们只好回到队伍里去，但那个照管污水桶的人没回去。他脸上戴着破裂的眼镜。他走到院子的角落里从垃圾堆上找到几块破麻布，然后朝着雅柯夫跑去。他匆忙用破布包扎雅柯夫的双手和两膝。卫兵咒骂他，但袖手旁观。他扎好了破布后，便用一只脚蹬了雅柯夫一下。

雅柯夫用他红肿的双手和淌血的膝盖支撑着继续爬，迷迷糊糊地爬过了院子，然后爬上石阶，进入医务室。

外科医生是个秃头的男子，身上穿的白色亚麻布衣已弄脏了，闻起来有股苯和香烟的味道。他察看雅柯夫的脚，然后从一个罐子里取出一些深黄色的止痛膏给涂上，再用肮脏的绷带把他的双脚包好。之后，他用酒精拭拭雅柯夫的双手和膝盖，命令他躺在床上。这是他被捕以来躺着的第一张床。他睡了一天半。醒来时，外科医生正抽着烟，给他解开绷带，在他脚上动手术。他没有上麻醉药就用一把解剖刀切开雅柯夫脚上的脓疮。雅柯夫咬紧牙关不吭声，但忍不住每动一刀就叫一声。

"这对你有好处，雅柯夫，"外科医生说，"现在你就知道用刀刺杀可怜的基尼亚，放掉他的血时，他有什么感觉。你那么干，完全是出于你们犹太教的原因。"

那天晚上，雅柯夫在医务室里的床上躺着时，呼吸有点困难。尽管他用嘴猛吸了几口热气，室内空气好像稀薄不足。起先，他并不害怕气喘，因为在紧张的情况下，他常常感到呼吸困难，但好多年没有生重病了。可是，后来空气变得很沉闷又不新鲜，就像吸着什么金属似的。他的胸部鼓起，肺部沉得像石头，呼吸变得很吃力，发出一阵刺耳的声音，他觉得生病了。雅柯夫抓住床垫说："我受够了，还能再受罪？"他坐起来，气喘吁吁地呼救，可是没有人来。雅柯夫从床上下来，挪动那紧扎着绷带和淌着血的脚走到钉着铁条的窗口。他躺在窗子下面喘息着。好像拼命要吸进一点空气。在用力呼吸的过程中，他太累了，陷入半醒半睡的状态，梦见他正闷死在一个没有窗子的囚室里。在即将没顶的噩梦里，他看见那贫困的孤儿之家，那个他度过童年的破落倾斜的小屋；拉伊莎忧心忡忡地从他身边逃走，好像他拿着一把切肉刀威胁她；他自己由于杀害一个男孩而被终身囚禁在西伯利亚，而那小孩痛苦的脸，死人的脸仍然在缠着他。他梦见他在森林中碰上他，那小孩手拿着课本，他抓住他，捏住他的脖子，使他失去了知觉，然后在普罗斯柯的帮助下，趁小孩还躺在地上挣扎时用刀刺他的胸口，一连刺了十三刀，抽了他五升鲜血——多绚丽的液体啊。整个晚上，格鲁贝索夫以他那穿着黄色高筒靴的脚踩在雅柯夫的胸口上，扯着嗓子大声训斥他。尽管雅柯夫发狂似的恳求比比柯夫帮助他，这位在另一个房间办公桌旁的调查官却无动于衷，毫无反应。

## 2

监狱长分给他一间新囚室。这是一间潮湿的大囚室，位于监狱南面建筑物单独一排房子的一楼，在行政区和医务室的右侧。

"这不过是让你靠近我一点，"他说，"有人说，你想在你的犹太同伙的帮助下越狱逃跑。我要严厉地警告你：如果你企图逃跑，你肯定会被枪毙的。"

他指指墙上的布告：

"无条件地遵守一切规章制度，如有犯人违抗或侮辱卫兵和监狱官员，或以任何办法企图破坏本监狱的安全，将就地处决。"

"还有，"老监狱长说，"卫兵维护这些规章将得到金钱奖励，所以你要小心一点。好狗识鞭，不挨打。"

他自己吸了一撮鼻烟并打了两个喷嚏。

雅柯夫问他是否会有个犯人或老实人来做伴。"阁下，没个伴聊聊，一个人住很难过。一个人住，心里怎么会好过一点呢？"

"这可不是我烦恼的事。"监狱长说。

"那么，我弄个什么动物来做伴，比如一只猫或一只鸟，可以吗？"

"你的口粮够一只猫吃吗？你们两个都会饿死的。要么它吃你，要么你吃它。但是，这里是关犯人的监狱，不是茶馆，也不是俱乐部。你到这里来，不是为了享受或图安逸，而是为了受重罚，因为你卑鄙地谋杀了一个无辜的小孩。只有你们这些犹太犯人，才敢提出这样的要求，我已经听腻了。"

秋天，气候不好，又冷又多雨。雅柯夫在囚室里可以看得到他呼出的水汽了。气喘病倒并不麻烦，除非是得了感冒，它才会复发，而复发往往很不好过。有几个早晨，围着监狱院子的囚室外墙，覆盖着带子状的白霜。内墙有一尺厚，是砖块、断石和水泥筑的，有点断裂，斑斑点点的。一阵大雨之后，石头铺成的地面大部分因地下渗水而受潮。窗子上面的天花板，有一部分漏水。天好时，钉上铁条的小窗子，大约在雅柯夫头上一米高的地方，虽然不干净，却能透进点阳光。光线是昏暗的，遇上下雨天就消失在黑暗之中。晚饭后，他们给雅柯夫一盏没有玻璃灯罩的小煤油灯。这盏灯点到天亮才拿走。可是，有个晚上，这盏灯他们就不给了，因为副监狱长说点煤油灯太花钱。雅柯夫要求给支蜡烛，他说他会关照这件事，但雅柯夫从没拿到蜡烛。囚室里整夜黑漆漆的。雅柯夫想，我被起诉时也许能拿到蜡烛。

屋外冷风呼啸，寒气从窗子的裂缝中透进囚室。雅柯夫建议：如果他们给一点油灰和一把梯子，他就把窗子修好。可是，没有人对此感兴趣。囚室里冷冰冰的，幸亏他有个褥子和一个铺着薄薄的稻草的简陋小床。它最后一个占有者在狱里发高烧死了。这是那个小眼睛、黑指头的白天站岗的卫兵季特尼亚克告诉他的。雅柯夫将褥子铺在地板上干燥的地方。褥子里有臭虫，但他设法将它们赶出来并把它们捏死。他一躺下去，背上就酸疼，底下的稻草散发着泥土味，但这总比睡在石头地面上好些。到了十一月，他们给了他一条破毯子。他的囚室里还有一张三条腿的凳子和一张沾有油污的小木桌，桌子有条腿比其他三条短一点。角落里有一桶水，对面的另一角落里放着他发臭的大小便罐子，需要大便时就用。每天一次，他被准许把粪罐子倒进一只木桶里。那木桶由别的犯人用小推车送到其他囚室去。他们不准那个犯人跟雅柯夫讲话，雅柯夫也不得向他致意。他会告诉他根据小推车停在走廊的什么地方，来推测他囚室两边的囚室都是空空的。这是一个冷落的单独监禁区。

囚室带有插销的门是用三层铁板做成的，原来漆成黑色，如今大部分生锈了。门上有个齐眼高的能窥视的小孔，用一块金属圆板盖着，卫兵可站到一旁往里窥视。白天每小时左右看一次，一只眼睛总往囚室里转来转去。季特尼亚克白天常常在那里，而晚上是柯金。有几天，他们值班的时间互相交叉，有时他们就换班。雅柯夫悄悄地推开圆板，从门上的小孔朝外看，能看见季特尼亚克坐在一张靠着墙的大椅子上，用他的小刀劈一根木棍，看看杂志上的图片或者打瞌睡。他是个肩膀健壮的男子汉，鼻孔里毛茸茸的，手指头变黑，又粗又短，好像他曾经与灯烟和油脂打过交道而永远擦不掉似的。他一跨进囚室的门，就散发出汗臭和白菜的气味。季特尼亚克脸上有麻点，露出一副不耐烦的神态。他粗鲁无礼，难以捉摸，有时动手打雅柯夫。

柯金是晚上的卫兵，个子高高的，面容憔悴，眼睛水汪汪的，因忧虑而瘦削。他说话的声音很沉，好像是来自地下。连他的窃窃私语，也是低沉的。他常常在走廊里漫步，仿佛他成了犯人。雅柯夫听得见他的高筒靴在水泥地面上来回走动的声音。晚上，柯金打开囚室门上的监视孔，倾听雅柯夫气喘的呼吸声和他在睡梦中的呓语和呼喊。雅柯夫知道他在那里偷看，因为他在噩梦或睡觉时的叫嚷把自己吵醒时，他看见厅里朦胧的灯光从小孔里射进来，他也看到那个圆板慢慢地转回到原位。有时雅柯夫醒来时，柯金正好点燃一支火把，亮光从小孔里照了进来。有时，他听到卫兵在囚室门口深沉的呼吸声。

两个卫兵中，季特尼亚克比较健谈，不过他谈得不多。柯金起先不跟雅柯夫说话，可是有一回他喝醉了，就埋怨他的儿子没出息。"他没有固定的工作，"他用深沉的声音说，"他什么时候自己能找到职业呀？我等了三十年了，一直盼望他成人。我还在等。'等呀等，'我对自己说：'他会变的，他会成人的。'但他从来没有成器。他甚至偷我的东西，而我是他的父亲。我妻子说这是我的过错，因为他小时候我没打过他，所以养成了坏习惯。可是，打小孩不是我的本性。我给我父亲打够了。但愿他在坟里烂光。还有，我女儿也不太规矩，可我不想谈她的事。我儿子终究有一天会跟你一样进监狱，他活该受这个罪。这就是父爱造成的结果。"

到了十月，雅柯夫求卫兵把囚室里砖砌的炉子烧起来。起先，副监狱长不同意给木头烧，后来，到了十一月的某日，季特尼亚克开了门，两个剪短发的犯人偷偷走进来望望雅柯夫，捎给他几捆木头。他受了凉，气喘病又复发了，也许卫兵中有人把这个情况向监狱长汇报了。监狱长可能觉得不能不让犯人活下去，才这么宽大的。在雅柯夫看来，监狱长并不是坏人。他充其量是个执行纪律的人，最差也不过是愚蠢一点。副监狱长却是另一种情况。他那深不可测的眼睛、瘦长的脸和四只指头的手真使雅柯夫不寒而栗，不管他看着什么，他好像嘴里总是在咀嚼着什么东西似的。他的小嘴巴很灵巧，但私下是咄咄逼人的。他的高筒靴散发着狗屎味，不管用什么东西擦得多亮都是如此。卫兵们背着带皮套的枪，而副监狱长屁股两边都挂着长枪。他拖了很长时间才同意给雅柯夫烧火的木头。雅柯夫不喜欢他，而且比监狱里的任何人都怕他。

那狭长而笔直的黄砖壁炉，由于顶上有块砖破裂而漏烟了。但雅柯夫喜欢热烟，而不喜欢寒气。他请求大清早就烧炉子，以便将墙上的霜融化掉，不过，囚室暖和后，地板上就形成一个小水潭。他也请求晚饭前烧烧炉子，这样他可以吃得舒服些。囚室里如果太冷，那汤里的一点白菜，他一口也咽不下。相反的，囚室里暖和了，他一口一口吃得很有滋味。为了节省木头，晌午时他就把炉子熄掉。后来，他用手指头掏掏壁炉里的冷灰，放进一点引火物和几块木头，等到晚饭前，季特尼亚克就走进来再点燃它。他点火时有时骂几句，但他看来这么做并不在意。雅柯夫的头发还没有剪短，但有一回给监狱里的理发师剪掉了一点。他们不准他刮胡子，所以他的胡子越来越长了。

"这是为了让你看起来更像个犹太人，"季特尼亚克从门上小孔里说，"他们说，监狱长要叫你穿件犹太人的长袖长袍，戴个拉比的圆帽，然后，他们要在你头发下面的耳朵上钻个耳环洞，那样你看起来就更符合犹太人教规。这就是副监狱长说的，他们要干的事。"

过道下面其他单间囚室里的犯人们吃的差劲食物是由别的犯人送去的，但犹太人吃的食物就不让他们送。对于雅柯夫则应该先把食物送给季特尼亚克或柯金，再由他们交给雅柯夫。这使季特尼亚克很恼火，有时他捎给雅柯夫稀饭、菜汤或面包时就说："给你一碗基督的血，痛痛快快地喝下去吧！老弟。"值班的卫兵要进入囚室时，有时由持枪的另一个卫兵在过道里保护着，但通常是他一个人自己进去，先打开那个安在门上的六个三圈的门栓。那是雅柯夫被关进这间囚室的那一天装的。听到六个门栓一个个给推开，一天四五次，雅柯夫心里很不安。

秋末，雅柯夫没看到监狱长，后来有一天，他突然出现在囚室里，据说这是出于"公务的需要"。

"他们在基尼沃斯卡的皮带扣上发现了一个指印。所以，我们要取你的指印。"

一个侦探出现了。他带来印泥和纸张，然后取了雅柯夫的指印。

一周后，监狱长带了一把大剪刀又来到雅柯夫的囚室。

"他们在小孩尸体上发现了一些头发，我们想拿你的头发去比较一下。"

雅柯夫提心吊胆地同意剪头发。

"你剪吧！"监狱长格里基斯柯依说，"剪六至八根头发，放在这个信封里。"他把剪刀和信封交给雅柯夫。

雅柯夫剪掉了一些头发。"我怎能知道你不会把这些头发拿去放在小孩的尸体上，然后说你是先在那里发现的呢？"

"你是个多疑的人，"监狱长说，"你们的民族就是这样的。"

"对不起，请问，为什么一个监狱之长要寻找某种犯罪的证据呢？他是个警察？"

"这不关你的屁事，"监狱长说，"如果你是这么天真无罪的，你就把证据拿出来吧！"

一只小虫掉进放头发的信封里，但雅柯夫随它去。

一天早上，监狱长又到囚室里来。他带来一支钢笔，一瓶黑墨水和几张大页的书写纸，要录雅柯夫的笔迹。他命令他用俄文写，"我的名字叫雅柯夫·斯帕索维奇·鲍克。我确实是个犹太人。"

过了不久，监狱长又回来了。他要求雅柯夫躺在地板上再写同样的词句。然后，他又叫季特尼亚克扶着雅柯夫的腿，让雅柯夫倒立着写他的名字。

"这是干吗呀？"雅柯夫问。

"看看位置改变，你的笔迹有什么变化。我们需要各种材料。"

雅柯夫被关进这间囚室以来，每天两次被检查身上有什么东西，他们管这叫"搜身"。门栓给弄开，季特尼亚克和副监狱长穿着发臭的高筒靴走进囚室，命令雅柯夫脱光衣服——大衣、监狱发的夹克、没有纽扣的衬衫。这些衣服从来没有洗过，虽然他要求准许他洗一洗，但没有获准。后来，他又脱下裤子和长内裤。他们准许他穿着褴褛的汗衫，也许这样他就不至于冻死。他们还叫他脱掉破旧的短袜和木底鞋。这木底鞋是上次外科医生给他切开脚上的脓疮后他一直穿着的。他们叫他把脚趾伸开，好让季特尼亚克检查他的趾沟。

"你们这样做是干吗呀？"第一次搜查时，雅柯夫问道。

"住嘴！"季特尼亚克说。

"这是为了看看你的肛门里面或衣服里面有没有窝藏什么武器，"副监狱长说，"我们必须保护你。"

"我能窝藏什么武器？我的东西全给拿走了。"

"你是个狡猾的家伙，但我们以前对付过你们这号人。你会窝藏些小锉子、钉子、别针、火柴之类的东西，或者甚至是犹太人给你自杀用的毒药。"

"这些东西我一样也没有。"

"把屁股扒开！"副监狱长说。

雅柯夫先把手臂举起来，然后伸开他的双腿。副监狱长用四个手指头按按雅柯夫腋窝和他的睾丸周围。接着，雅柯夫不得不张开嘴巴，伸伸舌头。季特尼亚克往他嘴里窥视时，他用手指头撑着两腮。末了，他还得弯腰和掰开他的屁股。

"擦屁股时多用点报纸。"季特尼亚克说。

"要有才行呀!"

他的衣服给检查过后,他们准许他穿上。这种搜身对他来说是最糟糕的事,可是一天要搜两次。

3

他陷入忧郁的沉思之中。我将在这里永远待下去?他们决不会对我起诉了。我愿用破裂的双膝跪着向他们乞求,但他们是不会答应我的。他们决不会把我带去审判。

十二月的清晨,囚室的四壁都出现了霜冻。有一次,雅柯夫醒来时手碰到墙上。室内的空气冷冰冰的,他只得整天走来走去,以免冻僵了。他的气喘病恶化了。晚上,他穿着大衣,躺在草垫上,用毯子盖着,喘得透不过气来,打鼾声特别响,呼哧呼哧地响着,好像他拼命用劲呼吸似的。在门孔偷听的卫兵把门孔盖一盖就走了。有个早上,季特尼亚克帮助雅柯夫靠着外墙堆起一捆捆木头,几乎齐胸高。到了晚上,菜汤里漂着几片肉,浮着一层油。

"这是怎么回事?"雅柯夫问。

卫兵耸耸肩膀。"上级长官不想叫你死在他们手上。俗话说:法庭不能审判死人。"他瞟了一眼,笑了一笑。

也许,这意味着起诉快开始了。雅柯夫兴奋地想。他们不想让我瘦得像个骷髅,出现在法庭上。

吃的东西不但好一点,而且多一些。早晨另加两盎司的面包,粥也稠一些,是大麦加淡淡的热牛奶调制的,还有半块糖给放在茶里,可以减少那种臭烂味。雅柯夫慢慢地咀嚼着,品尝着他吃的东西的味道。碗里有只蟑螂,可这不再叫他腻烦了。他把它拣出来,照样吃东西，后来还用舌头舔舔碗底。季特尼亚克将食物送到他的囚室马上就走。但他有时候通过门孔看着雅柯夫吃东西。雅柯夫吃东西时总是坐在凳子上，背对着铁门。

"汤怎么样？"季特尼亚克从门孔里问道。

"好吃。"

"痛痛快快地吃吧！"雅柯夫吃完时，卫兵已经走了。

虽然雅柯夫吃得比以前多，他还是想多吃一点。他一吃完，肚子就饿了。他梦见有一天，季特尼亚克带给他一大盘味道鲜美的鸡汤，汤里拌着许多黄色的宽面条，一大浅盘的三角形肉馅布丁和半条面包。那种面包他可以掰成又甜又松的好几块，一放进嘴里就化了。他梦见干饭和掺着葡萄干和肉桂的面条布丁，就像他妻子拉伊莎烤的一样好吃，而且其中还有适宜于和酸乳酪一起吃的烧饼、干酪饺、熟土豆、胡萝卜、大葱和香脆的黄瓜片，以及大块的番茄做成的酱，像他在维斯卡弗的厨房所看到的一样。他咬了一口熟番茄，汁从他嘴里慢慢地流下来，然后夹着一块白面包，涂了很多盐，吃完后就去睡觉。在这样想入非非之后，他耐不住性子，等待卫兵给他送早餐来，可是，一旦送来之后他却耐着性子，很慢很慢地吃着。他先把面包嚼得松软无味，然后一口一口地吞下去。他通常把他那份留一点晚上在床上吃，到那个时候，他往往饿得不得了，很想吃东西。他吃了面包之后就喝粥，每颗大麦粒都嚼得很仔细，让它融化在嘴里。晚上，他把汤一匙一匙地用舌头试过，包括每一块菜叶和每一小片肉，他一丁点一丁点地拿着吃，然后咽下肚，末了，他便用黑糊糊的汤匙刮着碗底。他得到比较满意的一份膳食，对此他很感激。他的伙食有所改善，数量也比较多。尽管他没有不挨饿的日子，但总比以前少挨饿一些。

　　然而，一礼拜后他一点也不饿了。一天早上，他醒来时就恶心，整整等了一天，本来以为自己会好的，可是他觉得更不舒服。他感到他的嘴巴、眼睛和肠子里边都有毛病。这不是气喘病，他想，如果真是这样，那我得了什么病呢？他的腋窝和腹股沟很痒，他身子畏寒，两脚冰凉，还有点拉肚子。

　　"这是怎么回事？"季特尼亚克早上走进囚室时说，"你昨晚的汤没吃。"

　　"我病啦。"雅柯夫说着，披着大衣躺在草垫上。

　　"好吧！"卫兵仔细瞧瞧雅柯夫的脸说，"也许你发烧了。"

　　"我可以到医务室看看吗？"

　　"不行，你已经去过了，不过，如果我见到监狱长，我也许可以问问他。眼下，你最好把这碗大麦粥喝了。这是大麦掺热牛奶，吃了对身体有好处。"

　　"我可以到院子里吸一口新鲜空气吗？囚室里有股臭味。我很久没有动啦。也许，我在外面会好一些。"

　　"囚室的臭味是你自己造成的。你不能到院子里去，这是违反监规的。你现在是受严密监禁的。"

　　"我这样给监禁要多久？"

　　"你最好住嘴，不要问，这是上级长官说了算的。"

　　雅柯夫吃了粥，但全吐出来了。他浑身冒汗，草垫都湿透了。傍晚，有个医生到他囚室里来。他是个年轻人，戴着一顶棕色软呢帽，蓄着一束稀疏的小胡子。他给犯人量了体温，检查了身体并测了脉搏。

　　"没有发烧，"他说，"大概有点闹肚子，不要紧。你也有皮疹。喝点茶，一两天不要吃干的东西，然后再恢复正常的饮食。"

他很快就走了。

雅柯夫两天不吃饭，果然好一些。他只吃粥和菜汤，暂时不吃黑面包。他没劲嚼它。他摸摸自己的头，头发掉在他手指头上。他觉得没精打采、悲观失望。季特尼亚克站在一边从门孔里偷看他。他腹泻更频繁了，躺在草垫上，四肢无力，气喘吁吁。尽管他的体力不支，仍整天使炉子的火烧着，季特尼亚克也没表示反对。雅柯夫还觉得冷，看来没什么东西能使他温暖。唯有一件好事：现在不对他搜身了。

他又要求送他去医务室，但副监狱长走进囚室时却说："吃你的东西，别再装病了。挨饿会使你生病的。"

雅柯夫逼着自己吃东西。吃了几汤匙，开始好像还可以，但后来就呕吐了。他一再呕吐，尽管肚子里空空的，已没什么可吐的了。晚上，他做了几个噩梦，仿佛看见大屠杀，这使他睡不着，悲叹不已。他再次入梦时，人们被哥萨克骑兵用马刀砍了头；雅柯夫往森林里逃跑时被枪击中了；雅柯夫藏在他家的桌子下面被拖出来砍头了；雅柯夫沿着一条坑坑洼洼的路逃跑，失去了一只手臂，一只眼睛，眼球淌着血！他妻子拉伊莎躺在铺砂的地板上被粗暴地强奸了，她那无用的内脏被掏出来了；斯莫尔的尸体四分五裂，被悬挂在一个窗子上。雅柯夫醒来就想吐。他不敢再睡。虽然他醒了，但那病体散发的恶臭比噩梦更使他难以忍受。他老是想死掉算了。

有天晚上，他梦见比比柯夫的尸体挂在他的头顶上，醒来时，他嘴里有股浓味，好像他的舌头变成铜，僵硬了。

他恐慌地坐起来。"毒药！我的天呀！他们要毒死我！"

他哭了一阵子。

早上，季特尼亚克给他送来了食物，他一点也不敢沾边，也不喝茶。

"吃吧！"卫兵命令道，"否则你的病不会好。"

"你为什么不开枪打死我？"雅柯夫痛苦地说，"这对我们双方来说，比吃这狗屁毒药要简单些。"

季特尼亚克脸色苍白，匆忙离开囚室。

他跟副监狱长一起回来。

"我为什么要在一个他妈的犹太人身上花这么多时间？"副监狱长说。

"你们要毒死我，"雅柯夫粗声地说，"你们找不到真凭实据来定我的罪，就想在食物中放毒药，将我毒死！"

"造谣！"副监狱长说，"你神经不正常！"

"你们给我的东西，我不吃，"雅柯夫喊着，"我要绝食！"

"绝你个屁食！这同样会叫你死。"

"那就是你们谋害我。"

"看看究竟是谁被指控谋害别人的，"副监狱长说，"谁血腥地杀害了一个十二岁的信基督教的小孩呢？"

"你这个卑鄙的家伙！"他们离开囚室时，他对季特尼亚克说。

监狱长不久匆匆地来了。"鲍克，你现在发什么牢骚？不吃东西是违反监规的。我警告你：任何进一步的异端行为将受到严厉的惩罚。"

"你们要在这里毒死我。"雅柯夫嚷着。

"我不知道有什么毒药，"监狱长严肃地说，"你编造谎言，妄图叫我们难堪。医生报告说你是肚子受凉了。"

"这是毒药造成的，我自己有感觉。我全身不舒服，发抖，头发脱落。你们正想杀害我。”

"去你的!"斗鸡眼的监狱长离开时说。

半小时后,他又回来了。"这不是我干的,"他说,"我从来没下过这样的命令。假如有谁放了毒药,那是你的同伴犹太人干的。他们一向是最臭名远扬的放毒者。你别以为我忘了你在监狱里企图贿赂格隆芬去毒死或杀害玛华·戈洛夫,使她不能在法庭上证实你犯了罪。如今,你的犹太同胞正在千方百计要毒死你,因为他们害怕你会坦白交代你的罪行而牵连整个民族。我们刚才发现有个厨师的助手是个乔装打扮的犹太人,并把他送交警察了。他就是那个在你的食物中放毒的人。"

"我不相信。"雅柯夫说。

"我们干吗要你死呢?我们要判你无期徒刑,好给大家一个教训,看看犹太人背信弃义的下场。"

"你们给我的东西,我不吃。你可以开枪把我打死,但我就是不吃。"

"如果你想吃,给你的你就吃。不吃,你会饿死的。"

雅柯夫一连饿了五天。他由于中毒而生病变成因为饥饿而生病。他躺在垫子上,睡得不好,时醒时睡。季特尼亚克威胁要用皮鞭抽他,但没有什么效果。到了第六天,监狱长又来到囚室,他的斗鸡眼水汪汪的,脸上红红的。"我命令你吃饭!"

"只要是普通锅里烧的,我就吃,"雅柯夫虚弱地说,"别的犯人吃什么,我也吃什么。让我到厨房里去,从普通锅里打我的那份粥和汤。"

"不许这样!"监狱长说,"你不得离开囚室。你是受严格监禁的犯人,别的犯人也不准来看你。这些在监狱的规章里全说过了。"

"我打我的那份时，他们可以转过脸去，不看我。"

"不行！"监狱长说。但是，在雅柯夫又绝食了一天之后，他同意了。一天两次，雅柯夫在手持着枪的季特尼亚克的陪同下，到坐落在监狱西侧的厨房里去。早上，他拿了一份面包，从普通锅里舀了一碗汤，这时，在厨房里工作的犯人们暂时把脸转向墙壁。他不敢把碗装得太满，否则，季特尼亚克会把它倒回去。

他又处于半饥饿状态。

4

他要求找点事干干。他的双手闲得发疼，可他找不到事干。他提出去修家具，做桌椅，或他们需要的别的用品。他只求他们给点木头和还给他的工具包。他念念不忘他那柄上钉着铁皮的横条锯、他的德国制的小刨刀、铁锤和三角尺。他仿佛自己的手指头还摸着每一种工具，记得它是做什么用的。锋利的锯子能在十秒钟内锯开一块六寸厚的木板。他喜欢抚弄和闻闻刨花。有好几次，他在沉思中听到横条锯两面喊喊喳喳的声音和铁锤笃实的敲打声。他记得他用自己的工具做成的东西，有时，他仿佛又在做这些东西。假如他有几块木头和工具——即使不是他自己的，别的工具也行，他可以赚几个戈比买件衬裤，买件毛线背心，买双暖和的短袜或他需要的别的物品。假如他赚了点钱，他暗自希望他能给人家一点钱，帮他偷偷带一封信出去，或者带个口信给艾伦·拉特克也好。可是，他们不肯给他工具和木头。他常常赤手空拳地干点事，把手指的关节都磨破了。

他请求给一张报纸，一本什么书或任何他能读的东西，借以解闷。季特尼亚克说，副监狱长已经通知他：禁止给破坏监规的犯人任何读物，包括纸张和铅笔。"假如你没写过那些你已经偷偷摸摸地写过的信件，你现在就不会被严格监禁起来。""往后我上哪儿去呢？"雅柯夫问。"会好一点。也许你还是关在普通囚室里。""你知道大概什么时候对我起诉？""不知道。恐怕别人谁也不知道。所以，不要问我。"雅柯夫有一次说："季特尼亚克，你为什么想毒死我？我对你干过什么坏事？""谁也没有说你的食物里有毒药，"卫兵不安地说，"他们只对我说，把食物给你。"后来，他又说："这不是我的过错。没人要害你。副监狱长想，如果你生病了，可能会快点坦白交代。监狱长把他训了一顿。"

第二天早晨，季特尼亚克给雅柯夫捎来一把桦树枝做的扫帚。"如果你想将这扫帚留在这里，从今以后别声张。副监狱长说他对你跟我说的话极其厌烦。我不打算听你再说什么了。"

那把扫帚是用一根棍子扎上一捆稀稀的桦树枝做成的。雅柯夫每天早晨用它打扫囚室。起先他并不太卖力，因为他病后还很虚弱。但他需要活动活动，以恢复体力。他又请求准许他到院子里去，一次去一会儿，可是，正如他所预料的，他的请求遭到了拒绝。他天天彻底打扫石铺的地面，干燥的部分和潮湿的部分都扫了。他打扫了囚室的各个角落，把垫子竖起来，将垫子下面扫得一干二净。石头之间的裂缝他也扫了，有一回还挖出了一条蜈蚣。他看着它逃到门下面。一想起这个，他就头疼。他还用扫帚柄掸掸垫子。垫子的表面都磨破了，往两边裂开，褪色的稻草隐约可见，因此，他只好停下来不掸了，否则它就散了架。他掸垫子时，垫子发出一阵恶臭。他每天早晨用手拍拍草垫，使它臭味少一点。

他尽量安排各项事情，以克服漫长的时间里无所事事的无聊和单调。早晨五点钟走廊里的铃声一响，天黑蒙蒙的，寒气袭人，他就爬起来，用手迅速清理炉子里的灰烬，他闻到四处飞扬的灰尘，把一小堆的灰烬扫进一个匣子里。这匣子是他们给他专门扫地用的。然后，他往炉子里加了引火物，干树枝和一些大一点的木头，再等候季特尼亚克（有时是柯金）来点火。以前，卫兵总是在给雅柯夫送早餐时顺便来点炉子，近来雅柯夫自己上厨房去拿早餐，卫兵就等他拿了食物回来后才点火。每天两次，雅柯夫获准到厨房去，但是当监狱长建议他放弃离开囚室几分钟的特权时，他是不愿意的。虽然监狱长个人向他保证：假如他的食物再由别的犯人从厨房送交卫兵，那一定是"完全有益无害的"。

"鲍克，你用不着怕我们什么的，"他说，"我敢肯定地说，检察官和所有其他官员是最殷切地要送你去审判的，没有人要把你杀掉。我们有别的计划。"

"什么时候开始对我审判呢？"

"说不上，"监狱长格里基斯柯依说，"他们还在搜集证据。这要花时间。"

"那么，假如你不在意的话，我宁愿继续到厨房去。"

他想：只要可能，我就这样。我为这个特权花了代价。他以为他们继续让他去，仅仅由于他们知道他晓得他们曾想方设法要毒死他。

从此以后，对雅柯夫人身的搜查增加到每天三次。经历了这些事后，他的心总是扑通扑通跳得很快。这进一步加深了他的痛恨之情，过了好一会儿才消下去。有次搜查过后，他把囚室再扫一两遍，以消除那讨厌的气味，或者将炉子里的灰烬扫在一起。这都在季特尼亚克来带他上厨房去取晚餐食物，准备好点火的木头之前。

虽然炉子总是冒烟，雅柯夫仍在靠炉子的地方吃东西。他喝了最后
一口茶后，再往炉子里扔一两根木头，然后叹口气躺在垫子上，希
望在炉火熄灭后囚室变冷前能睡着。有时，他喝的水第二天早晨就
结冰了，他不得不去热一热。

　　小便是消磨时间的另一个办法。他常常小便，听着小便在锡罐
子里满起来的声音。有时，他憋着小便，一直憋得牙齿疼，尿出来
是热乎乎的。锡罐子收走时，还可暂时消遣一下。每两天，有个卫
兵将水桶装满，供他喝和洗之用。没有毛巾，他用破袄子把手擦
干，或者在火炉边双手摩擦，擦干为止。费特尤柯夫给了他一把破
梳子，他就用它来梳头发和小胡子。到现在为止，他曾两次获准在
没有别的犯人在场时，由卫兵守护下去浴室，用木桶里的温水洗洗
他那光溜溜的身体。他看到自己变得很瘦，心里很难过。他们不愿
碰他的头发，但有一回他头上全是虱子，监狱的理发师就将他的头
发浸在煤油里，叫他用细密的梳子将死虱子梳掉。他的小胡子没剪
掉，不过，没人反对他留着如果经常梳梳的话。偶尔，雅柯夫埋怨
他的指甲太长，季特尼亚克就替他剪掉一点。他不准雅柯夫自己拿
剪刀。剪完后，卫兵把指甲屑扫在一块，放进一个油布小袋子里。

　　"这是干吗呀？"雅柯夫问。

　　"他们要作个分析。"卫兵说。

　　有个早晨，雅柯夫囚室里出现了新鲜事儿。他去厨房取食品
时，有人在室内丢下一条旧的教徒披巾和一对早上做祷告的黑绷
带，上面刻着圣诗。他仔细察看了一下，然后把它们放在一旁，但
他在大衣下面扎着披巾，使身体保持暖和。他穿着一套比先前分到
的沉些的囚服，不过这套囚服过去有好几个犯人穿过，已经裂开
了。他还有一顶不合适的带耳罩的小帽。他戴的时候就把耳罩放下

来。他的大衣缝有几处绽开了。季特尼亚克借给他一根缝补的针和一点线，叫他把裂口缝上。后来，雅柯夫告诉他针丢了，他便打了他一记耳光。其实，他并没丢，而是将针藏在炉子内。但大衣缝又裂了，没有线缝不起来。他的木头鞋垫给拿走了，现在只好穿着没有鞋带的韧皮鞋，他们不准他有条皮带。雅柯夫戴上教徒披巾时，季特尼亚克就从门孔上偷看。他往往出其不意地往里窥视，好像想抓住雅柯夫在祷告，可他从来没做祷告。

雅柯夫花了几小时在囚室里漫步。他仿佛走到西伯利亚去，又走回来。一天六次至八次，他熟读监狱的规定。有时，他坐在那张摇摇晃晃的桌子旁。他可以在桌子上吃饭，但他想不出还有什么事可以在桌子上做的。如果他有点纸和铅笔就好了，他就能写点东西。如果有把小刀，他会削片柴火，可是谁给他小刀呢？他不停地吹吹他的双手。他害怕不干事会闲得发慌。假如有本书可读就好了。他记得在砖厂马厩的宿舍里，他在用自己的工具做成的桌子上是怎么认真阅读和写作的。有一回，刚好在季特尼亚克往里偷看后，雅柯夫迅速将散乱的木头堆在墙边，然后爬到木头堆顶上，看看他是否可以从窗子望到监狱的院子。他想，其他犯人可能在那里放风吧。他不知道他认识的那些犯人有谁还在监狱里，或者他们已经出去了。但他用双手抓怎么也到不了窗口的铁槛。他所能看到的外面的一切就是一片黑沉沉的天空。

5

季特尼亚克禁止雅柯夫阅读他们给他擦屁股的报纸片，不过，他设法读了一些。

"这是因为你是国家的敌人，"卫兵从门孔里说，"所以，不准你读什么。"

在漫长的无聊的日子里，为了消磨时光，雅柯夫尽量回想他读过的东西。他记得斯宾诺莎一生中所发生的事件：犹太人在教堂里如何咒骂他，由于他有许多不同的思想观点，刺客想在大街上杀害他；他在那小房间里是怎么生活和死亡的，他在那里学习和写作，为了度日而磨镜片，最后他的肺也成了玻璃；他死得早，死得贫穷，是给人家迫害死的，但他是作为人类最自由的一员而死的；他的思想是自由的，他对必然性的理解是自由的，他在他的哲学建树中是自由的。但雅柯夫的思想无补于他的自由。它等于零。他给关在囚室里，甚至给束缚在他的记忆里，因为在他的一生中，发生了这么多事情。这有时看来是自由的，而现在看来是命中注定要导致他的被捕。必然性解放了斯宾诺莎，却把雅柯夫关进了监狱。斯宾诺莎的思想引导他进入宇宙，而雅柯夫可怜的思想却局限于囚室之中。

我该跟谁比呢？

他尽力回忆他学过的生物，并就自己的记忆所及，反复地思考历史。他们说历史上出现了天主，并以此来达到他的目的。假如情况真是这样的话，他对人类是没有同情心的。主叫喊慈悲并捶打自己的胸膛，但没有一点慈悲，因为没有同情心。难道同情心是在闪电之中吗？假如你不是人，你就不能同情什么。同情是主感到惊讶的事，这不是他的发明。雅柯夫也回想彼里茨写的故事和他读过的报纸上刊载的肖列姆·阿列切姆的文章以及几篇俄文的契诃夫小说。他回忆基督教《圣经》里的东西，特别是他念过的用希伯来文写在旧羊皮纸上的《圣诗》的片段。在某种意义上说，他既能觉察到诗篇的存在，又能听到它们的声音。他们在犹太教堂里每周都唱，以赞美我主和保护小镇不受侵害，可他们从没做到。雅柯夫自己唱过，也听别人唱过许多回。如今在回忆的时刻，他吟诵诗歌，吟诵连他自己也不懂的那些歌词和那几节圣诗。他想不起来整首圣诗，但他把各个片段连成一首，在囚室里放声吟诵，以免忘记，这样他也有话可说。清晨，他用希伯来文念着，晚上，他躺在草垫上时，尽量将这些圣诗译成俄文。他知道，晚上他念出声时，卫兵柯金在偷听。

看吧！他干着不法的勾当，
不错，他策划干坏事，制造虚伪，
他挖了个坑，掏得深，
然后掉进了自掘的泥沟。

我对呻吟已经厌倦，
我夜夜使小床飘浮，
用泪水融化了我的铺位。

因为我的日子像炊烟逝去，
我的骨头像火炉在燃烧，
我的心像小草给践踏而枯萎，
因为我忘了吃我的面包。

不公正的证人站了起来，
他们问我不晓得的事情。

因为我听到许多人在窃窃私语，

每一方都充满了恐怖，
当他们在一起合议搞我，
他们密谋要我的命。

起来啊，我的主！
啊，主，高抬贵手，
勿忘了那谦逊的人。
打断那邪恶者的手臂。
你在发怒时将他们变成炽热的火炉。

天主也向苍天鞠躬，然后下来，
他脚下是浓黑的夜色。

他射出他的箭，把他们打散了，
他射出闪电，将他们打败了。

我穷追着敌人并赶上他们，
他们不垮台，我就不回头。


　　他以为天主站在他的一边，跟他一起追赶他的敌人，但当他抬头仰望主时，他所看到的和所听到的一切，便是一阵喧嚣的"哈、哈！"声。原来，这是他自己在监狱里发出的笑声。


## 6


　　我陷入痛苦的回忆之中。我想念拉伊莎。我还在监狱里，想她有什么用？我第一次见到她时，她正坐在她父亲那辆东倒西歪的马车上，拉车的就是后来记起来的那匹骨瘦如柴的老马。她和她生病的母亲坐在她家少得可怜的家庭用品中间。斯莫尔也坐在上面，时而自言自语，时而跟马尾或跟天主讲话。老马把车拉到哪里，他就到哪里去，但不管他走到哪里，他总是在倒退。他们来自何处，我不懂。你能从犹太人定居点的什么地方来呢？这跟到哪里去可大不相同呀！他每到一处，总想生活过得好一点，可是，每个地方都不行，所以他又到别的地方去试试。他来到我们镇上，他老婆饱受旅途的颠簸，终于死在路上。此后，她的坟墓使他留在一个地方不走了。这么倒霉的父亲的女儿，你能期望她什么？因此，我就离开她。当然啦，我当兵时，离开她好几个月，但我回家后也离开她，虽然时间不算长（我不在时，她如果结了婚就好了）。不管怎么说，她是个漂亮姑娘，聪明伶俐，但愁容满面，不能叫人满意。至少，她的右眼是忧郁的，左眼却是一般。这引起了我的思考。我打定主意跟她说话以前，曾在市场上见过她好几回。她令我生畏。我吃不准我能不能满足她的需要。我担心她将来会出我的洋相。不过，我发现另一些男青年在看她，我也望着她。她身体瘦长，胸脯不突出。我记得她黑色的头发打成辫子，眼睛深凹，脖子长长的。她早上穿的是她晚上洗干净的衣服，有时，衣服还是潮湿的。她父亲要她去当女仆，她不愿意。她向一个农妇买了几个鸡蛋，在市场上摆了个小摊。只要我有钱时，我就向她买一个。她跟斯莫尔住在靠浴室水池路边的一间小屋里。我去看望他们时，他们很高兴见到我，特别是她父亲。他正在给女儿招夫婿，可嫁妆是没有的。如果说有的话，那就是个藏樱桃的地窖。他知道我的脾气，我不愿问，他也不愿提起。

我们俩一起漫步在河边的森林里，就她和我两个人。我给她看了我的工具，有一回还用锯子锯断一棵小树。我帮他们修小屋，做了一张板凳和一个菜橱，还用我省下的木料做了几个架子。假如有鸡肉吃，我礼拜五晚上也去。拉伊莎拿着蜡烛祝福，给我们端菜，这实在太好了。我们彼此都喜欢对方，但双方都有点怀疑。我以为她是这么想的：他不会跑，他没有雄心大志，他将永远待在这里。将来会怎么样？我自己心里想。她是个复杂的姑娘。她是不会轻易满足的。她要求什么，就会驱使我疯狂地去搞到手。不过，我喜欢跟她在一起。有一天，我们在树林里成了"夫妻"。后来，这使她难过。她担心一旦怀了小孩，生出来会跛脚或有七个手指头。"不要迷信，"我说，"你如果想自由，首先心里要自由自在。"然而，她不听。她哭了。过了一会儿，我说，"好啦，你哭够了，让我们结婚后再来玩吧！我需要找个老婆，你需要找个丈夫。"她听到这个，眼睛睁得大大的，又一次充满了泪水。她不回答我。"你为啥不说话？"我说，"就说同意，还是不同意。""你为什么不说爱情？"她说。"谁在镇上说到爱情？"我问她，"我们是什么人？百万富翁？"我没这么说，但这个字眼真叫我坐立不安。像我这样的人，懂得什么爱情？"你不爱我，我不能嫁给你。"她回答我。可是后来，她父亲偷偷跟我说："她是个美丽的女孩，好姑娘，包你没错。她会勤做事，你俩在一起，日子会好过的。"因此，我说我爱她，她就接受了。也许，我可怜的前途看起来比她的前途要好一点。

我们结婚以后，她谈的全是：我们必须离开俄国，包括她父亲，因为事情越来越糟，而不是越来越好。对我们来说更糟，对俄国人来说也是更糟。"我们把东西全卖了吧，趁能走的时候快走。"我回答她，"就是将什么东西都卖了，我们仍然是一无所有。请相信我，在这广阔的世界上并不乏什么可以去的地方，但首先我得好好干，积几个卢布。在这种情况下，谁知道我们上哪儿去？也许，再过一两年，我们再走。"她板着面孔望着我说："再过一年，你就不会走了。你不敢走。"也许她说得对，但我说："你父亲每一回他想喘口气，就换个地方，可他搞到的是什么呢？空气。我将待在一个地方，积累一点资本，再考虑换地方的事。"严格地说，这并不是实话。我并不急于跑到外国去。有些人生性是探索者；我的本性是待在同样的星星和月亮下面，天气潮湿时就待在同一个屋檐下。这是个新奇的世界，为什么要让它更新奇呢？我在沙皇军队里时，比较不害怕这个世界，可是一旦重返家园，确实是受够了。换句话说，这些日子要叫我走，得有人推我一把。所以，她推了我一把。但我们过得并不坏，又是一两年过去了。我们还没有什么资本，也没有小孩。拉伊莎灰溜溜的，要么不说话，要么哭哭啼啼的，整天叨咕个没完没了。我们的小屋分成两个小房间。晚上，她待在床上，而我坐在厨房里。正是在这个时候，我开始多读点书。我这里搞几本，那里弄几本，有几本是偷的。我在油灯下读着。好几回我读书后便在厨房的凳子上睡着了。我读斯宾诺莎的书时，连续几个晚上开夜车。我时常被书里的观点所激动，同时整理自己的几个观点。这就是雅柯夫新生的开端。我考虑了以前从来没考虑过的事情。后来，我开始读点历史和一本关于沙皇的父亲、尼古拉一世的小册子，我对自己说："拉伊莎说得对，我们应该离开这里，越快越好。"

可是，没个生计，你能上哪儿去？我们什么地方也去不成。到如今，我们结婚快六年了，还没有孩子。我嘴里不说，心里却很失望。我有脸见谁呢？拉伊莎心里难过得像发狂似的。她责怪自己，归罪自己。也许，这要归罪于我。她又戴着长长的假发跑去找拉比，在我们镇上找不到，就到别的镇上去，但拉比从没帮助过她。她试过魔术，也试过符咒。她背诵过《圣经》上的诗句，并喝了从鱼和兔身上压榨出来的汤汁。我对这一套都不信。不过，诚如我们所预料的，没有什么效果。"主为什么诅咒我呀？"她嚷着。"什么主？"我说。她是个绝望的女人。"我将落得跟我父亲一样的命运吗？我总是一无所有吗？我将比我父亲更穷吗？"到了这个时候，我真被生活的风暴折腾够了。她跑这儿，跑那儿，哭了又哭，诅咒自己的生活。我少说话，多读书。虽然，读书一个戈比也捞不到，除非将书卖了。我想我应该带她到基辅找个大医生，但谁付这个钱呢？所以，什么事也办不成。她还是不会生小孩，我照样很穷。她天天求我离开，也许我们的运气会改变。"离开，"我说，"靠谁的本事？"后来我又说，"像你父亲那样改变运气。"

因此，她怒气冲冲地望着我。我便从屋子里搬出来。晚上我进屋就睡在厨房里。我晓得以后人们在谈论着她上旅馆去的事。有一天，她终于走掉了。我一开门便发现屋子里空荡荡的。起先，我骂她，好像《圣经》上有人骂自己的老婆当了妓女那样。"叫她子宫流产，奶头干裂。"但是，我眼下倒是这么看的：她将自己和不吉利的前途连在一起了。

## 7

你等着吧！希望好像只是失望的日子里短暂的几分钟而已。你等着吧！有时你只是等着，总算没什么较大的令人过不去的事发生。你自己陷入沉思，想把囚室毁掉。如果你是幸运的，囚室消失了，你在露天度过了半个小时，在门和墙之外，摆脱了对你自己的怨恨。如果你是不幸的，你这个想法可能会害你。如果你是幸运的，能走出去，回到小镇上去，你就能探亲访友，如果他出去了，你就能坐在他家小屋前面的长凳上。你能闻到绿草和鲜花的芳香，看看碰巧从路旁走过去的一两个姑娘。如果有活可干，你也可以干一天活。今天，有点木匠活，你搞得汗流浃背，将木头锯开，然后钉起来。吃饭的时候到了，你就打开食品包，这并不坏呀！食品嘛，你需要时就会弄到一点的。一只熟透的鸡蛋蘸点盐是顶好吃的，再搞点土豆切片和酸乳酪。如果面包蘸鲜奶，吸吸再吞下去，其味道真鲜美。还有柠檬热茶里放块糖。夜晚，你走过湿漉漉的草地，到达树林的边缘。你抬头望着天上银河系中的月亮，呼吸着新鲜空气。还有前途！一种雄心大志在逗弄着你。你毕竟活着并获得了自由。即使没那么自由，你就想你是自由的。这些想法最糟的是：你一旦失去了这些遐想就重陷囚室，囚室成了你的森林和天空。

雅柯夫数着。他数着时间，不过他尽量想不去数它。数，是以不数为条件的，至少对于一个只用小数字的人来说是这样。他一生有多少回数到一百呢？谁能永远数下去？时间一天天在增加。雅柯夫从烧火的木柴里劈了一些木片，长的代表月，短的代表日。一天的时间是够糟的负担了，何况一天内甚至一分一秒如果堆积起来也会造成损失。一个人无事可做时，最糟的就是大自然却把时间一分钟一分钟无穷尽地提供给你，就像摆着一百万个小瓶子，而什么东西也不放进去。

早晨五点钟，一天开始了，但永远没个了。黄昏时，他已经躺在垫子上想睡觉了。有时，他整夜睡不着。白天，照例是从门孔里的监视和三次烦人的搜身，还有打扫灰烬、清理炉子和点火。可干的事无非是清扫囚室，在锡罐里小便，走来走去，走到开始数为止，或者坐在桌子旁无所事事，还有三餐去拿那少得可怜的食物，然后吃掉，还有他对往事的回忆和忘却；还有每天算时间；还有背诵他收集的圣诗。他也看到天亮与天黑的变化。早晨的黑暗和晚上的黑暗是不同的。早晨的黑暗带有清新之感，夹杂着希望，不过，他究竟希望什么，他也说不清。晚上的黑暗由于无数浓密重叠的阴影而变得黑漆漆的。早晨这些阴影扩散开来，最后只剩下一个，但却终日在囚室晃动着。他想，到了快十一点时，它消失了片刻。这时，在出太阳的日子里，一道阳光照到离他草垫上一尺处被剥蚀的内墙上。几分钟后，这道金色的阳光便消失了。他曾经吻过墙上的阳光，曾经用舌头舔过它。太阳下山后，窗子里透进来的亮光就少了，室内越来越黑。他偷了一张报纸片读时，黑影映在报纸上。这已经是晚上了，在十二月份下午三点三十分光景。雅柯夫往炉子里加木柴，季特尼亚克跟他去拿回晚餐的定量后就点火。他在黑暗中吃着，或者借着敞开的炉门透出的亮光吃着。还是没有灯，也没有蜡烛。雅柯夫丢了一块小木片在旁边，表示一天白白地过去了，然后爬上他的草垫。

长的木片表示月份。他猜想该是正月了。季特尼亚克不告诉他，柯金也不说。他们说上面不准他们回答这种问题。他是四月中在砖厂里被捕的，后来在区法院监牢里给关了两个月。他心里琢磨着：他在这个监狱里又待了七个月了，如果不是更多的话，总共九个月了。快了，快了吧！坐牢快有一整年了。超过一年，他简直没想过，也不敢这么想。他没法预料将来会有什么前途。他想到将来，总想到起诉书。他想象监狱长把六个门栓拉开，带来一个棕色的厚信封里装的起诉书。可是,尽管他这么想,监狱长走后,起诉书还是没送来,他仍然在计算时间。他要等待多久呀?他那沉重的脑袋瓜里装着月、日、分在等待着;那标志着时间的长短木片上累积着白天和黑夜重复的周期,他带着这些等待着,犹如用手指头挖喉咙那样难过地等待着;他等待着那不知道的时间,跟他脑袋瓜里的时间概念不同的时间。这是对可能永远不会发生的事情的一种无休止的等待。冬天,时间像下雪的唦唦声从钉着铁条的窗子的裂缝中消失了,而雪总下个不停。他仿佛站在大雪里,让雪绕着他四周堆上来,但真要淹没他,却又是漫无止境的。

冬天某日,他过得厌倦了,便撕下自己的衣服。破布在他手上撕开了。

"狗杂种!"他透过门孔对卫兵、监狱官员们、格鲁贝索夫和黑色百人团喊着,"反犹太分子!杀人凶手!"

他们叫他赤裸裸地待着。季特尼亚克不愿生炉子。雅柯夫在冰凉的囚室里发狂似的走着,全身冻得发紫。他在草垫上颤抖,晃动,用教徒披巾和破毯子把自己裹起来。

"到明天早上,"副监狱长和卫兵走进来作当天最后一次搜身时说,"你还不穿衣服。你将给冻僵。把你的臭屁股掰开!"

但,监狱长在天黑前走进来说,叫一个赤身露体的犹太人在囚室里游行是不合适的,"用不着这样,你也早该给枪毙了。"

他扔给雅柯夫另一套破旧的囚服和一件旧大衣。季特尼亚克随后又点了炉子,可是,雅柯夫花了一个礼拜才消除了骨骼里的风寒,而他的感冒比以前更糟了。

然后,他又开始等待了。

他等待着。

## 8

监狱长穿着整套制服来到雅柯夫的单人囚室，向他传达检察官格鲁贝索夫的口信。

"你要立即穿上你平时的衣服，到普罗斯基的法院去，对你的起诉快开始了。"

雅柯夫听得目瞪口呆，闭上了眼睛。他睁开眼睛时，监狱长还在场。

"阁下，我怎么去呀？"他的声音突然中断。

"有个侦探陪你去。因为路不远，你可以坐市内有轨电车去。允许你出去不超过一个半小时。这个时间是检察官对你的要求。"

"我的腿还得上锁链吗？"

监狱长摸摸小胡子。"不必。但你要戴上手铐。上面有严格的命令，如果你有一点点不规矩，想干什么的话，就把你毙了。还有，两个秘密警官和侦探将跟着你，以防止你的任何同伙企图跟你联络。"

半小时后，雅柯夫走到监狱外面，和侦探一起等着上电车。天气又冷又闷，街上到处白茫茫一片，没有树叶的枯干黑沉沉地衬托着冰冻的天空。他望望四周，不觉泪水汪汪。在他看来，这是他第一次看到这世界是怎么交织在一起的。

在电车上，他看看商店和街上行人，好像他到了外国。一个农民走进商店，这是多么令人激动的事！侦探坐在他身边，一手插在外套口袋里。他是个大腹便便的人，戴着眼镜和一顶灰色的皮帽。他默默地坐着。一路上，雅柯夫担心起诉书会说些什么。它会简单地控告他谋杀，或"为了宗教仪式的目的"而进行谋杀吗？证据是不存在的，顶多是些旁证，但不是主要的。可他害怕他们耍花招。目的如果确定下来了，证据就会捏造出来。不管起诉书怎么说，现在重要的是先搞到它，他才能和律师谈。他一旦这样做了，也许他们就不会把他关在单人囚室里。即使他们将他跟另一个杀人犯关在一起，总比孤零零的一个人要好些。律师会告诉大家他是谁。他会说："这是个老实人，他决不会去杀害一个小孩。"雅柯夫担心怎么请个妥当的律师。他不知道比比柯夫心里打算请谁，是不是那个"深孚众望的胆大心细的人"？如果可以问问伊凡·西姆欧诺维奇的话，他会知道吗？律师是俄国人还是犹太人？哪一个最好？他怎么付给他钱呢？如果他没钱给律师，他会帮他出主意吗？即使他请到一个好律师，如果比比柯夫的调查材料落入黑色百人团手中，律师能够替他辩护吗？

尽管雅柯夫心里忧虑重重，双手又给手铐扣得紧紧的，他坐上电车还是挺高兴的。作为一个犯人，他离开监狱有好几分钟了。他周围那么多人，车辆来来回回，使他仿佛感到获得了自由。

在第二站，有两个男人上车，从雅柯夫身边走过，看到他双手被铐住。他们彼此低声说了几句。他们坐下来时，就对别人叨咕。有些乘客转过头盯着他。他看到这种情景，只好闭着眼睛。

"就是这个狗杂种杀了一个信基督教的小孩，"一个戴针织毛帽的男人说，"他被捕后，我在玛华·戈洛夫家门前的一部汽车里看到过他一次。"

车上的人议论纷纷。

后来，侦探不慌不忙地说："一切都很正常，我的朋友。不要瞎高兴。我陪着犯人上法院去。他的罪行将受到起诉。"

两个蓄小胡子的犹太人戴着大帽子，到了下一站便匆匆下车。

第三个犹太人想跟雅柯夫说几句，侦探挥手叫他走开。

"如果他们判你的罪，"那个犹太人对雅柯夫嚷着，"呼喊吧！'犹太人，我主上帝，我主是共同的！'"他在电车开动时跳下车，两个秘密警察刚刚站了起来，就又坐下去。

一个头戴帽子、手拿绒花的妇女走过时，朝雅柯夫啐了口痰。她的唾沫从他小胡子上滴下来。侦探马上用肘轻轻地推他，两人便在下一站下车。他们沿着大雪覆盖的人行道跋涉，侦探停下来向街边的小贩买了一只苹果。他把苹果递给雅柯夫。雅柯夫三口就吞了下去。

在法院大楼里，格鲁贝索夫已搬进一个大办公室，前半间有六张桌子。雅柯夫和侦探一起等着，焦急不安地想看看起诉书是怎么回事。他想，真奇怪，对一桩谋杀案的起诉就这么难呀！不过，没有起诉，他就不能采取第一个行动来为自己辩护。

他给召到后半间办公室。侦探手里拿着帽子，跟着他进去，并立正站在犯人后面，但格鲁贝索夫点头示意他退出去。检察官没有表情地坐在一张新桌子旁边，眯着眼注视着犯人。除了外貌，他没多大变化。他看起来老一些，如果是这样的话，那么雅柯夫看来到底老了多少呢？他发现自己头发浓密、蓄着小胡子，穿着宽落落的衣服摇摇晃晃，而且吓得要死。

格鲁贝索夫咳得很厉害，便把目光移开。雅柯夫看到桌上没有文件。尽管他事先决心在这个反犹总头目面前控制住自己，但还是禁不住颤抖起来。他心里吓得发抖，尽力抑制自己，可他想到比比柯夫的遭遇和他几个月来遭受的虐待以及由于格鲁贝索夫的主观武断，他不得不忍受的苦难，仇恨之情如鲠在喉，他全身摇晃了。他的身体抖动得很厉害，好像它力图排斥一种毒物。虽然他在这个人面前像发热或挨冻一样发抖，觉得不好意思，但他实在忍不住。

检察官惊讶地望了片刻。"你受凉啦？雅柯夫。"他的声音有点重，似乎想表示同情。

雅柯夫仍然控制不住颤抖。他说他受凉了。

"你一直生病吗？"

雅柯夫点点头，尽量掩饰他对检察官的鄙视。

"真遗憾！"检察官说，"好吧，坐下来，好好控制自己。我们来谈谈别的事吧！"

他用钥匙开了桌子的抽屉，拿出一叠字打得密密麻麻的长长的蓝纸，大约有二十页。

我的天啊！这么多呀！雅柯夫想。他的颤抖慢慢停止，他探着身子坐着，心里局促不安。

"那么，"格鲁贝索夫说，微笑着，好像他头一回明白事情的真相，"你是为了拿起诉书而来的？"他用手指拨弄文件。

雅柯夫盯着那些文件，用舌头舔嘴唇。

"我想你会觉得坐监牢不是太好受吧？"

雅柯夫差点大声喊出来，但他点点头。

"这究竟改变了你的思想没有？"

"没有。我以为自己是无罪的。"

格鲁贝索夫笑了一笑，将他的椅子从桌子旁边推开。"一个顽固不化的人捆着双脚走路。我对你感到惊奇，雅柯夫·鲍克。我不想说你愚蠢，这么说也一点不错。我以为你知道：如果你继续这样顽固下去，你的前途就完蛋了。"

"请问，我什么时候能找个律师？"

"律师一点也帮不了你的忙。你可以记住我的话。"

雅柯夫紧张地坐着，一句话不说，但小心提防着。

格鲁贝索夫开始在他办公室里的东方地毯上漫步。"你就是请了六七个律师，你也会给定罪并判处终身完全单独监禁的。你以为一个爱国的俄罗斯陪审团会相信某些奸诈的人替你编造的话吗？"

"我一定把真相告诉他们。"

"如果你说的'真相'就是你已经跟我们谈的，那么，神志正常的俄国人没有一个会相信你。"

"阁下，我原以为你会相信的，因为你了解有关证据。"

格鲁贝索夫停停步，清清喉咙，说："我一点也不相信，虽然我考虑过这种可能性：你曾经是个安分守己的人，后来成了为你教徒同伙抵罪的牺牲品。你是否有兴趣了解：沙皇陛下自己深信你是犯了这个罪的？"

"沙皇？"雅柯夫惊奇地问，"他知道我吗？他怎么能这么想呀？"他的心情很沉重。

"陛下自从读了报纸上关于基尼亚遭杀害的消息后，对这个案件很感兴趣。他立即坐在他办公桌旁，亲笔给我写了下列御示：'我希望你不遗余力地把杀害这个小孩的可鄙的犹太凶手查出来并绳之以法。'我的引文是从记忆中留下的。陛下是个挺敏感的人，他对事物的直觉有些是非凡的。从那个时候以来，我一直将调查的情况向他报告。调查工作是在他充分的了解和赞同下进行的。"

雅柯夫想：唉，倒霉啦！停了一会儿，他说："可是，沙皇为什么会相信不真实的事？"

格鲁贝索夫迅速回到他的办公桌旁，然后坐下。"从证人提供的大量证据来看，陛下是深信不疑的，我们大家也深信不疑。"

"什么证据？"

"你很清楚是哪些证据，"格鲁贝索夫不耐烦地说，"例如，尼古拉·马克西姆莫维奇·利比德夫和他女儿这些温文尔雅的人们提供的证据。玛华·戈洛夫，那不幸的孩子长期受苦的母亲，一个纯洁而可悲的女人提供的证据。工头普罗斯柯和两个赶车人提供的证据。工厂看门人斯科贝利耶夫提供的证据，他看到你给基尼亚糖果吃。他将出庭作证，证明你在砖厂院子里几次追逐基尼亚。尼古拉·马克西姆莫维奇告诉我们：由于你的干预，这个看门人给解雇了。"

"我从来不晓得他被解雇了。"

"你不晓得的事多着呢！你会晓得的。"

格鲁贝索夫继续谈到证人的姓名。"我也要引用你同室的犹太犯人格隆芬提供的证据。你怂恿他去贿赂玛华·维拉第米洛芙娜不要出庭告你，以此帮你们犹太人的忙。一个乞丐女人提供的证据，她曾经求你给予施舍，但你不给她。她看见你走进一家磨刀店。店主和他的伙计也提供了证据，他们将说明你有两把刀叫他们磨得极锋利，然后还给你。某些宗教界人物、犹太历史和神学的专家和对犹太人的心理颇有研究的权威精神病学家提供的证据。我们已经收集了三十多个可靠的证据。皇上陛下把有关的证词全读过了。你被捕后不久，他上次来基辅访问，我荣幸地禀告他：'陛下，我幸运地向您报告，谋杀基尼亚·戈洛夫的罪犯已被逮捕，现扣押于狱中。他叫雅柯夫·鲍克。他是一个狂热的犹太组织的成员。'我可以准确无误地告诉你：陛下在雨中光着头，画了个十字，以表示他感谢上帝抓住了你。"

雅柯夫仿佛看到沙皇在雨中光着脑袋画了个十字。他第一次怀疑他们是否弄错了身份，会不会将他与别人搞混了？

检察官打开办公桌旁边的一个抽屉，拿出一卷剪报。他读了一篇："'陛下自己表明——诚如他的信仰所证明的一样，这种怯懦的罪行是个犹太罪犯干的，他这种野蛮的行为必须受到应有的惩罚。我们将采取各种必要的措施，来保护我们无辜的俄罗斯孩子和他们忧郁不安的母亲。我想到我自己妻子儿女时就想到他们。'如果俄国的统治者和人民一致认为你犯了罪，你以为你还有什么可能得到无罪的判决呢？没有。肯定地告诉你，没有。俄罗斯陪审团决不会放过你。"

"可是，"雅柯夫断断续续地叹气说，"问题是这些证据有什么价值？"

"我一点也不怀疑它们的价值。你有什么更好的证据吗？"

"万一某些反犹组织搞了谋杀，再把责任推在犹太人身上呢？"

格鲁贝索夫用拳头在办公桌上猛击了一下。"真是弥天大谎！只有一个犹太人才能把他的罪名推到原告身上。你显然忘了你自己已经认了罪，就是说，坦白交代了自己的罪行。"他身上已开始淌汗，他呼吸时鼻子嘘嘘作响。

"我自己的罪行？"雅柯夫说着，十分恐慌，"认了什么罪？我从来没有。"

"你可以说没有，但已经有了记录，你在睡梦中不止一次地坦白过。卫兵柯金都收集在他笔记本里。副监狱长晚上在你囚室门口偷听时也听到过。有充分而明显的理由说明：你思想上负担很重。雅柯夫，你多次叫喊，反对你犯罪的恶劣本性。你叹气，突然叫嚷，咕咕哝哝，甚至悔恨地哭泣。这是因为你显然为你的所作所为感到有点难过，所以，我愿意这么亲切地跟你谈谈。"

雅柯夫的目光又偷偷射向办公桌上的文件上面。

"阁下，我可以看看起诉书吗？"

"我想劝你一句话，"格鲁贝索夫说罢，用手帕擦擦脖子，"你就写个坦白书，签个字，说明你违心地犯了杀人罪，是在你教友同伙的影响下干的。正如上次跟你谈话时我通知你的：一旦你照我说的做了，我就可以安排一些对你有利的事。"

"我没什么可坦白的。我能向你坦白什么？我只能坦白地说说我的不幸，我不能坦白交代谋杀了基尼亚·戈洛夫。"

"听着，雅柯夫·鲍克！我跟你谈，是为了你好。否则，你的处境是没有希望的。你自己写个坦白书，你的好处就不止一个。对你的犹太同胞来说，可以防止产生报复行为。你知道你被捕后，基辅濒临一场大屠杀吗？这全是因为沙皇偶然的光临，他献给他一位祖先一座雕像，才避免了这场屠杀。我向你担保，这样的事再也不会发生了。想想看，这对你大有好处！我情愿看到你秘密出狱之日，然后给带到奥地利边界上的普多伏罗斯契斯克去。你口袋里会有一张俄国护照和到欧洲以外某个国家去的旅费。这包括巴勒斯坦、美国以及澳大利亚，如果你选择去那里的话。我劝你再仔细地考虑一下。另一种选择是终生在监狱里度过，那条件比你现在所享受的要差得多啦。"

"对不起，那你怎么跟沙皇解释你放走了一个坦白承认谋杀信基督教小孩的凶手呢？"

"这不关你的事。"格鲁贝索夫说。

雅柯夫不相信他。他晓得一张坦白书会叫他永远完蛋。他已经完蛋了。

"监狱长说你会给我起诉书。"

格鲁贝索夫不安地琢磨着最上面的一张纸，然后放下来

说："起诉书要求调查官签字。他因公外出还没有回家。同时，我
要知道一下你对我的非常合理的建议有什么想法？"

"我要坦白的事够多了，但不是这个罪行。"

"哼，你这个愚蠢的犹太人！"

雅柯夫欣然表示同意。

"如果你希望调查官比比柯夫同情你、帮助你的话，你就死了
这条心。他已经给撤职了。"

雅柯夫咬紧牙关，避免全身再次颤抖。

"比比柯夫先生在哪里？"

格鲁贝索夫漫不经心地说："他因为挪用公款被逮捕。他等候
审判时，由于感到太丢脸而自杀了。"

雅柯夫闭上眼睛。

他张开眼睛说："我可以跟他的助手伊凡·西姆欧诺维奇谈
谈吗？"

"伊凡·西姆欧诺维奇·库兹敏斯基，"检察官冷淡地说，"去
年九月在农业交易会时被抓到拘留所去了。乐队演奏《上帝保佑沙
皇》时，他不脱帽。假如我没记错的话，他被判处到彼得罗巴夫尔
斯基监狱关一年。"

雅柯夫默默地喘着气。

"你听懂了没有？"格鲁贝索夫绷着脸直淌汗。

"我是无罪的。"雅柯夫粗声地喊着。

"犹太人没有一个是无罪的，更不用说是个宗教的暗杀者了。
不仅如此，大家都知道你是犹太卡哈——犹太国际秘密政府的代理
人。这个政府和世界犹太组织，奥地利海兹尔联盟和俄国自由党人
一起从事地下阴谋活动。我们也有理由相信：你们的头头正在串通

英国人，帮助你们推翻俄国的合法政府，使你们成为我们国家和人民的统治者。我们并不太天真无知。我们知道你们的目的。我们读过《犹太长老议定书》和《共产党宣言》，完全了解你们的革命动机！"

"我不是个革命者。我是个缺乏经验的人。谁懂这些东西？我是个修配工。"

"你要怎么赖就怎么赖，但我们了解事情的真相，"格鲁贝索夫嚷道，"犹太人支配着全世界，我们觉得自己受到他们的束缚。我个人认为自己处在犹太人的压力之下，在犹太人思想的压力之下，在犹太人报刊的压力之下。揭发犹太人的罪行意味着引起人们的指责——指责你要么是黑色百人团成员、蒙昧主义者，要么是反动分子。我都不是这种货色。我是个俄罗斯爱国者！我热爱俄国沙皇！"

雅柯夫可怜地盯着起诉书。

格鲁贝索夫拿着起诉书，把它们锁进抽屉里。

"如果你想通了，告诉监狱长转告我。否则，到那个时候为止，你将继续在牢房里散发着臭味。"

检察官脸上气色阴沉。他在准许雅柯夫离开办公室之前，对着他的笔记本念念有词，问雅柯夫是否和巴阿尔·斯姆·托夫或拉第的拉比查尔曼·斯纽尔有关以及他家是否曾有过屠宰手。雅柯夫浑身颤抖不能自制，对每个问题的回答总是：不是。格鲁贝索夫用心地将他的回答记录下来。

9

雅柯夫穿着囚服坐在阴暗的囚室里。他觉得小胡子给搅乱了，眼睛火辣辣的，脑袋瓜滚烫滚烫的，寒气刺骨。雪花沙沙地打在窗子上。冷风像一只害鸟穿过破裂的玻璃，深入他的肌体，侵蚀他的脑袋和双手。他在囚室里跑步，他的呼吸声很清晰。他挥手捶胸将冻得发紫的双手拍在一起，痛苦地叫嚷着。他叹气，呜咽，向苍天呼救，直到季特尼亚克一只鬼头鬼脑的眼睛在门孔上出现，命令他住嘴，他才停止。卫兵晚上来点火时，雅柯夫坐在冒烟的炉子旁边，把炉门敞开着，竖起大衣的领子盖着耳朵，好像炉火的暖气传不到他脸上似的。除了炉火的闪亮、噼啪声和呼呼声以外，囚室又暗又湿，充斥着一股浓烈而阴湿的臭味。他仿佛闻到自己像所有的犯人一样，在忍受这种恶臭的环境中腐烂的气味。他们就是在这个破烂不堪的囚室里生活和死去的。

雅柯夫哆嗦了好几个小时，陷入了最苦闷的沉思之中。谁会相信呀？沙皇本人都晓得他。沙皇深信他有罪。沙皇要给他判刑和处罚。雅柯夫仿佛发现自己跟沙皇在一起扭斗。他们两人胡子对着胡子，在黑暗中搏斗，直打到尼古拉自己宣称是上帝的天使而飞向天空才罢休。

"这全是空想，"雅柯夫自言自语，"他不需要我，而我也不需要他。为什么他们不放过我？我究竟对他们做了些什么呢？"

他的命运真叫他恶心。逃出了犹太人定居点后，他不久就身陷囹圄。从诞生以来，一匹黑马老跟着他。那是犹太人的噩梦。做个犹太人，除了终身受非难，还有什么呀？他对他们的历史、命运和血腥的罪行都感到厌倦了。

# 第七章

## 1

他等待着。

雪停了，又下雨。

没发生什么事儿。除了漫长的冬天，什么事儿也没发生。起诉还没开始。

他脑袋里意识到天气变了。春天来了，但春天停在牢房外面。透过铁窗，他听到燕子的叫声。

冬去春来，比起诉来得快。起诉进行得很慢。他心里想：起诉总有一天会开始的。这种想法使起诉来得更慢。

春天，雨下得很大。他倾听雨声，喜欢外面湿淋淋的一片，但他不喜欢里面的潮湿，雨水从牢房院子的一侧渗漏到墙上，斑驳的水泥砖墙上形成一道道水流。雨停后，雨水从窗子上天花板坏掉的一角漏了下来。所以，大雨过后，地面总留下一洼水。有时，漏水持续了好几天。晚上，他一觉醒来就听见漏水声。有时，水停了几分钟不漏，他便睡着了。一开始漏水，他又给吵醒了。

我习惯于在雷鸣中睡觉。

他是这么坐立不安，易于激动，因受监禁而这么压抑，真害怕会发疯呀！如果我疯了，我将对他们坦白些什么？每天精神上受压抑和心情上的厌烦真叫他害怕。这种厌烦和不安的情绪使他以为他真会发疯的。

一天，由于迫切想找点事干，找点东西读读，他把丢在囚室里的经匣中的羊皮纸撕开一条。他用皮带拴住它，拿着匣子朝墙上砸，使它激起一缕灰尘。经匣里面有股旧羊皮纸和皮的味道，可是也带有古怪的人的香味，闻起来像人身上的汗味。雅柯夫把摔破的经匣拿到鼻子上闻闻，贪婪地吸着它的香味。黑色的小匣子分成四格，每格放着一卷绕得很紧的小纸卷，其中有两卷写着《出埃及记》的诗句，另外两卷写着《旧约全书》的《申命记》。雅柯夫苦思冥想地辨认这些笔迹，默诵这些词句比阅读还快。在埃及受苦役的日子已成为过去了。在一卷上，摩西宣布庆祝逾越节。另一卷是关于以色列的。另一卷列举了爱天主、为天主效劳所得到的报酬和不爱天主、不为天主效劳所得到的惩罚：失去了天堂、甘雨和甘雨带来的硕果，甚至失去了生命。四卷中每一卷都训诫人们服从天主和宣教他的话。"所以，你将在你心上和灵魂里记住我这些话，并将它们挂在你手上作为一个标志，它们可以作为你双眼之间的额上护符。"这就是那只祈祷用的经匣的标志，而恰恰是这个东西被雅柯夫摔破了。他忧喜交加地读着纸卷上的诗句，并将它们深藏在草垫里面。可是有一天，季特尼亚克在门孔上转动他的眼睛，逮住了雅柯夫全神贯注在读圣诗。他走进囚室，强迫他交出来。卫兵一看到四个纸卷，大惑不解，不过，雅柯夫给他看了摔破的经匣。季特尼亚克将这些交给副监狱长。这家伙获得了这些"新证据"，非常高兴。

几个礼拜以后，季特尼亚克走进囚室时，偷偷塞给雅柯夫一本小小的绿色的平装本俄文版的《新约全书》。书页已经破损，而且给搞脏了。

"这是我家老太的，"季特尼亚克低声地说，"她说把这本书给你，你就能对自己做过的错事进行忏悔。况且，你老是埋怨你没有什么可读的。拿去吧！可别跟人说是谁给的，否则我就要打烂你的屁股。如果他们问你，你就说是厨房里的一个犯人偷偷塞在你口袋里，没告诉你，或者是个倒尿壶的人给你的。"

"可是，为什么给《新约全书》，而不给《旧约全书》呢？"雅柯夫说。

"《旧约全书》对你一点好处也没有，"季特尼亚克说，"这本书早已过时了，全是讲什么灰胡子的老犹太人到处乱闯的事。《旧约全书》还有许多乱七八糟的东西，这怎么谈得上是宗教信仰？如果你要读一读主的真谛，就读读《福音书》。我家老太要我转告你这一点。"

起先，雅柯夫不愿打开这本书，因为他从小就害怕耶稣基督，把他当做陌生人、变节者和犹太人神秘的敌人。可是，拿着这本书，他的厌倦加深了，他的好奇心更强烈了。后来，他就打开书读起来。他坐在桌子旁边读，室内阴暗，书上的字看不清，不过，他读得不太久，因为他发觉自己思想难以集中。然而，耶稣的故事令他神往，他一口气读了四篇《福音书》。他是个奇怪的犹太人，缺乏幽默感，而且有点宗教狂热，但他喜欢基督的教导，并怀着愉快的心情读了关于跛子和瞎子以及那些有关落入水火之中的癫痫病人得到治疗的故事。他也赞赏面包、鱼和使死人复活的故事。最后，当他读到他们怎么把唾沫吐在他的脸上，用棍子打他，晚上把他钉在十字架上时，他深深地被感动了。耶稣向主呼救，但主不给他帮助。有个男人在黑暗中痛苦地呼喊着，可是主却在他山上的另一边。他听见了，但这是他以前听过的一切。还有什么他以前没有听过的可以听呢？耶稣基督死了，他们把他从十字架上抬下来。雅柯夫感动得揉揉眼睛。后来他想：如果这就是所发生的事情，这是基督教的一部分，他们相信它，那么他们明明知道我是无罪的，怎么能把我一直关在监牢里？他们为什么不发发慈悲放我走呢？

虽然，这些回忆使他苦恼，他尽量想记上几段《福音书》里他喜欢的章节。这是使他思想不致胡思乱想，记忆力保持敏感的一个方法。之后，他就把他学过的背诵一遍。有一天，他对着门孔大声读着《圣经》的章节。季特尼亚克坐在走廊里的椅子上，用小刀削棍子。他听着雅柯夫朗诵了耶稣登山训众论福所讲的福音。他一直听到雅柯夫念完再叫他住嘴。雅柯夫晚上睡不着或只睡一会儿，或给一些噩梦或喧哗声吵醒时，他就利用醒的时间在囚室吟诵《圣经》的章节。柯金总像平时一样用耳朵贴着门孔，静悄悄的，连呼吸声都听得到。有个晚上，卫兵有点闷闷不乐，便从门孔上大声问道："一个犹太人杀了一个信基督教的小孩，却到处背诵基督的话，这是怎么回事？"

"我从没碰过那小孩一根毫毛。"雅柯夫说。

"大家都说你干了。他们说你从一个拉比那里接受了一项秘密使命，然后就去执行了。你的良心还没有使你醒悟。我听说你是个顶卖力干的人。雅柯夫·鲍克，你还有可能犯这个罪，因为你思想上认为杀害一个基督徒并不犯罪。关于血和未发酵面包这一套玩意儿是你们犹太教的老把戏。我从小就听说过了。"

"按《旧约全书》说的，我们不准吃血。这是禁止的。"雅柯夫说，"看看这些话是怎么说的：'真的，真的，我跟你说，你吃了人的儿子的肉、喝了他的血，你就没有生命了；吃我的肉和喝我的血的人，生命是永恒的。在末日到来时，我将使他复活。因为，我的肉确是食物，而我的血确是饮料。吃我的肉和喝我的血的人在我身上永存，我也在他身上长驻。'"

"哎，总的来说，这是一批不同的鱼肉，"柯金说，"这意味着面包和酒，而不是真正的血和肉。不过，你是怎么知道你刚才说的那些话呢？魔鬼教犹太人读《圣经》时，双方都搞错了。"

"血就是血。我是照上面写的说的。"

"你怎么知道的？"

"我在《约翰福音书》里读到的。"

"一个犹太人读《福音书》干什么呢？"

"我读一读，看看基督徒是什么样的人。"

"基督徒就是热爱基督的人。"

"怎么大家都热爱基督，却把一个无辜的人关在监牢里受苦呢？"

"杀害基督徒的人决不是无辜的。"柯金说罢，将圆盖子放下盖住了门孔。

第二个晚上，雨淅淅沥沥地落在监狱的院子里，雨水又从天花板上渗漏下来。卫兵到走廊来听听雅柯夫还记得些什么。

"我好多年没上教堂啦，"柯金说，"我并不是太迷信宗教仪式和神父的人，但我喜欢听听基督的话。"

"'你们哪一个证明我有罪？'"雅柯夫说，"'如果我说出真相，你们为什么不相信呢？'"

"你这样说过吗？"

"是的。"

"继续说别的吧！"

"'可是，天诛地灭比让法律细节失效更容易。'"

"你说的这些话，听起来跟我记得的不同。"

"它们是一样的。"

"继续说别的吧!"

"'不要审判人,你也不会受审判。因为你宣布判决之时,你将受审判,而你使用的手段将是你受害的手段。'"

"够了,"柯金说,"我听够了。"

可是,第二天晚上,他送来一段用过的蜡烛和火柴。

"瞧,雅柯夫·鲍克,我知道你在囚室里藏了一本《福音书》。你是怎么搞来的?"

雅柯夫说,他到厨房去拿食物定量时,有人塞在他口袋里给他的。

"好吧,也许是这样,也许不是这样,"柯金说,"不过,既然你从那里弄来了这本书,你也可以给我读一点。我在这里一个晚上一个晚上地孤守着,屁股都长了老茧。其实,我是个热爱家庭的人。"

雅柯夫点了蜡烛,从门孔上念给柯金听。他给他读了基督受苦受难的故事。这时,黄色的烛光逐渐减弱,在潮湿的囚室里熄灭了。当他讲到士兵们将带刺的王冠套在耶稣头上时,柯金叹了口气。

后来,雅柯夫用焦急的口气低声说,"听着,柯金,我可以求你办点小事吗?这并不太复杂。我想要一张纸和一段铅笔头,写几个字给我的朋友。你能借给我吗?"

"你最好去骗你自己,鲍克,"柯金说,"我对你们犹太人的鬼花招心中有数。"

他拿走了蜡烛,吹熄了它,再也不来听雅柯夫背诵《福音书》的章节了。

2

和风从鲜花盛开的灌木丛和树木中吹来，使雅柯夫想起大地已万木复苏了。他有时透过破裂开的窗子闻到春天的芳香。但他的心疼是难以令人相信的。

五月份或许是六月份的一个傍晚，雅柯夫给关了一年多了。一个穿着灰色衣服、戴着黑帽的神父在黑乎乎的囚室里露面。他是个脸色苍白的年轻人，头发浓密、嘴唇湿润、眼睛乌黑、目光呆滞。

雅柯夫以为自己产生了幻觉，便退到墙角。

"你是谁？你从哪里来？"

"你的卫兵替我开了门，"神父说着，点点头、眨眨眼睛。他咳嗽了一阵又一阵，停了一会儿才镇定下来。"我一直生病，"他说，"有一回我发烧睡在床上，做了一个不平常的梦，梦见一个人在监牢里受苦。这会是谁呢？我想。我立刻想到，这一定是那个由于杀害了信基督教的小孩而被捕的犹太人。我浑身冒汗并喊着：'天父呀，谢谢你给我这个暗示，因为我明白你希望我去为那个被捕的犹太人效劳。'我的病康复以后，我立刻给你的监狱长写信，请求他准许我来看你。起先，这好像是不可能的，经过我祈祷和绝食后，终于在大主教的帮助下安排了这次会面。"

神父看到雅柯夫衣衫破旧，长满胡子，躲在黑暗处，背朝着墙站着。他就双膝下跪。

"亲爱的主，"他祈祷说，"宽恕这可怜的犹太人的罪，并让他宽恕我们对他犯下的罪。因为倘若你宽恕人们的罪过，你的天父也会宽恕你，如果你不宽恕人们的罪过，你的天父也不会宽恕你的罪过。"

"我不宽恕任何人。"

神父跪着走近雅柯夫,想吻他的手,但雅柯夫把手拿开,退到囚室的阴影里去。

神父呻吟着站起来,深深地吸了一口气。

"我请求你听我说,雅柯夫·斯帕索维奇·鲍克,"他喘着气说,"卫兵季特尼亚克告诉我你很信教,读了《福音书》。卫兵柯金说你记住了基督真谛的许多段落。这是个极好的征兆。因为如果你拥抱基督,你将会真心地忏悔。他将把你从毁灭中拯救过来。而你如果改信正教,抓你的人将不得不重新考虑他们对你的控告,最后把你作为我们的兄弟放出来。在主看来,再没有比一个承认犯了错误并情愿转向真正教义的犹太人更可亲的了。如果你同意,我一定教导你正教的教条。监狱长对此已表同意。他是个宽宏大量的人。"

雅柯夫站着不吭声。

"你在那里吗?"神父说着,向阴影处窥视,"你在哪里呀?"他叫着,不安地眨眨眼睛。他咳了一阵,发出粗粝的刺耳声。

雅柯夫站在微弱的灯光下,一动不动地倚着桌子。他用祈祷披巾盖着头,将用来扎手臂的皮绷带扎到眉梢。

神父咳得很厉害,用手帕捂着嘴,后退到铁门口,用拳头猛击了一下。门很快就开了,他匆忙走出去。

"你会得到你该有的。"季特尼亚克在过道里对雅柯夫说。

后来,有人提着一盏灯到囚室里来,雅柯夫给剥光了衣服,进行当天第四次搜身。副监狱长发火地踢开垫子,在草堆里找到了《新约全书》。

"你他妈的从哪里搞来这个东西?"

"显然有人又在厨房里偷偷塞给他。"季特尼亚克说。

副监狱长一拳把雅柯夫打翻在地。

他没收了雅柯夫祈祷用的皮绷带和季特尼亚克给他的《新约全书》。可是第二天早上他又回来，将一叠书页往雅柯夫身上扔过去，书页飞遍了囚室。这些书页是希伯来文写的《旧约全书》。雅柯夫一页页地捡起来，耐心地将它们凑在一起。半本书丢了，有些书页沾上棕色的泥迹。这痕迹看起来像干血。

3

桦木扫帚散了架啦。他用了几个月，桦木条在石头地板上扫坏了，有的在扫地时掉下来，没人给他东西替换。后来，那根扎桦木条的绳子磨得不能再用，扫帚就这样完蛋了。季特尼亚克既不给桦木条，也不再给他一根绳子。雅柯夫求了他几次，他不答应，反而把扫帚柄拿走了。

"这样办，鲍克，你就不会伤害自己，也不会再对别的人耍什么鬼花招了。有人说，你用刀刺杀那可怜的小孩之前，先用木棍把他打昏过去。"

雅柯夫跟两个卫兵少啰唆，这也省点麻烦。他们跟他很少说话，偶尔有那么一次，他动作缓慢，被他们申斥一顿或咒骂一通。没有扫帚，他简单的生活安排也就乱了套。他想照常办事，但他没有炉子可清扫或架好木柴等着烧火。他不再获准去厨房拿食物。食物像以前一样，由别人送到囚室里给他。他们说他从厨房偷了东西，比如《新约全书》。查囚室时"发现"了一把小刀。他所盼望的、有时是高兴地期待着的一天两次出去走走，就这样结束了。"这实在很对，"监狱长说，"我们不能叫一个犹太人跑来跑去，无视监狱的规定。犯人中也有人议论纷纷。"雅柯夫日程安排上留下的项目就是：早晨给监牢的铃声唤醒，一天两次而不是一次，吃着差劲的东西，一天三次给搜查得走投无路。

他不再用长短木片来记录时间了。一年多了，他不能走。转眼便是夏天。这时，炎热的囚室散发着浓烈的臭味，连墙上也淌汗。室内有许多蚊子和在墙边跑来跑去的臭虫。不过，夏天还算好一些，他怕冬天再来。如果冬去春来，那就意味着他在牢里待了两年。而那以后又会怎样？时间像草原的风暴把他送进渺茫的将来。没有止境，没有事干，没有起诉，也没有审判。空等使他衰弱了。他挣扎地等待着，他意识到他无罪，反对将他监禁，这些使他消瘦。但整整一年没做什么事来争取释放他。他处于极端孤立的境地，这给他打击太大了。他受尽热煎冷熬。他所盼望的早日起诉又迟迟没有开始，真叫他心碎。他不是瘦得皮包着骨吗？他的神经像绷得几乎要断裂的弦。他从心灵最深处一个狭窄的地方呼叫，可是没有人来。没有人回答，也没有人来看他或跟他讲话，既没有朋友，也没有陌生人。除了他的年龄，什么都没有变化。如果他给审判、定罪和判到西伯利亚服刑，那至少还有点事可做。他梳梳头，理理胡子，梳得梳子的齿都掉了。他恳求，哄骗，可是没人给他一个新的，他只好用手指头梳。他着迷地挖鼻子。他的肉体受到那些从未成年的姑娘们的引诱，但这使他很倒胃口。他力图保持自己的圣洁，可是没有成功。

雅柯夫从那些弄脏的书页，一章一章片段地阅读《旧约全书》。他细心地读着像蹲着的每个字母，不过，这些词往往是他看不懂的。他忘了许多以前他懂的词，但是，通过反复阅读，有些词便想起来了，有些则永远记不起来。有些段落他不明白，有的书页少掉了，他并不厌烦。他知道整个故事的意思。有些不全的，他就猜或者后来回忆一下。起先，他一次只读几分钟。灯光不好，他的眼睛流泪，头脑发胀。后来，他读得久一点、快一点。他被那些快活的狂喜的希伯来人的故事紧紧地吸引住了。他们做生意、打仗、赎罪和崇拜天主——不管他们做什么，总是跟怒气冲冲、趾高气扬的天主交谈。天主也许出于妒忌，尽量装得像人一样。

主说话了。他说他选择希伯来人来寄托他的存在。他立了契约，所以他成了天主。他提出建议，以色列人接受了，要不然，历史将从何时开始呢？亚伯拉罕、摩西、诺亚、耶利米、何西阿、伊兹拉，甚至约伯都和说话的主订下了个人的契约。但是，以色列人接受这种契约正是为了破坏它。这是由于他们怀有不可思议的目的：他们需要经验。因此，他们崇拜假神；从而使耶和华双手紧握着喷射着火焰的剑，从他那金色的宝座上跳了起来。他高声说话时，人类历史就沸腾了。亚述国、巴伦尼亚国、希腊、罗马都成为主愤怒的鞭子，这鞭子把主特选的臣民的头都砸烂了。他们背叛了和主订立的契约，所以不得不付出了代价——战争、毁灭、死亡、流放以及承受伴随而来的一切后果。他们说：受苦能启发人们的悔改，至少对那些能悔改的人是这样。因此，那些订立了契约的人就能消除他们违背主的罪恶。那么，主就宽恕他们，并提出新的契约。为什么不该如此呢？这是主的本性，一切都会周而复始，不必问他何故。以色列人不管是否改变，接受了新的契约，目的在于通过崇拜假神来破坏契约，所以他们最后将受苦和忏悔，无休无止地，直到永远。雅柯夫想：契约的目的在于创造人类的经验，但人类的经验又与主相左。主毕竟是主。他是什么就是什么：天主。他对这些东西知道什么？他崇拜过主吗？他受过苦？他究竟经历了多少事？主妒忌犹太人：犹太人的生活是丰富的。也许他想仁慈点，这是可能的，但没人知道。正是这个耶和华从云朵、旋风和燃烧的灌木中出现，然后说话。他和斯宾诺莎的主是不同的。如同在大自然万物中所发现的一样，他是主永恒的无限的思想的化身。这一个不说什么。要不是他不会说话，也可能是他无需说话。如果你是个思想的化身，你能说什么？人们应该从他自己内心的结构中去发现他。斯宾诺莎早把主解释清楚，但雅柯夫办不到。他毕竟不是个哲学家。所以，他受苦受难，既没有主的智慧，也没有立约的主。他摔破了祈祷用的经匣。没有人为他受苦，他也不为别人受苦，只为他自己。主对他发怒的鞭子就是俄国沙皇尼古拉二世。他惩罚他受苦受难的臣民，因为他们不信天主。

这是一种难熬的生活。

他阅读时，季特尼亚克注视着他。"像他们在犹太教堂里那样，摇前摆后。"他从门孔上说。雅柯夫摇前摆后。副监狱长被叫来看。"你还能指望看到别的什么？"他啐了一口痰说。

有时，雅柯夫看不见书页上的字。它们像白翅膀的黑鸟和黑翅膀的白鸟。他陷入沉思之中，但又没思考到什么。脑袋瓜里白茫茫的，仿佛麻木失去了知觉。他记不清他在哪里，忘得这么厉害，从沉思中清醒过来真叫他头疼。这种情况现在经常发生，而且持续好几个小时。一旦他早上陷入这种状态，坐在桌旁阅读《旧约全书》，等他醒悟已经是天快黑了。他赤条条地站在囚室里，让副监狱长和季特尼亚克搜查。然而，他有时走遍了俄国而自己一点也不知道。他的脚不好受，只好自己忍受，因为他将木底鞋鞋跟走通了，没人肯给他换一双。他光着脚走了一长段崎岖不平的石路，后来发现双脚都起了泡、磨烂了。他醒来发觉自己还在走路，心里大吃一惊，这时他想起外科医生的手术刀带给他的疼痛。他开始走的时候尽量使自己注意些。可是，在漫长的道路上他刚走了一两步就醒了，心里挺害怕的。

雅柯夫梦见了过去：他的故乡、他一生的失败和错误。一个明月皎洁的夜晚，他记不清和拉伊莎发生过一次什么痛苦的争论，此后，她离开了家，连夜跑到她父亲那儿去。雅柯夫孤零零地坐着，回想自己的痛苦、对她的虚假的指控，打算去追赶她，可是后来没去，反而睡着了。他虽然什么事也没做，但累得要死。第二年，他对她的指控成了事实，不过，这在当时还不是真实的。谁使这种指控成为事实呢？如果他当时去追她，他现在还会坐在这里？

他经常翻阅《何西阿书》，并以极大的好奇心去阅读关于主命令何西阿和一个娼妓结婚的故事。这个娼妓，他曾听说过，是以色列人。但是，何西阿感到妒忌和痛苦的是一个人的妻子离开了他的床褥和膳室去同陌生人搞娼妓活动。

> 让她从她的脸上放弃她的娼妓活动，
> 让她从她的乳峰间放弃她的通奸行为，
> 要不然，我将把她全身剥个精光，
> 让她回复到初生的时候那样，
> 把她变成一片荒原，
> 把她搞成干涸的土地，
> 用干旱来把她杀死。
> 我对她的后代将没有情感，
> 因为他们是娼妓的子女。
> 因为他们的母亲是个娼妓，

她的怀孕是厚颜无耻的，

因为她说："我要去追逐我的情夫，

他们给了我面包和水。

他们给了我羊毛和亚麻，油脂和饮料！"

看吧！我要使她的道路布满荆棘，

我要把她的前途用墙围堵起来，

叫她永远找不到她的前程。

她将追逐她的情夫们，

但她决不能赶上他们，

她会设法去寻找他们，

但她永远找不到他们；

然后她会说："我要回到我丈夫身边，

因为这样做，我会比现在好些。"

## 4

一天早上，季特尼亚克给雅柯夫捎来一封厚厚的信。白色的信封上沾了泥巴，贴着一排红色的邮票。邮票上印着沙皇的肖像，沙皇穿着陆军的紧身短上衣，胸前挂着皇家双头鹰军功大勋章。信给检查人员打开过，然后用粘纸再封上。这封信是寄基辅普罗斯基区高级法院检察官转交"基尼亚·戈洛夫的谋杀者"的。

雅柯夫手拿着信，心急促地跳着。"谁来的信呀？"

"西巴皇后，"卫兵说，"打开看看吧！"

雅柯夫等卫兵走了再动手。他将信放在桌上空出双手来。他盯着信达五分钟之久。这会不会是起诉书？他们会这样寄来？雅柯夫糊里糊涂地打开信封，撕下一角，发觉里面有一封十六页的长信。

信是用俄文写的，是一个女人细长的笔迹。每一页都有墨水的污点，许多字拼错了，有些字给画了杠又重写。

信是这样开始的：

先生：

我是光荣献身的基尼亚·戈洛夫的不幸居丧的母亲。我手上提着笔给你写信，恳求你做做好事。以主的名义，请你听听一个母亲的要求。某些无名小辈无端地对我进行恶毒的侮辱和含沙射影的讥讽，包括一些我目前已和他们断绝来往的邻居。他们的攻击是毫无根据的。相反的，我们有充分的证据指控你。因此，我请求你进行全面的、直率的坦白交代，以改变这种气氛。虽然我在我家里跟你见过面，你看起来不像犹太人，也许你真的不愿犯下这可怕的罪行：谋杀一个小孩并抽干他宝贵的鲜血，如果你不是受那些狂热的犹太人所煽动的话（你知道我指的是哪种人）。不过，你可能这样做了，因为他们威胁要杀死你。我知道，也许你是不想这样做的。可是，如今我肯定知道：就是这些穿黑长袍的、蓄着脏胡子的老犹太人提醒你，告诉你应该去进行这次谋杀，而你干完以后，他们会将我小孩的尸体藏在洞里。在基尼沃斯卡失踪前的同一个晚上，我梦见他们中的一个人拿着小提包，眼睛里射出野蛮的目光，胡子上留着鲜红的斑点。我以前的邻居索菲娅·西斯柯夫斯基告诉我，她在我做梦的同一个晚上也做了同样的梦。

我要求你承认自己的过错，因为所有的证据都对你不利。有件事你也许不知道：基尼亚偷偷跟我说你在公墓里拿着小刀追赶他以后，我就叫我的朋友、一位先生跟着你，看看你还要搞什么犯罪活动。这是尽人皆知的事实：你和某些非法行为有牵连，秘密勾搭砖厂的犹太人。他们假装不是犹太人。你们一伙还在波多尔区的犹太教堂的地下室秘密约会。你们走私、抢劫、贩卖偷来的货物。基尼亚发现了你们这一切非法活动。这是你们对他怀有刻骨仇恨的另一个原因，也是你一旦被他们选上去找个为犹太人复活节抽血的人后，心里念念不忘基尼亚的缘故。你还为这帮犹太人充当贩卖赃物的角色。他们闯入有钱人的家和里帕基区的某些商店和贵族的住宅，抢走了各种赃物，比如金钱、裘皮、宝石，更不用说其他各种贵重物品。他只付给你们犹太帮这些东西实际价值的一部分。诚如俗话所说的，犹太人尔虞我诈。这对大家来说并非新鲜事儿，因为全世界都知道，犹太人生来就是罪犯。有个犹太人想借钱给我朋友盖房子，但她去找神父商议。神父听了都发抖，以基督的名义劝她不要向该死的犹太人借什么东西，因为他们会诈骗你，这是他们的本性，他们不可能不这样做。这个神父说：犹太人不干坏事，身上的血都会发痒的。如果不是这么回事，当他们怂恿你去干时，你也许可以不去谋杀一个神圣的男孩。我估计你知道有人企图贿赂我在你受审判时不要去作证。有个穿丝服的胖犹太人给我一笔钱，四万卢布，要我离开俄国。在我到达奥地利时，他会再给我一万卢布。可是，即使他和你们犹太同伙给了我四十万卢布，我还是要朝他们脸上啐口痰，并说：绝对不行！因为我珍惜我的好名声，胜于四十万卢布犹太人血腥的钱。

我的朋友先生也看到：你有一天发现基尼亚上学的院子里那所学校后，在地上啐了口痰。那时，你正在圣苏菲亚天主教堂外面走来走去。他看到你转过头去，好像你不这样做，眼睛会瞎掉似的，那时你抬头望望教堂绿色圆顶上金色的十字架，迅速地啐了口痰就走掉，想叫别人看不见，但我的朋友还是看见了。人家还跟我说，你要了黑魔术的宗教仪式和某种神秘的迷信把戏。

　　还有，不要以为我不晓得你干的那些不可告人的事。基尼亚告诉我，有好几次你引诱他到你在马厩上的宿舍里去，你答应给他夹心糖和糖果，叫他解开裤子的纽扣，你把手伸进去摸，搞得他又兴奋又紧张。你还干了别的淫猥的事，我实在太恶心了，写不出来。他跟我说，你干了这些恶作剧后害怕他会告诉我，而我会去向警察告发你，所以，你经常给他十个戈比，叫他不要跟任何人说什么。他直到事情发生后从来没告诉什么人，不过，有一回他跟我说过在那里发生的事，因为他又烦又怕。但我没向谁透露一句，包括我最亲密的邻居，我实在羞于去说三道四。你的谋杀罪就够你受的了。单单这件事就足以叫你去承受罪犯的刑罚了。可是，我一定要老实而坦率地告诉你：如果人们继续在我背后说些疑神疑鬼和中伤我的话，我一定将此案件的全部事实呈报检察官，不管我是否害羞。他毕竟是个绅士。我一定还要将你对我小孩干的丑事公之于众。

　　我一定要上书沙皇，以维护我的好名声。除了失去我的小孩，我过着无可指责的艰苦的生活。我是个老实人、纯洁的女人。我是个最好的母亲，虽然我是个打工的女人，无暇关照自己而且还要维持两个人的生活。那些说我在我可怜的儿子葬礼上不哭的人，完全是撒谎。总有一天，我要控告某些人对我的诽谤和中伤。我将基尼亚作为王子一般来照顾。我关照他的衣着和一切必需品。我给他特别烧了他最爱吃的菜，各种糕点和价格昂贵的食品。从他那不屑一提的父亲抛弃我以来，我既是他的母亲，又是他的父亲。我尽我所知道的帮助他复习功课，鼓励他。他想当个神父，我表示赞成。他被害时已经进入一所培养神父的教会预备学校。他对待我就像我对待他一样。他深沉地爱我。妈妈，放心吧！请相信这一点：我只爱你。他说。基尼亚，我求你，请不要接近那些坏犹太人。我很痛心，他没听他妈妈的劝告。你是我儿子的谋杀者。我以光荣殉身的孩子的光荣的母亲的名义，催你立刻坦白交代全部罪行的事实，并澄清不良的气氛，让我能重新好好做人。如果你照办，至少你在来世不会吃那么多苦头。

玛华·维拉第米洛芙娜·戈洛夫

雅柯夫收到信后，觉得很高兴，读信时更高兴。信中提出的问题使他脑袋颤动，一直波及内心。她提到的审判已经快开始了，或者那只是她自己的设想？可能是个设想，但他怎么拿得准呢？不管怎么说，起诉还是要进行的，不过，起诉书在哪里？什么原因促使她写了这封信？她所指的"恶毒的侮辱和含沙射影的讥讽"以及"疑神疑鬼和中伤我的话"是什么？这些是谁搞出来的？她会不会受审查？假如不是比比柯夫调查她，那会是谁？肯定不是格鲁贝索夫。那么为什么他让这封信（像发疯似的）通过他交给雅柯夫？她是否在他的帮助下写了这封信？它是否要显露一下证人的本领，给雅柯夫看看他将面临什么对手并且再次警告他和威胁他？说我们可向你保证，就是说她一定会讲这些事情，还有些你连猜也猜不到的。她将使一个由像她那样的人组成的陪审团相信她，因此，现在为什么不趁早坦白交代？他们正在加重对他的控诉和掩盖他们的不可告人的动机，直到把他像苍蝇放在胶锅里一样死死缠住才罢休，所以，他最好坦白算了，因为其他出路是不可能的。

不管她寄这封信是出于什么原因，信本身看来很像她自己的一份坦白书。也许这标志着他们正在进行着别的勾当。他会知道是什么事？雅柯夫仿佛听到自己心脏跳动的声音。他四处寻找地方，想把信藏起来，希望把信交给律师，如果他能请到的话。但是，第二天早晨他吃饭后，他发现放在大衣口袋里的信不见了。他怀疑他给麻痹了，或者他们用别的办法弄走了，可能是在搜身的时候。总之，信丢了。

"我能不能给她回个信？"第二次搜查前，他问副监狱长。副监狱长说：如果他愿意承认他干过的坏事，他可以回信。

当天晚上，雅柯夫梦见玛华，一个脖子瘦长，个子略高，身材像拉伊莎的女人，走进囚室，二话没说就脱衣服——脱掉绣樱桃花的白帽子、红玫瑰围巾、绿裙子、花罩衫、棉衬裙、尖扣鞋子、红袜带、黑短袜和肮脏的镶边内裤。她赤裸裸地躺在雅柯夫的垫子上，两脚叉开。她说如果他愿意在门孔上向神父坦白，她就答应随他穷开心。

5

有个晚上，他醒来时听到有人在囚室里唱歌。他全神贯注地倾听时，发现这歌是个男孩唱的，声音高昂而甜蜜。雅柯夫站起来看看歌声从哪里来。从囚室角落的小洞里照射出那小孩苍白萎缩、瘦削和铜黑色的脸。他死了，但唱着他怎么被一个黑胡子的犹太人杀害。他为他母亲执行一个使命，正在回家的途中，穿过犹太人居住区。这个时候，一个长头发、驼背弯腰的拉比赶上他，给他一粒糖锭。小孩一把糖锭放在嘴里，立刻昏倒在地上。有个犹太人把他扛在肩膀上，匆忙回到砖厂。小孩被放在马厩地板上捆起来并刺了几刀，鲜血从他身上的刀口流出来。雅柯夫听到末了喊道："再来一次！再唱一遍！"他又听到同样甜蜜的歌声，那是死小孩在坟里唱的歌。

后来，这男孩一丝不挂地出现在他的面前。他的刀口在淌血。

他恳求说："请把我的衣服还给我。"

雅柯夫想：他们想方设法使我精神错乱，然后再说我发疯了，因为我犯了这个罪。他害怕他发疯后会坦白些什么。倘若他含含糊糊地承认了他的罪过和别人干的却又强加在他身上的血腥罪行，他为了证明自己无罪进行辩解而作的努力，都将付之东流。他跟自己挣扎、搏斗，对自己呼喊，使自己保持清醒的头脑，让一支蜡烛在忐忑不定的阴暗的心灵之中不断地燃烧。

一匹双眼狂热的血淋淋的马出现了。这是斯莫尔的老马。

"凶手！"老马咕噜着，"杀马凶手！杀小孩的凶手！你活该受罪！"

他用一根木头打了老马的头。

雅柯夫常常白天睡觉，但睡得不好。睡觉后，他没精打采，心情不佳。他一发疯，好几只眼睛就通过门孔监视着他。空气里夹杂着来自远方的声音。有个拯救他的计划在进行中。他仿佛看到他被国际犹太军救了。他们在墙外面撒下包围圈。他认得几张熟面孔：比里尔·马戈里斯，列比·罗辛巴茨，杜代·波思特，伊特兹克·苏尔曼，卡尔曼·柯赫勒和班雅·默皮兹。他们全是孤儿院出身的。不过，在他看来，他们消失时显得个子很高，有的死了，有的逃了。他早该跟他们一起走。

"等一等，"他喊道，"等一等。"

随后，监狱四周的街道上一片喧哗声。群众在咆哮、在歌唱，在哭泣；动物在号叫，在咯咯地叫唤，在咕咕噜噜；人们到处乱跑，拼死拼活地搏斗着。救命呀！他们在杀害犹太人！一大群穿着厚跟靴子和宽松裤子，挥着利剑的哥萨克骑兵骑着凶猛的小马冲了进来。那双头鹰的旗帜在院子里迎风招展。尼古拉二世坐着一辆六匹白马拉的车进来，向两旁几百名黑色百人团的人致意。他们巴不得抓住雅柯夫，用铁链将铁钉打进他的脑袋。雅柯夫躲在牢房里，胸部疼痛、心口灼热。卫兵打算用老鼠药将他害死。他却想先把他们杀掉。他用桌子板凳封住门，然后把它们顶着墙。当他们砸开了门向他扑去时，他盘着脚坐在地板上，用血拌着未发酵的面粉。卫兵硬拉着他穿过走廊朝前走，他乱踢了一阵，拳头像雨点般落在他头上。

雅柯夫蜷缩在阴暗的地方，力图用一根线把他混乱的心情连在一起，以免坦白出来。但它轰隆一声，变成了一池烂水果、独眼鲱鱼和天堂之鸟。它突然发出百万个发臭的词语。可是，他坦白时是用意第绪语讲的，所以，异教徒听不懂。他用希伯来文背诵《诗篇》，一个俄文词他也不讲。他睡觉时提心吊胆，醒来时心惊肉跳。他在梦中听到孩子们尖叫的声音。他穿着长袍，戴着圆皮帽，躲在树林后面。这时，有个基督徒小孩靠近他，他就情不自禁地追赶他。一个瘦脸的男孩，像个肺结核病人的模样，激动得发狂似的从他身边跑开，眼睛里闪着恐慌的目光。

"别跑，我爱你。"雅柯夫向他喊着，但小孩连头也不回就走了。

"一次就够了，雅柯夫·鲍克。"

尼古拉二世露面了。他穿着俄国海军上将的白色军装。

"亲爱的陛下，"雅柯夫双膝下跪说，"你将不会碰到一个比我更爱国的犹太人。我看到国旗就热泪盈眶。我对政界的一切也不感兴趣。我只想谋生。这些对我的控告全部错了，你抓错了人啦。你自己活着，也让别人活着吧，请原谅我这么说。你想想，生命是短促的。"

"我亲爱的同胞，"蓝眼睛和苍白脸的沙皇用亲切的声音说，"不要妒忌我的王位，其中有不少烦恼呢。犹太人要好好地理解，不要再咕咕噜噜地发牢骚了。简单的事实是：犹太人太多。我的天呀！你们怎么生得这么多？你们千百万人叫俄国怎么负担得了呀？你们碰上麻烦，只怪你们自己。1905年至1906年犹太人居留地外的大屠杀，请注意，便是积极的证明，如果需要证明的话，你们没有待在你们出生的地方。吸收你们这个部族害了俄国。谁还要它？我们尊贵的祖先彼得大帝在人们要求他接收犹太人到俄国来时说：'他们是流氓和骗子。我正在设法消除罪恶，而不是增加罪恶。'我们尊贵的祖先伊丽莎白·彼特罗芙娜女皇说：'从基督的敌人身上，我既不想得利，也不要受益。'在1727年、1739年和1742年，大批犹太人给赶出祖国的此地或彼地，但他们仍然溜回来，而我们却不能像除去身上的虱子那样把他们弄走。当凯萨琳女皇接管大半个波兰时，承受了全部的孬种：一百万放毒者、反对我们的间谍和怯懦的叛国者，最坏的事件发生了。这是我们最大的错误。我常常说，这是波兰人毁灭俄国的阴谋。"

"陛下，可怜可怜我吧！从我来说，我是个无辜的人。我见过什么世面？请可怜我吧！"

"沙皇的心在主手中。"他跨进白色的游艇，向黑海驶去。

尼古拉·马克西姆莫维奇的体重减轻了，他女儿的脚拐得很厉害。他们连对雅柯夫看也不看一眼。普罗斯柯、沙地乌克和里斯特骑着三匹易受惊的马进来。这些马拉下的粪便全是他久已渴望弄到的燕麦。安那斯塔斯神父设法叫他改信罗马天主教。玛华·戈洛夫哭干了眼泪，面容憔悴，要给他一笔贿赂，叫他作证认罪。副监狱长穿着海军制服，由于个人的原因，坚持继续搜查。卫兵们答应：

如果他肯开口说话并供出同伙的名字，就满足他的一切要求。雅柯夫回答说：如果他想在冬天的日子里能住上有暖气的囚室，每天一碗面条和干酪，还有一条干净结实的毛垫子，他也许会这样做。

子弹在射击。

他度过了他记不起来的时刻。有一天，他醒来发觉自己还在原来的囚室，而不是他梦想的有六个门窗的新囚室。天仍然热乎乎的，但他拿不准是否是同一个夏天。囚室看来是老样子，可能小了一点，墙上一样有斑点和湿气，石头地板一样是潮湿的，草垫一样发出臭味，它的异味连臭虫都杀不死。那张桌子和三只脚的板凳不见了。《旧约全书》的书页散落在潮湿的地面上，沾了污泥，显得很脏。他找不到祈祷用的经匣，但还是围上破旧的祈祷披巾。剩下的柴火给搬走了，囚室用水管冲洗过，好像搞得适合他永远居住似的。

"我去了多久啦？"他问季特尼亚克。

"你没去。谁说你去了？"

"那是我病了？"

"他们说你发过烧。"

"我胡言乱语、大叫大嚷时说了些什么？"他不安地问。

"谁他妈的知道！"卫兵不耐烦地说，"我有我自己的难处。就靠这儿他们给的几个臭钱过日子。试试看吧！副监狱长一天两次来听你说话，但他分不清头尾。他说你有颗猥亵的心，但没有人不这么想。"

"我现在好点吗？"

"这要看你的感觉如何，不过，如果你再摔破什么家具，我们就要砸烂你的脑袋。"

虽然他的腿在发抖，他仍站在门孔边往外看。他用手指头将圆盖子移开，盯着外面的走廊。一盏黄色的灯泡照亮了没有窗子的墙壁。他记得，他两侧的囚室都是空空的。他不止一次地用木头敲打墙壁，但从来没有什么反应。有一次，一个官员从走廊过去，看到他的眼睛盯着外面，便命令他把门孔关起来，离开铁门。那个人走后，雅柯夫又朝外看。左边他能看到的是卫兵坐的椅子。季特尼亚克在削木棍，而柯金在叹气，心事重重。另一边是一个沾满灰尘的灯泡，照亮着靠墙壁的一只破桶。雅柯夫站了几小时，眼睛盯着走廊。季特尼亚克走过来向囚室里看时，他发现雅柯夫的眼睛还在往外看。

## 6

一个仲夏之夜，午夜过后很久了。雅柯夫被关得太久，睡不着。他从门孔上往外看，可他的眼睛给堵住了，好像它给碰了一碰，然后慢慢看到了斯莫尔痛苦的样子。

雅柯夫咒骂自己，将一只眼睛移开，再试试另一只。究竟是幻觉或是有人来访，这人看起来像斯莫尔，不过他老些，萎缩，灰些，蓄着可怕的胡子。他是个骨瘦如柴的人。

雅柯夫将信将疑，听到一阵细语。"雅柯夫，是你？我是斯莫尔，你的丈人。"

起先，他梦见的是沙皇，现在却是斯莫尔。要么是我还在发疯，要么又是在做狂梦。下一个来的是预言家艾里查或耶稣基督。

但，老人虚弱的身材一直在那里。他穿着长袖衬衫，戴着硬帽子，站在淡黄的灯光下，他那折边的外套露在衬衫外面。

"斯莫尔，不要骗我，真的是你吗？"

"那还有谁？"小商贩粗声地说。

"但愿主保佑你不是犯人，对吗？"雅柯夫痛苦地问道。

"天主保佑。我是来看你的，不过，我几乎来不成。这是在安息日之前。主会宽恕我。"

雅柯夫擦擦眼睛说："我梦到每个人，为什么就不能梦见你呢？你是怎么进来的？你怎么来到这儿？"

老头耸耸他瘦削的肩膀。

"我们是绕了几道弯来的。我照他们跟我说的办。雅柯夫，一年多来，我设法找你，但没人知道你的下落。我自己想，你是永远不回来了，我也永远见不到你了。后来有一天，我花了几个戈比向一个生病的俄罗斯人买了一大堆烂甜菜，别问我为什么这样做，这是我有生以来第一次，我买的烂甜菜并不都是烂的。有一半多是好的，这是给一个穷苦人的礼物。糖业公司派来几辆马车将它们运走。我总算卖了四十个卢布。这是我经商以来最大的利润。我也碰到菲欧多·季特尼亚克，他是这里那位季特尼亚克的哥哥。他在基辅市场做点小买卖。我们就谈起来了。他知道你的名字。他说给他四十个卢布，他能安排我见你，让我跟你说几句话。他和他弟弟说了，他弟弟说好，不过，我得在半夜来，而且不能要求太高。谁要求太高呢？我同意，就到这里来了。花了四十个卢布，他们让我只在这里站十分钟，所以我们要快点谈。时间像泥土一样，我毕生以来有的是，但现在是值钱的。在这里，当卫兵的季特尼亚克和值夜班的另一个卫兵换班，因为那个人的儿子被捕了。情况就是这样。我祝他幸运。总之，季特尼亚克将在门外的过道里等十分钟，但他警告我，如果有人来，他可能要开枪。如果他们发现我，他也可能开枪，我就完蛋了。"

"斯莫尔，我高兴得要死，可我要问你：你怎么知道我在监狱里？"

斯莫尔焦虑不安地动动脚，像是在跳舞，其实不是。

"他问我怎么知道。过去，我知道，因为我知道。我现在更知道。去年，犹太人报纸登过消息，说有个犹太人因杀害一个信基督教的小孩在基辅被捕。我自己想，这可怜的犹太人会是谁呢？这一定是我的女婿雅柯夫。一年后，我在报纸上看到你的名字。有个伪造货币的人叫格隆芬，神经不太正常，到处说雅柯夫由于杀了一个俄罗斯小孩，被关在基辅监狱里。他在那里见过你。我想方设法找到他，可他跑得无影无踪。有些人抱着希望，希望他还活着。也许，他到美国去了，这是他们的希望。雅柯夫，你也许不知道，现在俄国到处动荡不定。说句实话，犹太人怕得要死。只有几个人知道你是谁，但有人说这是假的，没有人叫这个名字，是那家伙凭空捏造来散布对犹太人的怀疑。在我们小镇上，有些不喜欢你的人说，你活该受这个罪。有的同情你，想帮助你，但他们不对你起诉，我们一点办法也没有。当我在犹太人办的报纸上看到你的名字时，我马上给你写了一封信，可是信给他们退回来了。'查无此犯人'。我还给你寄了一个小包裹，里面东西不多，只有几件小东西，不知道你可收到？"

"我收到的是毒药，而不是包裹。"

"我很想进来看你，但他们不准。在我卖了甜菜赚了钱以前，没人答应。后来，我碰到季特尼亚克的哥哥。"

"斯莫尔，你花了四十卢布，我很过意不去。这是一大笔钱，你花了它有什么用？"

"钱是没什么。我来看你了。如果它为我跨进天堂一只脚铺平道路，那真是够本了。"

"斯莫尔，跑吧！"雅柯夫给激怒了，"趁你能跑时，跑出去，否则他们会毫无人性地开枪杀死你，然后胡说这是犹太人的阴谋。如果发生这种事，我就永远完蛋了。"

"我就跑。"斯莫尔说着，用手指关节顶着瘦削的胸口，"不过，请告诉我：为什么他们污蔑你犯了这么大的罪。"

"为什么他们污蔑我？因为我是个蠢驴。我在一个禁区替一个俄罗斯厂主干活，而且，我住在那里，没跟他说我的证件是犹太人的。"

"你说，雅柯夫，你要是剃掉胡子，忘了主，会怎么样？"

"不要跟我谈什么主，"雅柯夫痛心地说，"我不想沾主的光。你最需要他时，他却跑得远远的。我确实受够了。我用不着告诉你我的过去，只说说我们最后一次见面后我经历的事就行了。"他开始诉说，但声音嘶哑。

"雅柯夫，"斯莫尔说着，兴奋地紧握自己的双手，然后松开，"我们不是白吃饭的犹太人。没有主，我们就不能生存。没有契约，我们早就在历史上消失了。这对你是个教训。主就是我们的一切，谁还有更多的要求？"

"我。我甘心贫穷，但不是永远贫穷。"

"你贫穷，不要怪主。他给了食物，我们自己烧。"

"我怪主不存在。如果他存在，也许在月亮上或星球上，而不在这里。这些事不可信，我等得不耐烦了。我不能听到主的声音，也永远听不到。除非主露面，否则我不需要他。"

"雅柯夫，你是什么人？难道是摩西自己？如果你听不到主的声音，就让主听听你的声音。'祈祷上了天，赐福就下来了'"。

"蝎子下来了，还有冰雹、热火、尖石和粪便。这一切，我都不要主的帮助。我从俄罗斯人那里受够了。好吧！我曾经常常跟主谈话，然后自己回答，但首先我懂得这么少，这么做有什么好处？我以前老是提到我的生活条件、我的挣扎、我的不幸和错误。我难得有机会告诉他一些好消息，但不管我怎么说，他从不回答我。如今，我只好用沉默来回敬他。"

"傲慢的人又聋又哑。他怎能听得见主的声音？他怎能看得见主呢？"

"谁傲慢？难道我傲慢过？我有什么值得傲慢的？难道为我生来就没有父母而傲慢？为我一直不能体面地过日子而傲慢？为我不会生男育女的妻子跟人家跑掉而傲慢？为基辅有个男孩给害死，在俄国三百万犹太人中间唯独把我抓起来而傲慢？所以，我一点也不傲慢。如果有天主，我乐于听他的。如果他觉得不喜欢说话，就请他把这个门打开，让我出去。我一无所有。没有钱就赚不了钱。如果他要我给什么，他应该先给我。如果不能帮个忙，至少给点暗示。"

"别要求什么暗示，求求天主给你慈悲。"

"我什么都求过了，什么也没得到，"雅柯夫叹口气凑近门孔说，"'太初有道'，可是，那不是他的话。我现在就这么看。大自然创造了自己，也创造了人。不管是什么，总得从那里开始。斯宾诺莎说过这个话的。这听起来有点荒唐，但事实必然如此。一谈到基本事实就有两种可能：或者主是我们臆造的，什么事也办不成，或者他是大自然中而不是历史上的一种力量。一种力量并非一个创造者。他是股冷风，想尽量保持温暖。说句实话，我已经把他作为一种无可挽回的损失而一笔勾销了。"

"雅柯夫，"斯莫尔搓搓双手说，"话别说得这么快。不要找天主找错了地方，到犹太教的经文里，犹太人的律法里去找。这才是该找的地方，而不在那些坏书里。坏书会毒害你的思想。"

"律法是很不全面的，因为它是人搞出来的。如果沙皇不用这个，那对我有什么好处？如果主不能给我最起码的尊重，我愿意接受正义。支持律法！以雷霆万钧之势消灭沙皇！放我出牢！"

"主的正义留待最后的时刻。"

"我不那么年轻了，我不能等得那么久。犹太人也逃脱不了大屠杀。我们现今正在对付他们大量屠杀犹太人。情况越来越坏。主是用天文数字来计算的，但从我所知道的有关人来说，那是一个加一个。斯莫尔，我们别谈这个，谈也没用。通过一个小孔，你只能勉强看到我在黑暗中的面孔的一部分，我们这样争论有什么意思呢？况且，这是个短暂的访问，而我们在消耗时间。"

"雅柯夫，"斯莫尔说，"主创造了光明，创造了世界，创造了我们俩。真正的奇迹来自信仰。我相信他。约布说：'虽然他杀了我，我却信任他。'他还说了些别的，但这句话已够明白的了。"

"主为了赢得跟魔鬼肮脏的打赌，把约布的所有仆人和无辜的孩子们全杀了。仅仅这一点，我就恨他，更不用说集体杀害了上万名犹太人了。哎，你为什么叫我讲童话呀？约布是人们臆造的，主也是如此。随它去吧！别谈了。"他用一只眼睛盯着斯莫尔说，"斯莫尔，我很抱歉，我让你在这花了很多钱换来的时刻伤了感情，可是，请记住我的话，要在这样可怕的囚室里当个自由思想的人是不容易的。我这么说，既不傲慢，也不高兴。还有，一个人不管有什么理由，他总得有个依靠。"

"雅柯夫,"斯莫尔说着,用他那蓝色的手帕揩揩脸,"帮个忙吧!心胸要敞开。如果一个人心胸敞开,他就不会对主绝望。"

"我心上留下的全是石头。"

"也不要忘了忏悔,"斯莫尔说,"这倒是要优先考虑的。"

季特尼亚克匆匆忙忙地来了。"够了,你该走了。十分钟到了,你们谈过了时间。"

"我觉得好像只有两分钟,"斯莫尔说,"我刚刚想说说我心上的事儿。"

"斯莫尔,跑吧!"雅柯夫催他走。他的嘴贴到门孔上说,"尽你的一切努力救救我。去找报纸说说警察关了一个无辜的人,去找找有钱的犹太人,如果需要的话,也找找罗斯茨尔德。请他们帮助我,可怜我,给点钱请个好律师为我辩护,在他们将我送进坟墓之前,把我救出去。"

斯莫尔从裤子口袋里拿出一条黄瓜,说:"这是带给你的一点腌菜。"他想从门孔上塞进去,但被季特尼亚克抓住了。

"不行!"季特尼亚克低声地喊着,"不要对我要什么犹太人花招。你也住嘴,"他对雅柯夫说,"你要说的都说过了,现在够了吧?"

他抓住斯莫尔的胳膊。"快点,天快亮了。"

"再见!雅柯夫,别忘了我跟你说的话。"

"拉伊莎,"雅柯夫把他叫回来,"我忘了问,她怎么啦?"

"我走了。"斯莫尔说着,手里提着帽子。

# 第八章

## 1

斯莫尔的访问给雅柯夫留下无比的兴奋。他想，这下子可有救啦！他会代表我跑去找人。他将说：这是我的女婿雅柯夫，关心关心他出了什么事吧。他将告诉大家，我被关在基辅的监牢里，我为什么给关着？他将为我的无辜而大喊大叫，请求人家救救我。也许就会有个律师去找格鲁贝索夫，要求早日起诉。他会说："这个人死在牢里以前，你必须将起诉书给我们。"也许，他甚至会向司法部长请愿。如果他是个好律师，他会想到别的该办的事。他不会忘记我在这里。

然而，在囚室门口出现的却是监狱长。他又紧张又生气。一只好眼睛溜来溜去，嘴巴气得往下垂。"你这婊子养的，让你逃走吧！我们跟你合谋……"

附近一个被严格关押的犯人当天晚上听到他们讲话的声音，便报告了有关季特尼亚克的情况。结果，季特尼亚克被捕了，不久便交代他曾经让一个老犹太人进来跟杀人犯谈话。

"这一回，你可弄巧成拙了，雅柯夫·鲍克。你想要说你从来没见过这个同谋者。我们会给你看看监狱外面的愤怒情绪对你有什么好处。你早该希望你没降生到这个世界上来。"

他要求知道这个同谋者是谁。雅柯夫激动地回答说："没有同谋者。我跟他们不熟识。他连名字都不说，他是个穷人，偶然碰到季特尼亚克。"

"他跟你说了些什么？全说出来。"

"他问我肚子饿不饿。"

"你怎么回答？"

"我说：饿。"

"我们就叫你挨饿。"监狱长嚷着。

第二天清早，两个工人带了工具到囚室里来。他们手拿钢和长铁凿子干了整整一个上午，在内墙钻了四个深洞，然后，用水泥浇注了几根带圆圈的大插销。他们还造了一个像床一样大小、有四只短木脚的平台。这床脚是捆犯人脚用的足枷，晚上可把它们上锁。窗条加固了，又增设了两根，囚室里微弱的灯光就更差了。可是破裂的窗子还是破裂，没有修。六根新加的插销钉在铁门的外面，总共有十二根，再放上一把要用钥匙才能开的锁。副监狱长说：谣传犹太人正密谋拯救雅柯夫。他警告他说：在他囚室正对面的高墙上正在建设一个瞭望塔，在院子里巡逻的卫兵已经增加了。

"如果你想逃离这座监狱，我们就把你们他妈的犹太帮全杀光，一个也不剩。"

白天，有个新来的卫兵替代季特尼亚克。在囚室门口站岗。他叫勃列津斯基，是个复员士兵，面容黝黑，双眼悬垂如袋，毫无表情，关节浮肿，鼻子塌了下去。他的面颊和脖子上留着几片须毛，剃过后也是如此。由于无聊和厌烦，他时而将步枪枪管伸进门孔里，对准雅柯夫的心窝瞄准。

"砰——砰！"

雅柯夫整天给链条锁在墙上，晚上，他躺在床板上，双腿给锁在足枷里。腿紧紧地塞在洞里，如果稍微一动，就会擦破他的皮肉。草垫已经从囚室里搬出去，臭味和臭虫没有了，不过，臭虫还有几只藏在他衣服里。他睡觉时侧身睡，要等一会儿才能仰卧。他醒过来后躺在床上，直到实在受不了了，就迷迷糊糊再睡。他睡熟两个小时就醒了。如果他还想睡，身体有点动就给吵醒。

如今，他被上了铁链。他想，搜身大概该结束了吧！可是不然，每天搜身由三次增加到六次，上午三次，下午三次。如果副监狱长早点下班，六次搜身全在上午进行，勃列津斯基代替季特尼亚克进来，一天六次，他用钥匙一转，十二根插销一根根往回缩，像打手枪一样，每根咔嚓响了一声。雅柯夫将手放在头上，脑子里乱哄哄的，以为有人在反复地揍他。搜身的人一到，他就给解开锁链。他们命令他马上脱得精光。他虽然想快脱，但手指头沉得像铅块，几只纽扣怎么也解不开。卫兵就用脚踢他，怪他动作不够快。他恳求他们先查下半身，让他穿着夹克和衬衫，脱掉裤子，然后穿上裤子，脱去别的衣服再查，但他们不准。他们只同意他穿着汗衫，好像衣服不脱光，就不能让搜身比他们对他干的别的事更使他出洋似的。搜身时，勃列津斯基一把抓住雅柯夫的胡子，然后使劲拉，雅柯夫叫苦连天，他反而猛拔他的生殖器。

"叮当，快跑！一个犹太头目在魔鬼的监牢里。"

副监狱长的脸色深沉，气吁吁地笑了。搜身过程中，他嘴上一直挂着微笑。

每一次搜身之后，雅柯夫便精疲力竭，满脸苍白，心灰意冷。起先，他抱着希望等待着，以为不管怎么说，斯莫尔的访问总会有点结果。后来，他又害怕斯莫尔被抓起来了。他有时怀疑斯莫尔是否真的来看过他，如果来过，他现在倒希望他没来过。如果他没来过，他如今就不会给上锁链了。他咒骂斯莫尔害他上了锁链。

在监牢里待的第二个冬天比第一个更糟。室外的天气更坏，下雨夹雪少了，但冰冻的晴天多了，刮风时特别冷。风像饿狼似的在窗口嗥叫。室内的气温更低了。囚室里冷得要命。有时使他浑身疼痛，寒气紧紧顶住他的胸口，使他难以呼吸。他戴着带耳罩的帽子，将那块祈祷用的破披巾在脖子上绕了两圈，然后在头上打个结。他用到破了为止，并留一块做手帕。他尽量想把大衣袖子放在手铐下面，但办不到。冰冷的脚镣将他赤裸的双脚圈住了。他们扔给他一条粗毯子，他在冬天最冷的时候就将这毯子蒙住头和肩膀，因为囚室里虽有几捆木头，但勃列津斯基从来不急于点炉子。白天大部分时间，雅柯夫浑身的骨头就像冬天森林里冰雪覆盖着的树枝。在天寒地冻时搜身是可怕的，那冷气就像尖刀刺向他的胸膛、他的腋窝和肛门。他冷得全身发抖、牙齿打战。可是，晌午，柯金进来时就去烧火。有时他半夜才烧。自从他儿子被捕后，他双眼几乎模糊不清了。他往往一声不吭，抽着一支熄灭的烟。雅柯夫擦干他吃晚饭用的碗后就躺下来，柯金把他的脚锁在床上的足枷里就走了。

白天，雅柯夫戴着锁链，坐在他们给的一只矮凳子上。打从他给扣上墙边的那天起，《旧约全书》就给拿走了。副监狱长说，早把它烧掉了。"它们在风中冉冉升起，就像放个屁一样。"雅柯夫无所事事，只好坐着不动脑筋。为了防止身上的血也冻结，他常常站起来，往右边动一步，朝左边动两步，或者往左边伸一步，朝右边伸两步。他也能后退一步，到冰冻的墙边，再往前动一步。这也是他所能走的最大距离，不管往哪里动，他总拖着铿锵的锁链。他一天这样做几小时。有时，他使劲想将锁链拉开时，就大哭一场。

他自己的事也不准干。要小便，得叫卫兵送尿壶。如果勃列津斯基不在门口，或者他懒得听，或者雅柯夫受不了令人头疼的插销的跳动声，他就憋住小便，实在憋不住，就撒在地板上。有一回，他憋得太久了，小便就冒出来，把裤子和鞋子搞潮了。勃列津斯基进门时看到这情景，便用一只手猛击他一巴掌，又用另一只手抽他，一直打到天黑。

"你这个犹太人刁东西，我要叫你用舌头将地板舔干净！"

勃列津斯基送粥来时，雅柯夫常常求他在他吃饭时把手铐松开，但他拒绝了。有一回，雅柯夫吃过后，看见卫兵走掉了，就转向一边，用汤匙柄在一根插销周围的水泥上挖了一点。但卫兵从门孔上发现了，就走进囚室，将他的嘴巴打得鲜血直流。此后，勃列津斯基叫来一个五人小分队把囚室搜了一遍。起先，什么也没有找到，过了几天他们又来了，终于发现一支乌黑的针，那是季特尼亚克以前借给他的，他小心地藏在火炉的裂缝里。他们就将他的小凳子拿走一个礼拜，以示惩罚。他整天戴着铁链站着，晚上睡得像死人一样。

日子就这样过去了，一天一天过得很慢，就像个濒于死亡的东西在缓慢地爬行着。有时，他回头一想，三天过去了，但第三天和第一天是一个样。这是第一天，因为一天一天他数了也是一样，不数，三天也是一样过去。一天慢慢地过去，接着又一天，再来一天，而不是三天，也没有五天或七天的影子。如果他在狱中的日子是无尽头的话，一周的概念就没有存在的必要了。如果他去西伯利亚服二十年苦役，一周也许有点意义。那就是二十年不到一周。但对于一个在狱中关了无数天的人来说，只觉得起先几个第一天，接着一天又一天地过去。第三天也是第一天，第四天也是第一天，七十一天也是第一天。第一天就是第三千天。

雅柯夫回想他被锁链扣在墙上以前通常的情形。他记得他用桦木扫帚打扫地板。他记得他读了季特尼亚克的《福音书》和几页《旧约全书》。他省下木头，一块块地数着，记下月和日。那时，这样做像是统计时光的一种奖赏。他想起那日光照在斑斑点点的墙上记录下的时刻，他想起他那一度读书时坐着的桌子，后来他一气之下把它砸碎了。他回想他自由自在地在囚室里走来走去或绕圈子走。他想得太累了就不再想。他回想他能自己小便，不用叫卫兵帮忙；想起一天只有两次搜身，而不是可怕的六次。他回想他随时可以躺在草垫上，可是如今他连躺在木板上都不行，除非他们给他打开镣铐。他还想到他被准许去厨房舀粥，冬天也可以烧炉子，而季特尼亚克并不太坏，他一天两次来点火。他准许他烧个旺火，允许他加了许多木头，然后在离开囚室前用火柴点燃它，看着它确实烧着了才走。雅柯夫想到：如果情况恢复到以前那样，他该多高兴呀！他盼望能享受一点以前享受过的自由和安逸。戴上了镣铐，他的自由只剩下一条命，活着而已，可是，没有自由地活着，和死掉毫无两样。

打从他偷了季特尼亚克的针那天起，他就偷偷地想到死，想得挺快活的。他想：如果我什么时候想死，我可以用这根针刺断我的血管。他可以在柯金走掉后干，让它整夜流血。到了早晨，他们就会发现他死了。此刻，他想得更强烈。过了一会儿，他一心想死。他太厌烦了，迫切想摆脱这硬邦邦的锁链和冻得要死的囚室。他希望快点死，以便永远了结这痛苦的生活，消除他已经遭受而且还在遭受的苦难，死意味着他还有个最后的选择。这个选择是经常存在的，他终于采取了这个选择。他将命运掌握在自己手中。我可怎么办？他想来个绝食抗议，但这要花很长的时间，才能慢慢饿死。他没有皮带。但可以撕开衣服和毯子，一条一条地接在一起。如果他没给冻死，就自己吊死在窗条上。不过，他够不到窗条，即使他想方设法把绳子从窗条穿过去再放下来，自己吊死并不是他所祈求的。这样做，他们就摆脱得一干二净，他要把他们牵连进去。他想到费特尤柯夫给卫兵枪杀的事，"我就该这么做！"他们要我死，又不想自己动手。他们将一直把我铐着，搜身搜个没完，直到我心脏停止跳动。然后，他们可以说，我在等待审判以前由于自然原因而死亡。我要死于非自然原因，我要在他们手下死去，我要逗他们来杀我。他已下了决心。他计划第二天进行第六次搜身时行动，届时他们是最恼火的，他们会不假思索地动手，呆板地马上动手。他将拒绝脱衣服。如果他们命令他脱，他就往副监狱长脸上啐口痰。如果他不是立刻给开枪打死，他就和他们拼了，从他的对手身上的一个枪套里夺一支枪。那时，勃列津斯基会开枪打他的脑袋。这样干，几分钟就结束了。卫兵后来会因有功而得到五至十卢布的奖赏。沙皇会在圣彼得堡的报纸上读到这条消息，马上坐下来给格鲁贝索夫写个电报："我衷心地祝贺你们对杀害基尼亚·戈洛夫的凶手以其人之道，还治其人之身。你很快就能听到我给你晋级的指示。尼古拉。"但是，官员们将不得不解释他的死因，不管他们怎么说，他们决不能说他们证实他犯了罪。谁会相信他们的话？这甚至可能在外面引起一阵混乱。

让沙皇在他打蜡的地板上跳个快步舞吧！我的死就像往他头上拉屎。

2

傍晚。太阳正在冰冷的树梢后面西沉。远处出现一辆黑色的车（不知从哪个城市来的），由四匹黑色的马拖着。他让它消失在克雷希契蒂克大道来往的车辆之中，在别的马车、敞篷四轮马车、电车、货车和几部汽车之中。树枝蒙上了阴影。又是晚上了。柯金焦虑不安地在走廊里踱来踱去。他常常在雅柯夫囚室门口站一站，开开门孔，听听他的喘气声。他舔舔铅笔，在笔记本上记下雅柯夫睡眠中喊些什么。此时，可听得见卫兵的呼吸声。可是今晚，暴风夹着雪，大雪纷纷落地，在监狱四周下了厚厚的一层。柯金从雅柯夫囚室门口走过，来回走了几个小时。他知道雅柯夫醒着，便停下来，从门孔上叹着气说："哎，雅柯夫·鲍克，别以为只有你倒了霉。我也有一大堆倒霉事堆在脑子里，就像山顶积满了积雪。"

他走开再跑回来说他儿子特鲁芬在抢劫波多尔区一户人家时杀了一个老人。"你看，结局就是这样！"

他沉默了很久，然后说："我的女儿给我添了不少麻烦。她给一个他妈的酒鬼，年纪跟我差不多的人搞大了肚子，不过，儿子一抢劫，我就让她嫁人。抢劫的事他以前从没想过。他偷我的东西，不偷别人的。可是，那天晚上，他闯进第聂伯河岸边的一户人家，一进门就把住在里面的一个老头杀了。他是个无辜的老头子。神志正常的人都可以从屋外看出，屋里实在没啥值钱的东西，一样也没有。他知道这一点，但在那种情况下，他干吗这样做呢？雅柯夫。他头脑里除了对我给他的多年的爱报以无穷的忧虑外，还有什么呢？那老头一把抓住他的外套，揪得很紧，而他——他说他在恐慌之中用拳头狠揍老人的头部，直打得他松开手，可是，这个时候已经迟了；老头挨了几拳就断气了。他就这样死了。特鲁芬走进去，你可以想象到的，表示他的敬意，他在屋里待了一会儿，点了葬礼的蜡烛，也许还对遗体祈祷。他回家的那天早上，我正好下夜班在脱靴子准备休息。他把干过的事原原本本地告诉我。所以，我又穿上靴子，跟他一起到区警察局登记他杀了人。几个月后，他在法院受审，给判处最高的刑罚——到西伯利亚服苦役二十年。如今，他在赴西伯利亚的途中。他们在十二月冰冻的一天出发，越过尼古拉桥。在那风雪交加的日子里，唯有主知道他们眼下走到哪里。请想一想，二十年，那不是终生徒刑吗？"

"只不过二十年罢了。"雅柯夫说。

"如果我们父子俩能活得那么长，我也不愿意看到他。那时他就是五十二岁了，等于我现在的年纪。"

柯金低沉的声音在囚室里回响着。他继续低声粗气地说下去：

"我问他为什么干了这种蠢事，他说没啥特别的原因。雅柯夫·鲍克，你能想出更荒唐的解释吗？他走上了我预言的绝路。我对他的父爱完全付之东流了。情况就是这样。你打算这样，结果适得其反。生活是无情的，对生活抱着希望有何用？孩子们给妈妈惯坏了。她是个反复无常、要求不严的女人。我儿子总是难以管教，因为她迁就他。我以前想过，不管我多么爱他，他总有一天要杀掉我们家中的人，可是结果他却杀了别人。"

柯金叹口气，停了片刻，然后问雅柯夫要不要抽支烟。

雅柯夫说不抽。他深深地吸了一口气，柯金仿佛听到他胸口蠕动的声音。抽支烟会使他生病的。

"假如你把木枷打开一会儿就好了，"他说，"可以让我僵硬的脚松动一下。"

柯金说他不能这样做。他在门孔旁默默地站了几分钟，然后用劲地低声说："不要以为我不晓得你的不幸，雅柯夫·鲍克，因为我晓得，眼巴巴地看到一个人上了锁链，每晚用木枷把脚锁起来，不管他是谁，总是挺惨的。说句老实话，我不能让自己对此说三道四。我整天尽量不去想你在这儿上镣铐。我的神经只能忍受这么多,我心里已经充满了我所能忍受的忧虑。我想你明白我这么说是什么意思。"

雅柯夫说他明白。

"你懂抽支烟会怎么啦?这是对狱规小小的冒犯。有的卫兵将香烟卖给这里的犯人。如果你向我要,监狱长会谅解的。但如果我为你打开木枷,我自己会被打死的。"

过了一会儿,雅柯夫以为柯金早走了,但他还没走。

"你这儿还有《福音书》吗?"柯金问。

"没有,不见了。"

"你常常背诵的那些东西是些什么?为什么你不再讲一点?"

"我全忘了。"

"这一条我是记得的,"柯金说,"'忍受到最后的人会得救的。'这是引自《马太福音》或《路加福音》,二者必居其一。"

雅柯夫深受感动。他笑了。

柯金走了。今晚,他没精打采,半小时后又回到囚室门口,手提盏灯照照门孔,从孔里窥视他能看到什么。灯光照到雅柯夫套着木枷的双脚上,又把他惊醒了。柯金想说什么,但没开口。灯光消失了。雅柯夫心神不安地动一动,躺着不睡,倾听着柯金在走廊里来回走动的声音,好像他正跟着他儿子上西伯利亚去。雅柯夫听得累了,便继续做他没做完的美梦。

他又一次找出那黑色的马车。这不过是辆从外省来的破旧的货车,车上载着一个用久经风霜的松木板做成的棺材。他想,这棺材是给我的,还是给别的什么人的?他害怕想出什么人的名字,他挣扎着醒过来,然而,他却发现自己在一个空房间里,站在一个黑色的小棺材旁边。它像一只用铁链上锁的大衣箱。

这是基尼亚的棺材，他想，玛华·戈洛夫把它作为礼物送给了我。可是，当他解开生锈的铁链，掀开棺盖时，里面却躺着他的丈人斯莫尔。他头上盖着祈祷用的披巾，前额有个紫色的洞，一只眼睛还噙着血。

"斯莫尔，你死啦？"雅柯夫喊着。这老人如果没安息的话，至少还算静卧着，他再也没啥可说的了。

雅柯夫醒来很伤心。他的胡子给咸咸的泪水搞湿了。

"活下去，斯莫尔，"他叹气说，"活下去！让我替你死吧！"

后来，他在黑暗中思索：如果我自杀，我怎能替他死？如果我去死，我既要嘲弄他们，又要结束自己的苦难。对斯莫尔来说，他已经不为人理睬了。如果他们发动一次庆功的大屠杀的话，他可能为我的死而死。如果是这样的话，我死了除了不再受罪外能得到什么？只要有一个犹太人为我而死去，我又能捞到什么？我乐于不受苦地活着。我尝够了受苦的滋味，可是，如果我一定要受苦就让我为某些事而受苦，为斯莫尔而受苦。

第二天，他在冻得要命的囚室里接受六次搜身。他光着脚站在地板上，每块石头就像一片冰，他们将肮脏的手指头伸进他的隐处。第六次搜身是最可怕的一次，当时他准备死了算了。他竭力强制自己不去抓住副监狱长，在自己被枪杀以前赤手空拳地打死他。

他跟自己说不要死。我为什么要采取他们毁灭我的办法自取灭亡呢？我为什么要帮助他们杀死自己呢？

比如，倘若此刻他死了，有谁知道？他们会将他的遗体从沾满鲜血的地板上弄走，然后扔进阴沟里。一两年后，他们会说：他是企图逃跑时死的。那时有谁会怀疑呀？犯人在监狱里死亡是很自然的。他们在全俄国就像苍蝇一样地死去。俄国是个大国，监狱很多，比犹太人还多些。如果犹太人说他们不相信他是自然死亡的，那又怎么样？那时，他们会有其他伤脑筋的事的。

他是害怕自杀，而不是怕死，因为他自己没办法使自己死亡的后果不去牵累别人。对于异教徒来说，一个犹太人的身份代表着他们全部。如果雅柯夫被控告杀害了他们的一个小孩，那么他的整个民族也被控告了，因为在十字架上钉死耶稣基督的凶手的罪就是一切犹太人的罪。"他的血在我们和我们的孩子们身上。"

他可怜犹太人在历史上的命运。经过短暂的阳光沐浴之后，你在一个黑暗而血腥的世界上苏醒了。一夜之间，一个疯子出世，他以为犹太人的血就是水。一夜之间，生活变得没有价值。无罪的人生来有罪。人的价值比肉体的价值还低。人如粪土。那些逃命的犹太人生活在记忆的永恒的痛苦之中。因此，雅柯夫对此能有何作为呢？他能办到的事就是不要让事情更恶化。他自己只是半个犹太人，可是，在保护他们方面够得上一个完人。他毕竟了解这些人，相信他们有权做犹太人，在世界上像人一样地生活。他反对那些反对犹太人的人。他会尽他的力量去保护他们。这是他自己立下的契约。如果主不是人，他总该是个人。因此，他必须经受考验，让人家用谎言来证实他是无辜的。他已经没有前途，但他还得坚持下去，等待出头的日子。

他被已经发生的事和正在发生的事激怒了。整个社会都在跟雅柯夫作对。他是个受过零星教育的穷苦人，不管怎么说，他们指控他犯的罪是不能成立的，他是无辜的。这对于像他这样的人来说是多么新奇和不平常呀？他的职业是修配工，他一生从未做过对他们不利的事，只是在一个禁区里待了几个月，竟成了沙皇和官员们所统治的俄国的不共戴天的敌人。这除了他是个犹太人外，别无其他原因。虽然事实是：他打心眼里从来不是哪个人的敌人，而是他自己的敌人，但他毕竟成了他们指名道姓的敌人。

天理在何方？正义在哪里？斯宾诺莎说过：国家的目的是维护人们的和平和安全，让他们正常地工作，帮助他们度过困难的年代，以及跟自然界造成的险情、疾病和恐慌作斗争，因此，至少不要让它比原来的情况变得更糟。可是，俄国否认了雅柯夫最起码的正义，表现了对人类的恐惧和鄙视，像动物一样地将他扣在墙上。

"你们这些狗杂种！"他嚷着。

他用铁链抽打着墙壁，他的脖子给捆得严严实实的。他要自由，他发怒，他有时抱着几线希望，好像想象创造了希望，想象希望就要来临，就要实现，假如他说得正确的话，或者他想到正确的办法。也许，墙要塌了，或者朝霞烧遍了围墙，打开了一个缺口，缺口刚好有人体那么大。或者，他会记得那里藏了一本书。书上告诉他怎么轻易地穿过一座用十二个插销重锁的门而走出去。

"我要活下去，"他在囚室里喊着，"我要等，等到审判的那一天。"

勃列津斯基打开了门孔，将他的步枪伸进去，准星瞄准着雅柯夫的生殖器。

雅柯夫坐在地板上的凹坑处。他幻想着有个天使般的声音在叫他，但他拿不准他听对了没有。上回挨了勃列津斯基的一巴掌，他右耳的听力不行了，仿佛天上的雨雪落在他身上，或者像是一些木屑或凝冻的时光一样。他没回答。他的头发又长又乱。他的指甲长得自己都折断了。他患了痢疾，浑身脏得发臭。

勃列津斯基用一桶冷水浇他。"犹太人不吃猪肉，这并非秘密。

你们是血缘相近的兄弟，都生活在粪便里。"

他坐在绿树下的草地上。田野里盛开着鲜花。他告诫自己别忘了。他记得的一些事使他惊讶。这些是他希望做的事的回忆和思考？他被浓云黄雾包围着，有时处在令人痛苦的阳光之中。记忆渐渐淡薄，然后消失了。过去的事，他难以回想。他记得他发过一次疯。如果你失去了神志，你还留心什么地方？结局就是这样。他心里想，他会永远坐牢，而不再晓得他为什么坐牢，坐了什么牢。他在牢里度过生命的最后时刻，最后一次了，但一切都是茫茫然。

"死吧！"勃列津斯基说，"为了基督的缘故，死吧！"

他死，他死。

柯金说他收到一封信。信中说他儿子死了。他是在去诺伏斯伊斯克途中的伊尔库茨克一条河里自己跳河淹死的。

## 3

"把帽子脱掉。"监狱长站在囚室里说。

他脱了帽子。监狱长交给他一扎文件。

"这是对你的起诉书，雅柯夫·鲍克。但这并不意味着对你的审判需要马上开始。"

后来，雅柯夫戴着铁链爬到凳子上，很慢地读着文件。他读的时候，心扑通扑通地跳着，但他的思想跑在心的前面去了。他们所谈论的这个犹太人犯了弥天大罪，后来上了圈套。不久，犯人看到他死了，给埋在一个浅浅的坟里。有时，纸上的字变得模糊不清，在水下消失了。当它们浮上表面时，他一个字一个字地读着，每个字都读得很响。读了三页以后，他就没气力使思想再集中。文件重得像木头，他只好放下来。虽然囚窗还有些光，但已经暗得不能读了。晚上，他醒来就迫不及待地咬文嚼字。他想去恳求柯金给支蜡烛，却梦到纸着火烧起来了。所以，他等待早晨的到来，一度梦见他正设法读着起诉书，但起诉书是用土耳其文写的。之后，他就醒了，发狂似的摸索文件。文件就在他的大衣口袋里。他不耐烦地等待天亮。早上，光线充足时，他贪婪地通读整个文件。在他看来，事情跟他昨天所读的不同了，但他把被审问的问题和他所受的控告串在一起时，他相信这跟他所知道的也不同了。罪名还是一样，可是，有些细节他以前没听说过，有的细节是挺古怪的。旧的细节改变了，增添了新的神秘色彩。雅柯夫读了又读，竭力想找到一点有关的事实来解释，用这种方法，读起来比他起先听到时要真实点，好像他如果用别人没有采用的方法来理解的话，他马上可以证明他无罪。一旦他找到这个证明，他们就会解开他的锁链，并把牢门打开。

这份"法院起诉书"是在蓝色的长纸上打字的。它重述了基尼亚·戈洛夫被害的事实，跟雅柯夫知道的一样多，但现在，伤口增加到四十五个，"共有三处，每处十三个伤口，另加两处，每处三个伤口"。这简直无法解释。文件说，小男孩胸口和喉咙、脸部以及头骨等"耳朵周围"都有伤口。由基辅大学医疗系的查柯列布教授进行的尸体解剖表明：身上这些伤口是在小孩心脏健壮跳动时刺伤的；"可是，颈部主要血管等处的伤口则是在他心力衰竭时给刺伤的"。

在发现小孩在洞里被暗杀那天，他的母亲听到消息就昏倒了。警察局关于这个案件的记录中记下了这一点。接着是一些细节，雅柯夫读得很快，但印象不深，不得不回头再慢慢读。起诉书说："玛华·戈洛夫精神上垮掉了"，这一点是特别有意识地加以记录的，因为后来看出，她在丧礼上镇静自若，在她儿子下葬时也不哭，而别人，包括一些陌生人都情不自禁地哭了。有些"本意良好的观察家"和一些"本意不那么好的人"给这种现象弄糊涂了。"愚蠢的谣言"马上传开：这个好女人"可能和一个以前相好的严重残疾的朋友参与谋杀她自己的小孩。"由于这个没有根据的谣言和为了弄清事情真相，她被捕了，受到警察彻底的调查。他们不止一次地搜查她的家，结果，一点犯罪的迹象也没有发现。因此，经过几天精心的调查后她被释放了，警察局官员们向她道了歉。警察总长得出结论说，以前有关的谣言都是虚假的、毫无根据的，"很可能是玛华·戈洛夫的敌人或某种罪恶势力捏造的，因为玛华·戈洛夫是个慈母，绝不会对自己的孩子犯下什么罪行"。这样的怀疑是可鄙的，她在儿子葬礼上镇静自若的举动，"是一个有尊严的人控制自己感情的行为，尽管她个人遭受了重大损失"。因为"并非悲伤的人才哭"，而"犯罪不是看面部表情，而是凭证据"。"这个不幸的女人在小孩葬礼之前如何悲恸和忍耐，却没有人过问。"况且，证人已证实玛华·戈洛夫一直是个比常人更有良心的妈妈，"一位勤劳的有道德的妇女，她的人格洁白无瑕，自从她的孩子受到不负责任的父亲遗弃和他父亲死后，她得不到什么帮助，靠自己抚养小孩"。所以，他们的结论是：妄图破坏她名誉的事是一些不露面的外来的罪恶集团搞的。"他们的目的在于掩盖自己一个成员犯下的罪行。这个人就是杀害基尼亚·戈洛夫的真正的凶手、那个什么事都干得出来的雅柯夫·鲍克。"

"我倒霉了。"雅柯夫说。

雅柯夫一开始就遭到怀疑。甚至在葬礼之前，谣言就在城里到处流传，说什么"杀害小男孩的真正凶手是个信犹太教的人"。然后，说了一大串雅柯夫为什么成为警察局注意的"嫌疑犯"的理由。第一，事实证明：他是个用假名住在卢基安诺夫斯基区的希伯来人。这个区是经特别立法通过，禁止除了第一商会商人和专职人员以外的犹太人居住的地区。第二，冒充一个俄国人，用雅柯夫·伊凡诺维奇·多罗古雪夫的名字。就是这个雅柯夫，向他老板利比德夫的女儿基娜依达·尼古拉耶夫娜不适当地求爱，甚至妄图强奸她。"幸亏她揭穿了他的罪恶目的。"第三，雅柯夫受到他在砖厂的同事，特别是工头普罗斯柯的怀疑：有计划地侵吞尼古拉·马克西姆莫维奇·利比德夫的企业资金。第四，看门人斯科贝利耶夫、工头普罗斯柯和别的证人发现他几次在砖厂院子里砖窑附近追逐男孩。他们是瓦西亚·西斯柯夫斯基、安德烈·柯托托夫、被害的基尼亚·戈洛夫和别的年龄更小的小孩，全是男孩。第五，基尼亚·戈洛夫有个晚上在靠近砖厂的坟场墓堆里被同一个雅柯夫追赶过，当时雅柯夫手上拿着一把又长又锋利的木匠刀。基尼亚受了惊，就将情况告诉他母亲。警察从雅柯夫在马厩上的住处挖出一包工具。这些工具包括"某些沾着血迹的钻子和刀子，"同时还在他房间里发现一些带血的破布。

雅柯夫叹口气，又继续读下去。

"除了上述证据外，玛华·戈洛夫证实她儿子曾埋怨雅柯夫下流地捉弄他，而且害怕他去报警。""基尼亚是个聪明伶俐的小家伙，他有几回跟着雅柯夫去，发现他有时跟一群别的犹太人、可疑的走私犯、抢劫犯和其他罪犯在犹太教堂的地下室里会面。"据他母亲说，基尼亚曾威胁雅柯夫要把这些非法活动报告警察。还有：瓦西亚·西斯柯夫斯基和基尼亚·戈洛夫有一两回耍小孩脾气，朝雅柯夫扔石头，骂他犹太杂种而激怒了他，因此，他决心对他们报仇。
"基尼亚实在太不幸了，他是落入雅柯夫魔掌的第一个人，可是瓦
西亚真幸运，他逃脱了像他可怜的朋友一样的命运。"

他匆匆读了有关他杀害小孩的那个部分。（"看门人斯科贝利耶
夫看到过雅柯夫背上扛着沉重的东西，一大包物品，里面好像有什
么在蠕动，很像个人的躯体。他扛着这个包上了楼梯到他的住处。
证据很确凿：雅柯夫在那里可能得到一两个犹太教徒的帮助，折
磨基尼亚，然后将他杀了。"）起诉书继续说："在监禁期间，被告
雅柯夫妄图说服他的朋友和同伙、伪造钞票的格隆芬，去贿赂玛
华·戈洛夫不要出庭作证反对他。为此目的，犹太人定居点的希伯
来人的组织募捐了一笔钱。随后不久，他们又要付给玛华·戈洛夫
四万卢布的一笔巨款，要她逃越奥地利边界，但她愤怒地拒绝了。"

最后一段说："因此，调查官、检察官和今日提出法庭起诉书
的基辅省高级法院院长经过周密考虑，认为雅柯夫·鲍克、一个供
认不讳的希伯来人早有预谋，出于上述的原因和目的，折磨并杀害
了年仅十二岁的戈洛夫，用刀将他活活刺死。他是玛华·维拉第米
洛芙娜·戈洛夫可爱的儿子。总之，雅柯夫对一位发现他参与罪恶
活动的无辜的小孩，抱有强烈的反常的复仇愿望。况且，这种罪行
是多么卑鄙和恶劣，可以说还有另外的因素。唯有本性最坏的性虐
待狂的罪犯才会干出这种丧尽天良的勾当，表现出对戈洛夫无缘无
故的敌视和堕落的兽行。"

在起诉书上签名的是调查官叶芬·巴里克、检察官维·格·格
鲁贝索夫和高级法院院长彼·弗·费尔曼诺夫。

雅柯夫读了文件后头脑发胀，便用手按按脑袋。他的双眼发
疼，他觉得好像是透过沙和胶水在阅读，模糊不清，但他马上又重

读，读后又增强了疑惑和不安。关于宗教谋杀的指控究竟是怎么回事？他拿着一页又一页在较亮的灯光下找，可是什么也找不到。根本没有这样的指控。有关宗教罪名的材料，虽然有所暗示、有所提及，最后却删掉了。犹太人成了希伯来人。这是为什么？他想到的唯一原因是他们找不到关于宗教谋杀的证据。如果他们找不出这些证据，他们能证实什么呢？除非是这些愚蠢的谎言和荒唐而可耻的造谣。有些是直接摘自玛华胡扯的信件。他想，他们一点也证实不了，所以他们把我单独囚禁了将近两年。他们知道是玛华和她的情夫杀害了基尼亚。他跟自己的意志消沉不断作斗争。他们手里只有这点"证据"，决不会对我进行审判。起诉书暴露的问题说明他们根本不打算这么做。

不过，这还是一份起诉书。他不知道他们目前是否准许他请个律师。这时，监狱长又在囚室里露面了。他命令雅柯夫交出文件。

"雅柯夫，你也许不相信这个，这起诉书的发表是由于行政手续上有差错。我打算再看一遍，所以还不能给你。"

"他们害怕公开审判。"雅柯夫在监狱长走后心里痛苦地想。也许人们在问：何时开始？也许这使他们担心。如果我活着的话，他们或迟或早将不得不对我进行审判。如果尼古拉二世不审，那么尼古拉三世也会审的。

4

当他的锁链给解开时，他被准许躺在他的床板上，双腿自由伸展，爱躺多久就躺多久，或者在囚室内走来走去。他没法解释出了什么事，而且一度几乎兴奋得不自在了。他在室内一瘸一拐地走着，但大部分时间是躺着，在木床上用嘴巴呼吸。"是另搞了起诉书，还是快审判了？"他问勃列津斯基，但他不肯说。有一天，雅柯夫的头发给理了一下，胡子也梳整齐了。理发师从他紧身短上衣口袋里偷偷拿出一张发黄的照片，看了一下，替雅柯夫梳成鬈发。然后，又发给他一套囚服，准许他用肥皂洗手洗脸，并把他叫到监狱长办公室。

勃列津斯基将他推上过道，命令他朝前走，但他一瘸一拐地慢慢走，常常停下来喘口气。卫兵用枪托顶他一下，他就走一步、拐两步。他担心怎么能走回他的囚室呀！

"你的老婆在这里，"监狱长格里基斯柯依在他办公室里说，"你可以在会客室里见见她。我派个卫兵在场，所以，你不要以为给了你什么特权。"

他觉得莫大的惊讶，这怎么会是真的呀！莫非是他们又在骗他，折磨他。这时，他望着监狱长和卫兵，他相信这是真的。他喘着气，好像热火在烧着他的胸腔。他吸了一口气时，给吓呆了。

"我的老婆？"

"拉伊莎·鲍克？"

"是的。"

"我准你跟她在会客室里讲几分钟，不过你要小心点！"

"请原谅，我现在不要见她，"雅柯夫忧郁地说，"另找个时间吧！"

"现在去不好吗？"监狱长说。

雅柯夫情绪低落，思想混乱，全身发抖。他一瘸一拐地在勃列津斯基的带领下穿过狭窄的走廊，走到会客室里犯人的栏圈。雅柯夫到了门口，尽量提起精神走进去。一进门他就给扣起来了。他想，这是个阴谋。来人不是拉伊莎，而是特务。我得小心点。

拉伊莎坐在一张凳子上，中间用一道铁丝网与他隔开。会客室墙上光秃秃的，像个匣子。在远远的一角，有个穿制服的卫兵站在她背后，他的步枪放在地上靠着墙。他不慌不忙地卷了一支烟。

雅柯夫呆板地坐在她对面。他畏寒地蜷缩着，喉咙疼，手掌黏糊糊的。他觉得在她面前有些失去控制。他快发疯了。他感到一旦他俩开始谈话，他的意志会消沉下去。往后，他又将怎么样呀？

"你有话就说吧！"卫兵用俄语说。

会客室的灯光阴暗，可比他的囚室亮多了。他不太习惯，这灯光伤了他的眼睛。他的女人坐着一动也不动，她的大衣破旧，用一条羊毛头巾盖着头，尖尖的手指头交叉紧握着放在腿上。她默默地望着他，神色惊慌。他以为她是个老丑妇了，可是，她虽然精疲力竭，又紧张又尴尬，假发也不戴了（她从来不爱戴），除此之外，她看起来还是老样子。他晓得她已经三十岁了，他奇怪的是她仍这么年轻。她是个不坏的女人。他痛苦地想，是我亏待了她。

"你是雅柯夫？"

"你是拉伊莎？"

"是的。"

她解开头巾，露出她自己的头发。黝黑的头发剪短了，发型轮廓湿湿的。他全神贯注地看着她的脸、她那裸露的长脖子和惆怅的双眼。而她怀着惧怕的感情盯着他。他两次想开口，但说不出来。他脸上酸疼，嘴巴颤抖。

"雅柯夫，你的情况我都知道了，"拉伊莎说，"我还能说些什么呀？我什么都知道啦。"

感情使他失去了判断力。

我的主呀！我忘了什么？我什么也没忘。他经受了失意和耻辱的痛苦，弄得不知所措：过去的感情经过这么长久和可怕的监禁后依然如故。最深的创伤永不消失。

"雅柯夫，真的是你？"

他抹去淌下的泪水，将一只好耳朵转向着她。

"是我。这还会是别人吗？"

"你戴着耳罩，蓄着长胡子，看起来多新奇呀！"

"这是他们迫害我的证据。"

"你多瘦呀！精神多不好！"

"我是瘦，"他说，"我精神也不好。你对我有什么要求？"

"他们禁止我问你关于在牢里生活条件的任何问题，"拉伊莎用意第绪语说，"我也答应不问这些，可谁要问呀？我有眼能看。我希望看不见。唉，雅柯夫，他们对你干了些什么？你对自己做了什么？怎么会发生这么可怕的事？"

"你这个臭婊子，你以前对我干了什么好事？我们又穷又脏又没小孩，还不够吗？更有甚者，你还当了婊子。"

她沉闷地说："那可不是我一个人干的。那是我们俩互相做的事。你爱过我？我爱过你？我说又爱又不爱。关于当婊子，如果我过去当过，我现在可没当。我走过了曲折的道路，跟你一个样。雅柯夫，如果你要说我好或不好，你要从我现在的情况来判断。"

"你现在干什么？"

"不管干什么，我不是以前的我了。"

"我想知道，你干吗嫁给我？'爱情'，你说过。如果你不爱我，为什么不抛弃我？"

"你可以相信我说的，当时我怕嫁给你，但是那时你很有感情。

一个人寂寞时，容易听信甜言蜜语。我还以为你爱我，虽然，你觉得很难这么说。"

"如果一个男人怕上圈套，他能说些什么呀？我怕你。我从来没碰到像你这么不满足的人。我能力有限。我能答应你什么？此外，你父亲老盯着我，用双手促成我们俩的事：如果我和你结婚，人世间会改变，天天会出奇迹。那天，你在森林里就逮住我了。"

"我们到森林去不止一次。你想做的事就是我想做的事。"

"所以，我俩后来就结婚了，"他痛心地说，"我们还有希望。一旦结了婚，你就得诚心诚意。婚约毕竟是婚约，当了人家妻子就是妻子，结婚总算结婚吧！"

"你是个好丈夫？"拉伊莎说，"不错，你总想办法谋生。我不说没有想办法，不过你从没达到目的。如果你要开夜车读斯宾诺莎的书，我也没啥反对的，可这不是犹太教的经文。除非这对我有什么不利的影响，我才说几句，你是明白我的意思的。最使我烦恼的是那些诅咒和粗话。因为我们俩结婚前，我跟你睡过觉，你以为我跟众人睡觉。一直到你不跟我睡觉以前，除了你以外，我没跟任何人睡过觉。我才二十八岁，进坟墓还嫌早，所以，我听从你的劝告，不再信神了，最后想碰碰机会，否则，我不久就会死掉。我不会生儿育女。我到处找人治，自己碰了壁。我撕扯干瘪的胸脯，咒骂自己不孕。我留不留在家里，对你都没有用，因此，我决定走掉。你不会赞成，但我却不得不这么做。我绝望地离开了家，目的是想改变自己的生活。我找到了自己能找到的唯一出路。要么走，要么死，反正是犯个罪，轻一些或重一些，我选择个轻罪。雅柯夫，如果你要知道真情，我说，我离开你的一个原因是逼你行动起来，可是谁会想到结局会这样呀？"

她用自己白色的手指关节敲打自己的胸膛说:"雅柯夫,我不是来跟你为过去的事争吵。原谅我吧!把过去的事忘掉!"

"你来干什么?"

"爸爸说他在监牢里见到你。他就说这些。去年十一月,我回到我们镇上。我先到卡柯夫,后来到莫斯科,可是混不下去,所以不得不回家。我发现你在基辅监牢里就来看你,但他们不给进来。后来,我去找检察官,给他看了证件,说明我是你的妻子。他说,我只有在最特殊的情况下才能看你。我说,一个无辜的人给关在牢里,这种情况是够特殊的了。我至少去找过他五次。最后,他说如果我带一张纸叫你签个字,就让我进来。他跟我说要劝你签字。"

"签什么屁字!见他的鬼去!你干吗带那张纸来,见你的鬼去!"

"雅柯夫,你签了字,明天就给释放了。这一点至少是可以考虑的。"

"我考虑过了,"他嚷着,"没什么考虑的,我无罪。"

拉伊莎无言地盯着他。

卫兵持枪走过来。"不许在这里用意第绪语交谈,"他说,"你们可以讲俄语。本监狱是俄罗斯的一个机构。"

"讲俄语更花时间,"她说,"我俄语讲得很慢。"

"叫你给他的那张纸快给他!"

"这张什么纸,应该解释清楚。有好处,也有坏处。我不得不将检察官的话转告他。"

"看在基督的面上,你就转告他吧!把事办妥了就算了。"

他从裤袋里取出一把小钥匙,开了栏圈的小铁丝门。

"除了那张纸一定要他签字外,不要想带什么别的东西给他,否则你们俩都要倒霉。我张大眼睛等着你们。"

拉伊莎打开一只灰色的手提布包，拿出一个折叠着的信封。

"这是我答应要转交给你的那张纸，"她用俄语对雅柯夫说，"检察官说，这是给你的最后一次机会了。"

"这就是你来看我的原因吧！"他用意第绪语激烈地说，"你要我坦白我没做过的事，我对此抵制了两年了。你又一次背叛我。"

"这是我能进来的唯一办法，"拉伊莎说，"但不是我来的原因。我是来哭的。"她有点气吁吁的。她张开嘴，嘴唇一歪就放声大哭起来。她用手指捂着眼睛，泪水从指缝里流下来。她的肩膀在颤抖。

他望着她，觉得心里热血在翻腾。

卫兵又卷了一支烟，点着火，慢慢地抽着。

雅柯夫想：我们分手时就是这样。上一次我见到她，她就是这么哭的。在这里，她又是这么哭。同时，我无缘无故地在牢里被关了两年，给上了镣铐，单独禁闭。我挨饿受冻，被虱子咬，臭气熏，横遭搜身，而她还在哭。

"你干吗哭呀？"他问。

"为了你，为了我，为了乡亲众人。"

她这么哭哭啼啼，真是个感情脆弱的女人。她身材瘦长，胸脯狭小，又憔悴又悲伤。谁会想到她如此脆弱？她哭得使他感动。他从她的眼泪里明白了。

"除了动动脑筋，这里能做什么？所以，我动脑筋想了想，"雅柯夫过了一会儿说，"我想过咱们从开始到结束的生活，我不责怪你，我更多的是责怪自己。你给得少，得到的也少，不过，我得到的，有些比我该得到的还多。我花了很长时间才明白这个。有的人在懂得他们犯错误之前犯了七次同样的错误。我就是这种人。我对不起你。我后来不跟你睡觉，也对不起你。我曾想出门去自己刺死自己，所以我伤了你的感情。还有谁和我这么亲密？我还在这牢里受罪。我不再是以前的我了。我能再说些什么呀？拉伊莎，假如我能重新经历人生的坎坷，你就可以少哭一点。所以，请不要哭了。”

“雅柯夫，”她用手指头擦擦眼泪，说，“我带来这张坦白书，他们才准许我跟你谈话，我不是要叫你在上面签字。我不要。还有，如果你要签字的话，我能怎么说？难道我该说：你在牢里待下去？我来跟你说的，可能不是什么好消息。我来告诉你：我已经生了个孩子。我走后发现自己怀孕了。我又惭愧又害怕，同时感到幸福。我不再不孕了，而是有了个小孩。”

我的痛苦真是没有尽头呀！他想。

他用双拳捶打栏圈的木栅。卫兵严厉地命令他住手，他就打自己，打自己的脸和头。她闭着眼睛等待着。

乱打了一阵之后，留下来的是他内心的痛苦。他说：“假如你怀孕生了小孩，那是怎么回事？”

她将头转过去，然后回头望望他。“谁知道怎么回事？有的女人怀孕迟。怀孕要碰运气。”

运气，我是沾不上边的，他想，因此，我怪她。

“是男孩，还是女孩？”雅柯夫问。

她低头对着手笑了。“是个男孩，叫凯姆，跟我祖父的姓。”

“多大了？”

“将近一岁半。”

“不会是我的吧？”

“怎么会呢?！”

"糟透了，"他叹气说，"他现在在哪里？"

"跟我爸爸在一起。我回家就是这个原因，我一个人实在照顾不了他。唉，雅柯夫，这可不是鸡毛蒜皮的事。我回到镇上，但人家怪我害你受罪。我努力把小牛奶场生意搞起来，可我也许只能去卖卖猪肉。拉比当着我的面骂我'贱民'。孩子将来会以为他的名字叫私生子。"

"那么你对我有什么要求？"

"雅柯夫，"她说，"你在受罪，我对不起你。我听说是你，难过得乱抓头发，但我猜想，你也对不起我。请想一想，如果你同意说你是我小孩的父亲，事情就会好办些。不过，如果你不能这么做就算了，我不想增加你的负担。"

"孩子的父亲是谁，我打赌他是个异教徒。"

"如果这使你好受些，我可以说，他是个犹太人，卖唱的。他来了又走了，我把他忘了。他像父亲般地照料过我的小孩，但他不是他的父亲。谁尽了父亲的责任，谁就是孩子的父亲。所以，我父亲是这孩子的父亲，但他离死亡之门仅差两步，只要一声倒下，我就得双倍作寡。"

"他怎么啦？"

"他得了糖尿病，不过他总是吃力地跑来跑去。他为你担心，为我和小孩担心。他一醒来就骂自己没生在富家。每次他想起这个就祈祷。我尽自己最大的努力照顾他。他睡在靠墙的一袋破布上。他需要食物，需要休息和药品。我们从别人的施舍得来一点。一两个有钱人派他们的仆人来送这送那，但他们一看到我，就捏着鼻子。"

"他跟谁谈起我的事？"

"跟每个人都谈。他到处跑，尽管他的身体都拖垮了。"

"人家怎么说？"

"他们抓抓头发，捶捶胸。他们感谢主，没把他们抓走。他们有的捐款，有的说要提出抗议，有的怕做出什么事会惹怒基督徒们，使事情弄得更糟，有的悲观，有几个抱着希望。不过，有些事还在进行，我不太知道。"

"如果不快点搞，我就可能完蛋啦，你们也找不到我了。"

"不要那么说，雅柯夫。我自己去基辅找几个律师。有两个律师发誓要帮助你，可是没有起诉书，谁也动不了。"

"那我就等了。"雅柯夫说。在她面前，他仿佛矮了半截。

"我给你带了一个小包，里面有些色拉、奶酪和一个苹果，"拉伊莎说，"但他们叫我丢在监狱长办公室。别忘了去找他们要。那是羊奶酪，不过，我认为你并不在意。"

"谢谢，"雅柯夫不耐烦地说。他叹了一口气又说："拉伊莎，你听着，我给你写个证明，说明那个孩子是我的。"

她的眼睛闪着亮光。"愿主保佑你！"

"别提主了。你有纸吗？我想写几个字。把我的证明拿去给拉比的父亲，那位老先生。他认得我的笔迹。他比他儿子善良。"

"我有纸和铅笔，"她紧张地低声说，"但卫兵在这里，我不敢给你。他们警告我：除了坦白书以外不要交给你什么东西，除了这个以外也不要拿你的什么东西，否则他们会以企图帮你逃跑为借口将我抓起来。"

卫兵不耐烦了，又走上前来。"没什么再谈的了。要么在坦白书上签字，要么回到你的囚室去。"

"你有铅笔吗？"雅柯夫问。

卫兵从紧身上衣的口袋里取出一支粗钢笔，并从栅圈的开口处递给他。

他停下来望望，但雅柯夫等他走掉才写。

"将坦白书给我。"他用俄文对拉伊莎说。

拉伊莎将信封给他。雅柯夫取出坦白书，打开它便读起来："我，雅柯夫·鲍克坦白：我亲眼看到玛华·戈洛夫的儿子基尼亚·戈洛夫给我的犹太同胞杀害了。他们是于1911年3月20日晚上在卢基安诺夫斯基区商人尼古拉·马克西姆莫维奇·利比德夫的砖厂马厩的楼上杀死他的。"

这段话下面画了一道黑线，留给他签名。

雅柯夫将坦白书放在他面前的架子上，用俄语在等他签名的线上写着："句句是谎言。"

当他在两个词之间停下来考虑下一个词的拼法时，他在信封上用意第绪语写道："我宣布我是凯姆的父亲，他是我妻子拉伊莎·鲍克的婴儿。她离开我之前就怀了他。请给予母子俩多多关照。在我处境艰难之时，我对此十分感激。雅柯夫·鲍克。"

她告诉他日期，他就写下来："1913年2月27日。"雅柯夫写好后，从栅圈的开口处将坦白书递给她。

拉伊莎将信封塞进大衣袖子里，然后将坦白书交给卫兵。他立刻把它叠好，插入他紧身上衣的口袋。他检查了拉伊莎手提包的东西，拍拍她大衣的口袋，就叫她走了。

"雅柯夫，"她哭着说，"回家吧！"

# 第九章

## 1

他又给铐在墙上。情况变得更糟了。宁可当初不给解开锁链，解开之后又戴上真是太糟了。他用叮当作响的锁链敲打墙壁，直到把他站的地方的墙壁敲出白色的疤痕。他们不管他，他就睡大觉。要不是每天几次搜身的话，他就整天睡觉。他睡的时候戴上木枷，睡得像死人一样。他从冬末睡到春天。柯金说已经是四月份，整整两年了。搜身照样进行，除非他的痢疾病发作。副监狱长不来接近他，不过，勃列津斯基有时单独来搜查他。有一回雅柯夫生病，囚室里冲洗了一下，炉子也烧火啦。一个脸色粉红的老头穿着冬天的衣服走进囚室。他戴着黑色披肩、穿着黑色高筒靴，手里拿着一支有节的拐杖。勃列津斯基跟着他进来，带着一张靠背精致小巧的椅子。老头笔直地坐在这张椅子上，离雅柯夫仅几尺远。他用戴着灰色连指手套的手握着拐杖。他的水莹莹的眼睛东张西望。他告诉雅柯夫，他以前是个威望很高的法学家。他给他带来了好消息。兴奋的情绪是这么强烈，几乎像疾病一样席卷了雅柯夫的身心。他便问是什么好消息。这位前法学家说：今年是罗曼诺夫家族统治三百周年纪念，沙皇为庆祝这个节日，将发布大赦令，对各种犯人实行大赦。雅柯夫的名字会在大赦的名单上。他就要得到宽恕并将获准回到他的故乡去。老头的脸上显露出快乐的神色。雅柯夫被铐在墙壁上，负担太重了，说不出话。后来，他问道：是作为犯人宽恕还是作为无辜者宽恕？这位前法学家恼火地说：只要释放出狱，二者没多大差别。过去的罪行是不可能抹杀的，但对一个富有人性的统治者、一位基督徒绅士来说，宽恕某种罪恶的行为，并不是不可能的。老头没有吸鼻烟就打了个喷嚏，他看了看自己的银表。雅柯夫说他要求公正的审判，而不是宽恕。假如他们不经审判就命令他出狱，他们就先开枪打死他好了。这位前法学家说：不要太蠢，你怎能满身污秽地继续这样受罪？雅柯夫坐立不安地动动身上的锁链。老头说我没有选择的余地，我只能给你一种。雅柯夫说：这谈不上什么选择。老头力图说服雅柯夫相信他的话，后来只好生气地放弃这种打算。"跟一个农民评理，会容易些。"老头站起来，对着雅柯夫摇摇拐杖。"我们怎么能帮你的忙呀？"他嚷着，"如果你这么顽固不化的话。"勃列津斯基一直在门孔外听着他俩谈话，这时便开门进来，老头就离开囚室扬长而去。卫兵进来拿椅子，拿走之前他让雅柯夫在尿壶里小便，然后将尿倒在他头上。当晚，雅柯夫被扣上锁链。他想：不管什么时候，他觉得已经经历了最坏的折磨了，但情况总是变得更坏。

雅柯夫在牢里度过了第三个夏天。有一天，他的手铐和脚镣都给打开了。他立即感到自己的心跳得很快。他摸摸手的时候，他觉得手像心一样地在跳动。一小时后，监狱长迈着小步来了，他手里拿着一份用棕色信封装着的新起诉书，一大叠纸看起来比上一份厚两倍。他也比雅柯夫上回见到他时老多了。雅柯夫捧着这些文件慢慢地狂乱地读着，心想这么多，恐怕永远读不完。可他马上就发现了他所预想的东西：起诉书粗暴地重新控告他犯了血腥的谋杀罪。他想：眼下他们又严厉起来了。关于跟男孩鸡奸、参与犹太帮抢劫和在基辅犹太教堂从事走私活动等等，以及玛华·戈洛夫的信中所提到的种种恶毒的谎言都删掉了。雅柯夫又一次被指控谋杀了一个无辜的男孩，其目的在于从小孩身上抽出犹太人过逾越节用的面包和糕点所需的鲜血。

这些事得到了马尼里奥斯·扎格列布教授的证实。他和他杰出的同事、外科医生沙杰·布尔博士两次剖检了基尼亚的遗体。两人用充分的资料说明：这些伤口是事先安排刺在几个部位的，每刺一个部位就间隔一会儿，使得基尼亚多受些痛苦，也方便他们抽血。据估计：每个部位的伤口抽了一升血，总共用瓶子装了五升血。安那斯塔斯神父也得出相同的结论。他是个知名的犹太事务专家。他对犹太教法典进行过深入的研究。他详尽地罗列了种种理由，长达密密麻麻的八页之多。这也是调查官叶芬·巴里克得出的结论。他仔细地审阅了有关罪犯的全部证据，对调查结果和一些提法表示赞成。

这份起诉书叙述了雅柯夫怎样犯下这血腥的罪行，跟两年多前格鲁贝索夫在洞里说的差不多："工头普罗斯柯在砖厂看到那个狂热的拉比圣人详细的记载。这个圣人无疑地帮助被告从那个奄奄一息的男孩身上抽出所需的鲜血，并且协助他将尸体运往洞里，后来被两个吓昏的小孩发现了。"上一份起诉书中删去的有关证据包括在这些里面。它说有半袋做未发酵面包用的面粉藏在雅柯夫马厩上面的宿舍里。同时还有几块已经烤过的未发酵面包，硬邦邦的，无疑其中渗了那无辜的男孩的血。这两个犹太人十之八九吃过这些面包。在房间里同时还找出一块沾了血迹的破布——被告供认是从他衬衫上撕下来的。据瓦西亚·西斯柯夫斯基证实，他和基尼亚看到过雅柯夫房间里的桌上有一瓶鲜红的血，可是警察搜查时，这瓶血却不见了。雅柯夫被捕以后，他房间里还发现了一袋木匠工具，其中有沾上血斑的钻子和刀，"尽管犹太人同谋犯后来烧掉砖厂马厩，妄图毁灭这些和其他重要罪证，然而他们的阴谋最终未能得逞"。

在这份又长又臭，令人害怕的起诉书末了，提到一个新问题："关于雅柯夫自己宣称的无神论问题"。它说：被告起先受到官方审问时供认他从出身和民族来说都是个犹太人，但他自认为是个无神论者，即自由思想的人，而不是犹太教徒。他为何要如此令人厌恶地表白自己呢？任何人只要对此问题略加思索便可明白。他这样做，目的在于制造"可使罪行减轻的情况"和"混淆视听"，从而"阻碍法律调查，以掩盖其弥天大罪的可耻动机。"不管怎么说，关于无神论的借口帮不了他的忙，因为一些可靠的证人包括监牢的卫兵和官员都看出：雅柯夫在监牢候审期间，"虽然虚伪地坚持所谓不信教的主张，实际上在囚室里每天秘密地按正统的犹太人的习惯进行祈祷，头上扎着祈祷的披巾，左臂和眉毛上绕着记载经句的黑色羊皮纸。"他们还看到他虔诚地阅读《旧约全书》，"这本书，正如前面提到的正统犹太教的那些东西一样，是犹太教堂里他的教友偷偷地给他捎进囚室的。注意过他的人都很清楚：他参与进行虔诚的宗教仪式。他继续使用祈祷的披巾，直到用破了才罢休，即使今天，他口袋里还保留了这'圣服'的一片。"

调查人员和其他官员一致认为：这种自我控告的无神论，"是雅柯夫的捏造，目的在于向司法当局隐瞒他出于罪恶目的而对一个小孩进行可耻的宗教谋害。他唯一的目的是向他的圣徒同伙提供烤逾越节用的未发酵面包和糕饼所需的纯洁的人血。"

雅柯夫读完起诉书后已经精疲力竭了。他想：什么东西都离不了鲜血。起诉书的每个字都蘸了血，洗也洗不掉。他们审判我时，也许要把我钉死在十字架上了。

雅柯夫越想越烦恼。如今，他拿到了这份起诉书，但他们还会要回去，再发个新的吗？这是否又是个新的折磨？以后二十年里，他们会不会一回又一回地给他起诉书呢？他要一直读到失望而死或脑袋干裂？或者，他们在这份起诉书之后或第三份、第七份或第十三份之后，最后将他送上审判台？他们会立个案，用拥有过硬的详尽的材料来定他的罪？他希望他们会这样做。不过，很勉强。如果他们不这样做，他们会永远给他戴着镣铐吗？或者他们在策划更坏的阴谋来陷害他？有一天，他正要用一片报纸擦屁股时，他看到报上写着："犹太人快完蛋了。"雅柯夫慌乱地读下去，想找找什么原因，但那部分早给撕掉了。

## 2

有人通知他：一个律师正在来监狱的途中。可是六月天炎热的一夜，囚室的门开了，走进来的却不是律师，而是格鲁贝索夫。他穿着晚礼服。雅柯夫醒了，这时，柯金手拿着往下滴蜡油的蜡烛，解开他的脚。"快醒醒，"柯金摇摇他说，"那位阁下来了。"雅柯夫醒来，好像刚从肮脏的深水里出来。他看到格鲁贝索夫汗湿肥胖的脸、连鬓胡须和充血而没精打采的眼睛。这位公共检察官的胸部时起时伏。他开始在囚室里踱步，但步伐不稳，然后他便坐在凳子上，一手放在桌上，巨大的身影映在他身后的墙上。他盯着灯一会儿，对着灯眨眨眼睛，然后望着雅柯夫。他谈话时，嘴巴里饭饱酒足的气味吹到雅柯夫身上，真叫他恶心。

"我参加了一个欢迎沙皇陛下的私人宴会，正要回家，"格鲁贝索夫呼气时发出了口哨声，对犯人说，"由于我的汽车碰巧跑到这个区，我就命令司机一直开到这牢里。我想应该跟你说说。你是个头脑顽固的人。雅柯夫，可你也许还没失去理智吧！我认为应该最后跟你谈一次。我说话时，请站起来。"

雅柯夫正坐在木板床上，将瘦削的光脚放在又冷又湿的地板上。这时，他慢慢地站起来。格鲁贝索夫望着他的脸颤抖。雅柯夫心里恨透了他。

"首先，"格鲁贝索夫说着，用又大又湿的手帕揩揩发红的脖颈儿，"你不要抱着太高的希望，雅柯夫·鲍克。如果你这样，你会失望的。不要以为起诉书公布了，你就用不着担心了。相反，你最大的麻烦才刚刚开始。我警告你，你的假面具就要被当众揭开了，你的真面目也要暴露了。"

"格鲁贝索夫先生，你来这里找我干什么？已经是深更半夜了，明早还要上镣铐，我需要休息一下。"

"上镣铐是你自己造成的。你要学会服从命令听指挥，这完全不关我的事，我到这儿来办别的公务。玛华·戈洛夫，那位死者的母亲今天到我的办公室里找我。她跪在我面前，眼里噙着神圣的泪水，对着天主发誓：关于基尼亚和你的关系以及造成谋杀的原因，她说的绝对是真话。她完全是个厚道的女人。我被她的话深深感动了。我比以前任何时候更加深信，陪审团将相信她所说的一切。这对你来说就更糟了。她提供的证据和她真挚的表情，将使你企图编造的任何情况都失去作用。"

"那就叫她把证据拿出来，"雅柯夫说，"你们为什么不开庭审判？"

格鲁贝索夫在凳子上动来动去，好像坐在火炉的顶上似的。他回答说："我不打算跟一个罪犯进行一场辩论。我来告诉你：如果你和你的犹太人同伙继续逼我在收集好全部证据或调查你犯罪的整个过程以前就对你进行审判，那么，你应该知道你正为你自己制造危险的局面。雅柯夫，如果你明白我的意思的话，你要懂得：好事不能太过分。火能把水壶烧得冒气，但如果把水烧干了，也不必大惊小怪。"

"格鲁贝索夫先生，"雅柯夫说，"我实在是站不动了。我累了，我要坐下，如果你想枪毙我，就叫卫兵来好了，他有枪。"

雅柯夫在床板上坐下。

"你真不要脸，"格鲁贝索夫说，话音里充满着牢骚，"俄罗斯人对你们犹太人的欺骗伎俩打心眼里厌烦。对你的调查官，对你的这些埋怨，对你的这些诽谤也是如此。雅柯夫，正在发生的事清楚地表明：犹太人在搞地下活动，阴谋插手俄国的事务。我警告你头脑清醒一点：对于我国的敌人，我们一定要进行强有力的报复。即使你要什么花招，成功地去影响陪审团在否认大量真实的证据下作出判决，那么，你可以相信我：俄罗斯人民会理所当然地感到愤怒。他们将替那可怜的孩子基尼亚报仇，因为你使他身上遭受了痛苦和折磨。你目前可以希望进行审判，但要记住：甚至判你有罪，也会在这个城市引起一场血洗。其残忍的程度将超过所谓基西涅夫大屠杀。审判救不了你，也救不了你的犹太同伙。你最好自己坦白交代。那么，等待公众愤怒情绪平息以后一段时间，我们可以宣布你在狱中死亡或类似的情况，然后偷偷地让你离开俄国。假如你坚持要开庭审判，那时，带小胡子的脑袋瓜在马路上打滚，到处是你死我活的斗争，哥萨克的刀剑将刺入犹太女郎娇嫩的皮肉。你可不要大惊小怪。"

格鲁贝索夫从热乎乎的凳子上站起来，又踱了几步。他走过去时，墙上的身影往相反的方向移动。

"政府不得不保护自己不受颠覆，如果文的不行，就用武力。"

雅柯夫盯着他洁白而弯曲的脚。

检察官先生得意忘形地继续说："有一回，我父亲给我讲了一件事：在哥萨克人袭击他们村庄时，犹太男人和女人想躲避，就跑到一个犹太教堂的地下室里，里面挤得满满的。上士命令他们一个一个走出来。起先，谁也不肯动，后来有几个人双手举过头，踏上台阶。这对他们一点用处也没有，因为他们立即给用枪托活活打死了。其他的人动也不敢动，像鲱鱼挤在一只发臭的桶里。军人又警告他们，这样下去，他们会更倒霉的。果然如此。哥萨克们等得不耐烦，就冲进地下室，有的开枪，有的动刺刀，将犹太人杀得一个不留。那些被拖出去还没死的人，后来就给从飞快的火车上扔下来。有几个小胡子给浇上汽油，被活活烧死；有些女人只穿着内衣，给摔到井里淹死了。你可以记住我们的话：在你审判后不到一个礼拜，犹太人居住区的居民将减少二十五万人。"

他停下来喘口气，然后声音沙哑地说下去："不要以为我们不知道你希望挑起这样一次大屠杀。我们从秘密警察的报告中获悉：你们出于进行革命的目的，正在策划一场招致暴力反应的运动，以便鼓励社会主义革命党人积极起来颠覆俄国。沙皇陛下已经得到这个情报。可以断言，如果你们坚持推翻他的统治，他准备像我刚才说的那样给你们再加加码。我警告你：在基辅已经驻扎了一个乌拉尔哥萨克支队。"

雅柯夫朝地板上啐了口痰。

格鲁贝索夫没看到这个，或者假装没看见。此刻，他好像怒气已消，声调变得平静自若。"我来告诉你这个，都是为你好嘛！雅柯夫，也是为了你们犹太人最大的利益嘛。我要说的就是这些，全部说完了，其余的就让你自己思考和判断。你对如何避免这场可怕的灾难有何良策高见？我坦率地说，这是一场徒劳无益的悲剧。我呼吁你对此作出人道主义的反应。可以设想各种妥协的办法。处于你这种境地的人会愿意权衡利弊的。我说话是算数的。你有什么要说的？如果有的话，就说吧！"

"格鲁贝索夫先生，对我开庭审判吧！我要等待审判，甚至等到死。"

"死，将是你应得的下场。雅柯夫，你脑袋瓜里想着死。"

"是你脑袋瓜里想的，"雅柯夫说，"你对比比柯夫也是这么干的。"

格鲁贝索夫张大眼睛盯着雅柯夫。一只巨鸟的阴影掠过牢墙。灯灭了。囚室的门"砰"的一声给关上了。

卫兵柯金心烦意乱，猛地把雅柯夫脚上的木枷锁了起来。

3

律师来了又走了。他叫朱里尔斯·奥斯特洛夫斯基。

检察官来过以后几个礼拜，有一天，律师露面了。他和雅柯夫叨咕了个把小时，给他讲了一大堆正在发生的事。这些，有的雅柯夫已经猜到了，大部分使他吃惊。他吃惊的是：作为一个陌生人，律师对他吃苦头的社会原因比他更了解，对于问题的复杂性和这么无休止的纠缠，也比他知道得多。

"将最坏的事告诉我吧！"雅柯夫恳求他说，"你以为我能出狱吗？"

"最坏的是我们不知道最坏的事，"奥斯特洛夫斯基回答说，"我们知道你没干过坏事，最坏的是他们也知道，但胡说你干了坏事。这就是最坏的。"

"你知道什么时候开始对我审判——如果会开始的话？"

"我能回答你什么？他们不告诉我们今天出了什么事，所以我们怎能预测明天会怎么样？明天，他们还是对我们隐瞒真情，甚至最基本的事实，他们也隐瞒着。他们怕我们知道什么，会被犹太人利用。假如你在打一场你死我活的战争，而每个人却装作看不见地问：谁在打仗？这是和平嘛！你还能期望什么？这是战争。请相信我。"

当雅柯夫一瘸一拐地走进房间时，律师已站了起来。这一回，犯人和来客之间不用屏风隔开了。奥斯特洛夫斯基立即用手势提醒他注意，然后在他耳边低声说："悄悄地说——对着地板。他们说门外没有卫兵，不过，轻声点说，你只当有人站在那儿，要不是魔鬼，就算他是格鲁贝索夫。"

他六十多岁了，又矮又胖，脸上有皱纹，头顶光秃秃的，留着几根灰白头发，好像收割后残留下的庄稼。他的腿弯曲，脚上穿着带扣子的双色鞋子。脸上蓄着短短的小胡子，脖子上围着一条黑围巾。

雅柯夫露面时，律师盯着他，好像不相信他要为之辩护的就是这个人似的。后来，他相信了，他的目光从惊讶变成关切。他非常细声地用意第绪语说着，话音里充满了感情。"让我自我介绍一下，雅柯夫先生，我叫朱里尔斯·奥斯特洛夫斯基，是基辅律师界的。我很高兴，终于到这里来了，但不要激动，要办的事还多着呢！不过，有些朋友要我来。"

“我很感激。”

“你有些朋友，但抱歉地说，并不是所有犹太人都是你的朋友。我的意思是说：假如一个人像鸵鸟一样装聋作哑，他算得上谁的朋友？我觉得很遗憾的是：我们有些人一有风吹草动就吓得发抖。我们组织了一个拯救你的委员会，但他们太谨小慎微了。他们怕'干预'会带来新的灾难。这本身就是个灾难。他们打了几发气枪，一听到声音就跑掉啦。可话要说回来，谁能说所有的人都是他的朋友？”

“那么，谁是我的朋友？”

“我算一个，还有别人。记住我的话，你不是孤立的。”

“你能帮我一点忙吗？我坐牢都坐腻了。”

“我们能办到的都去办。这是一场长期的斗争。我用不着跟你说，形势对我们不利。不过，千万要沉着、沉着、沉着。圣人说：事情总有两种可能性。一种是我们从长期的经验中晓得的，另一种是奇迹，那是我们所希望的。抱着希望是容易的，可是，空手等待就会糟蹋了希望。但两种可能性使机会均等。哲学问题谈这些就够了。此刻，没多少好消息。最后，我们逼他们交出一份起诉书。这意味着他们目前不得不对这个案件安排开庭审判。不过，这时我到拉斯去了。但是，首先，请原谅，我给你带来了坏消息。”奥斯特洛夫斯基叹了口气说，“我很难过，你的岳父斯莫尔·拉比诺维奇因患糖尿病去世了。去年夏天，我荣幸地见过他，跟他谈了话，他是个多才多艺的人。可是现在，我很难过地告诉你，他死了。这是你妻子写信告诉我的。”

“哎哟！”雅柯夫说。

死神先走了一步。可怜的斯莫尔呀！雅柯夫想，如今我永远见不到他了。你告别了朋友,离乡背井去,结果就是这样。

他用双手掩着脸大哭。

"他是个好人,他尽力开导我。"

"生命这个东西过得多快呀!"奥斯特洛夫斯基说。

"比这更快。"

"你为我们大家受苦,"律师沙哑地说,"我很荣幸地代表你。"

"这是不荣幸的,"雅柯夫说着,用手指头揩揩眼睛,然后双手一起擦擦,"真是受了冤枉苦呀!"

"你得到了我的尊敬。"

"如果你不在乎的话,请告诉我案情怎么样,跟我说说实情吧!"

"实情是:情况不好,不过,究竟怎么不好,我自己也不清楚。案情是够清楚的。这是个彻头彻尾的无稽之谈。但它以最坏的方式跟政治情况混淆起来了。你明白:基辅是个充满封建迷信和神秘主义的中世纪城市。它往往是俄罗斯反动势力的中心。黑色百人团——愿他们早给送进坟墓——他们煽动民众中最无知最野蛮的家伙来反对你。他们对犹太人吓得要死,同时也想把犹太人吓死。这就给你揭示了人类情况的一些真相。不管是富人,还是穷人,我们同胞中能逃离这里的都在逃走。有些逃不掉的已经在哭丧着了。他们嗅嗅空气,好像闻到大屠杀的腥味。以后会怎么样?正如我说的,谁也说不清。一方面有谣言说:所发生的一切,包括对你的起诉书在内,是又一次拖延,而对你的审判——请原谅我这么说,将永远搁置起来。但是另一方面,我们听说十一月份杜马议会选举后可能开始审判你。审判与否,他们没有理由搞你。文明世界,包括教皇和他的主教们都知道这一点。如果格鲁贝索夫拿出什么'证据’，那将是一些所谓专家们捏造的。我们也有自己的专家来对付他们，例如有个俄国的神学教授。我给沙皇的外科医生巴甫洛夫写了信，请他对基尼亚尸体的医学报告提出证词，他还没有拒绝。格鲁贝索夫晓得真正的凶手是谁，但他假装看不见，却老是盯着你。他和我大儿子一起上过法学院。他曾以讲究短裤和背心的穿着而闻名。现在，他却以反犹太人的装束而大出风头。他想方设法要把玛华·戈洛夫那个贱货乔装打扮，即使成不了新的圣人，至少也当个受迫害的女英雄。她那瞎了眼的情夫上礼拜想自杀，多亏天主保佑，他还活着。还有个聪明的记者——愿我主多创造些像他这样的人——彼第林·米尔斯基最近发现基尼亚的父亲留给他一笔达五百卢布的人寿保险遗产。这笔钱被这两个凶手垂涎并加以侵吞，不久就花光了。诚如他们说的，两头猪比一头坏。米尔斯基上礼拜在《最新消息》报上公布了这件事。出版商因此被罚款，而这个报纸也被警察局罚款并勒令停刊三个月。他们从现在起不得继续刊载有关戈洛夫的任何文章。这是不吉利的反应，但我不是来吓唬你的。你烦恼的事够多了。”

“还有什么可吓唬我的？”

“如果你心情不好，就想想德雷福斯[1]。据法文记载，他曾经历了同样的遭遇。他们用人类最文明的几种语言来迫害我们。”

“我想过他，但没用。”

“他在牢里待了许多年，比你待得久多了。”

“从目前来看是这样。”

---

1 德雷福斯：犹太血统的法国军官，1894 年被法国军事当局诬告出卖国际机密给德国，成了著名的德雷福斯大冤案的主角。当时，政府借此案掀起反犹运动，以鼓动反德斗争。后来，事实证明为诬告后，当局却坚决拒绝重审，这引起广大群众的强烈不满。直到 1899 年，政府在社会舆论的压力下才宣告德雷福斯无罪，1906 年恢复德氏的职务。

奥斯特洛夫斯基朝门口望望，满不在乎地点点头，清清嗓子低声地说："我们还搞到一份索菲娅·西斯柯夫斯基的口供。有个晚上，她到玛华家里的盥洗室方便方便。她发现澡盆里躺着一个布满刀伤的裸尸，吓得大叫起来就跑出房子。玛华刚刚上楼去取信作伪证，一听到叫声，马上去追她，终于在街上抓住了她。那个人是个头号的疯女人，她威胁说：假如他们敢向任何人透露一个字，就要将西斯柯夫斯基全家杀绝。他们也怕瓦西亚说出去，所以就收拾家具搬走了。我们后来在莫斯科一条后街的木屋里找到他们时，她威胁我们说，如果我们干涉她的事，她就自杀。可是，我们总算幸运地搞到一份简短的书面口供。她不让我们询问瓦西亚，但审判开始时，我们要设法请他们到庭作证，倘若到那时他们还没到亚洲去的话。总之，这就是起诉拖拖拉拉的另一个原因：他们找不到宗教谋杀的证据，但又不罢休。他们拖得越久，形势就变得越危险。这是危险的，因为此案是不合理的、复杂的、秘密搞的。他们搞得越极端，形势就更加危险。"

"那么，我将怎么办？"雅柯夫失望地说，"我已经给他们搞得半死不活了，我怎么能再忍受更多的苦呀？"

"别急！沉着、沉着、沉着！"奥斯特洛夫斯基劝他，紧握着他的双手，然后望望灯光照耀下的雅柯夫，用手掌拍拍他的头。

"我的天哪！我们干吗老站着？过来坐坐。请原谅我，我简直是两眼抹黑呀！"

随后，他们坐在一条狭窄的板凳上，在离会客室门口远远的一角。律师继续低声地说："你的案件与近来俄国历史上的挫折息息相关。用不着我告诉你，俄日战争是个可怕的灾难，但它带来了1905年的革命，不管怎么说，这次革命总是要发生的。战争，诚如马克思说的，'是历史的火车头'。这对俄国来说是好事，但对犹太人来说却是坏事。政府总是责难我们给他们制造了许多麻烦。沙皇对日本让步后不到一天时间，在三百个城镇同时进行了大屠杀。你当然晓得这些，哪个犹太人不晓得？"

"不过，请告诉我，这会带来什么坏处？"

"沙皇被民众与日俱增的愤怒情绪吓坏了。罢工、暴动和暗杀……全国瘫痪了。冬宫大屠杀之后，他勉强发布了圣旨，答应给民众以基本的自由权。他批准了宪法，建立了帝国杜马议会。你知道，对俄国来说，这在一个短时间内看起来好像是自由时期的开端。犹太人欢呼沙皇万岁，祝他幸运。你想，第一个杜马里有我们十二位代表！他们立即提出给一切公民以平等权和废除犹太人定居点的问题。这好像出现了一个新世界，不是吗？"

"是的，请说下去。"

"我将说下去，可我能说什么呢？在一个病态的国家里，走向健康的每一步都是对那些生活在病态里的人的侮辱。皇室的极端分子、右派分子警告沙皇：他的皇冠要落地了。因此，沙皇对于已做的种种让步感到遗憾，想方设法要取消掉。换一句话说，他开灯了十分钟，他看到的东西使他吓得要命，之后，他就把灯一个一个关掉，使得没人会注意到。他尽最大的努力，恢复了专制统治，利用反革命社团如俄罗斯人民联盟、双头鹰协会、麦克尔大天使联盟等等来反对工农运动、自由主义、社会主义和各种改革，这自然意味着他们也反对共同的敌人——犹太人。一想到立宪王国，他们的骨头就格格作响。他们几个组织联合组成了黑色百人团。这意味着他们出于卑鄙的目的，结成一个百人帮，这些我不用多说。他们像老鼠祸害一样，破坏法庭的独立、报刊的自由和杜马的威信。他们分散公众的注意力，偷偷破坏俄国宪法，用民族主义来反对非正教的俄国人。他们迫害每一个少数民族——波兰人、芬兰人、德国人和我们，特别是我们犹太人。他们把民众的不满情绪引向反犹太人的冲突。这是解决他们问题的一个简单的办法。他们还得意洋洋，因为他们杀害犹太人，可以获得政府的帮助。这是一笔好交易。"

"我只是一个人，他们要从我身上搞到什么呢？"

"一个人正是他们所需要的。只要他们能逮住他，作为犹太人血腥罪恶的例证就行了。要弄到一个证明，最好是找个受害者。在1905年至1906年期间，成千上万无辜的人被砍头，财产损失达几百万卢布。这些大屠杀是在内务部长的办公室里策划的。我们知道反犹太人声明刊登在警察总部的报纸上。有谣传说沙皇自己从皇家财政部拨款资助一些人撰写反犹太人的书籍和小册子。我们搞到了足以使我们吃惊的材料，但我们也被谣言吓坏了。"

"给空话吓坏了。"雅柯夫说。

"假如你害怕，什么东西都会吓你。"奥斯特洛夫斯基说，"不过，说来话长，我长话短说吧！现在，我直接找上你的门来啦。斯托雷平总理，他可不是我们的朋友，他想在第二个杜马选举之前，扔几根骨头给犹太人啃啃，给他们一点小权利，以平息他们的不满情绪。反动分子知道后就跑去找沙皇。沙皇马上修改选举法，收回一大部分民众的选票，从而削减犹太人和自由派在杜马里的代表名额和减少那些反对政府的派别的人数。目前，我们三百五十万犹太人可能只有三个代表，甚至这三个名额，他们也要把它们去掉。一年前，他们就在街上暗杀了一个。但我今天来找你。你知道，全国弥漫着一片歇斯底里的气氛。当然，社会也有些进步，不过，别问我是什么。杜马正在这个时候再次讨论是否废除犹太人居住区的问题，这时，黑色百人团简直发狂了。有一天，在洞里发现一个基督徒的男孩死了，于是，在这个政治舞台上便出现了雅柯夫·鲍克。"

雅柯夫坐着，不吭一声。他等着奥斯特洛夫斯基吐口痰，但律师深深地叹了一口气，继续说："你从哪里来？你是什么人？没人知道。但你来得正好。我知道，你是骑着马来的。他们看到你时，就逮住你。这就是我们现在坐在这里的原因。可是，不要伤心，假如不是你给抓了，总会有个别人来顶你的位置。"

"是的，"雅柯夫说，"就像我这样的人。这，我全考虑过了。"

"所以，这就是你的经历。"奥斯特洛夫斯基说。

"在这种情况下，对我审判不审判，有什么不同吗？"

奥斯特洛夫斯基站起来，踮起脚走到门口，突然开了门，然后又回到凳子上。"外面没人。但这样做，他们就知道我们是有提防的。我跟你说过最坏的情况，"他坐下时说，"现在，我告诉你最好的情况：你有个机会。什么样的机会呢？有个机会。机会就是机会嘛。有机会比没机会好。不过，我说出来你都听听，我就不再说了。首先，并不是每个俄罗斯人都是你的敌人。主不许这样做。知识界被这个案件搅烦了。许多文学和科技界的知名人士都反对这种血腥的宗教中伤和诽谤。不太久以前，卡柯夫医学会通过一项决议，抗议对你的关押，接下去就是医学会被政府当局解散了。我已经跟你说过那个被关闭的报纸《最新消息》。别的报纸也因为刊载了发人深省的文章和社论被罚了款。我认识律师界的人，他们公开说玛华·戈洛夫和她的情夫犯了这个谋杀罪。有的说她原先给黑色百人团写信，控告犹太人犯了这个罪。我的看法是：他们去找她，叫她写了这么一封信。然而，有人反对。这是好的，也是坏的。哪里有人反对，哪里就有人压制；但是，受压制比不公正的公开制裁好一些。因此，你有个机会。"

"再没别的？"

"有的。自由存在于国家的崩溃之中。甚至在俄国，你也能找到一点公正的东西。这是个奇特的世界。一方面，我们有最严厉的专制制度，另一方面，我们却接近无政府主义。法庭介于二者之间，所以，伸张正义是可能的。法律活在人们心里。如果审判官老实办事，法律就能维护。碰到这种情况，你也就有救了。不过，陪审团毕竟是陪审团，他们也是人，他们可以在五分钟内释放你。"

"我能希望这样？"雅柯夫说。

"倘若这不伤你的心，你就抱着希望吧！我既然跟你说了实话，就让我全部说完。一旦我们开庭受审，有些证人会撒谎，因为他们害怕，也有些人本来就是骗子。你可以指望司法部长任命一个受原告欢迎的主审官。假如被告有罪，他就能飞黄腾达。我们还怀疑：陪审团名单上将删去知识分子和自由主义者的名字，这一点，我们就无能为力了。我们将不得不跟那些剩下的人士作斗争。所以，假如你必须抱着希望，你就等着吧！我肯定，格鲁贝索夫对他负责的这个案件也缺乏信心。更重要的是，他对自己也缺乏信心。他野心勃勃，但能力有限。最后，他需要弄到比他目前所掌握的更好的证据。他将你的案件交给一些专家，问题是还有别的专家。所以，我回去找陪审团。对我们有利的是：他们虽是无知的农民、小店主和普通老百姓，一般来说，他们对政府官员没有好感，而一摆出事实，如果谁耍了什么花招，他们会看得出来的，比如：他们知道，犹太人的公鸡不生蛋。假如格鲁贝索夫歪曲事实，他会犯严重错误。你的律师知道怎么利用这些错误。他是个来自莫斯科的名人，叫苏斯洛夫·斯米尔诺夫，原籍乌克兰。"

“你不是……”雅柯夫惊奇地问，“你不是我的律师？”

“我以前是的，”奥斯特洛夫斯基抱歉地笑着说，“现在不干了。现在，我是个证人。”

“哪一种证人？”

“他们指控我企图贿赂玛华·戈洛夫不要出庭作证搞你。当然，她发誓说真有这回事。我自然跟她谈过，但这指控是荒唐的，目的在于使我不能为你辩护。雅柯夫先生，我不知道你是否听说过我的名字？也许没有吧！”他叹了口气说，“可我在处理犯罪案件方面有点名气，而且，我不想叫你烦恼。苏斯洛夫·斯米尔诺夫，我自己会用他，假如我处于你的地位的话。他将是你的主辩护人。他年轻时是个反犹分子，但现在成了一个犹太人权利的热情维护者。”

雅柯夫咕噜说：“谁要个以前的反犹分子？”

“你可以记住我的话，”奥斯特洛夫斯基迅速地说，“他是个杰出的律师，他的转变是真诚的。下一回再来，我会带他来看你。相信我，他知道怎样对付这些人。”

他瞟了一下嘀嗒响的表，然后将表放进内衣口袋，匆匆赶到门口，开了门。有个带枪的卫兵站在那里。律师不慌不忙地关了门，回到雅柯夫身边。

“我心里怎么想，一定怎么说，”他用俄语说，“雅柯夫先生，我这么说是不得已的，心情很沉重。你受了很多苦，我不想加重你的负担。可是，他们的调查是胡来的，这使我担心你的生命，假如你不得不死去，那么，这个未经证实的案件比一个不利于他们的判决对政府更有利，不管他们由于你的死而遭到多大的怀疑或挨了批评。我想你明白我的意思。我要对你说的就是一句话：当心！不要让自己受人挑拨。千万记住：要耐心，沉着。你是有些朋友的。”

雅柯夫说，他要活下去。

"请保重！"奥斯特洛夫斯基说。

4

他回到囚室时，不用戴锁链了。他们将锁链从墙上拔下来，墙上的洞也用水泥涂上。雅柯夫只觉得心情有些沉重，坐在木板床沿上，他感到空气稀薄，全身非常振奋。他倾听了半小时的喧闹声，后来才知道他听的是自己脑袋里各种思想搏斗的响声。斯莫尔去世了，让他好好安息吧！他应受的报答要比他得到的好些。奥斯特洛夫斯基来看了他。他谈到审判的事：有个机会；另一个律师、已经转变的反犹太的乌克兰人将出庭面对着有偏见的法官和无知的陪审团为他辩护。但这全是将来的事，什么时候开始，谁也说不清。如今，他至少不再是除了检察官和监狱的人以外谁也不知道的人了。他不是默默无闻的。从某些地方传来了一些消息：俄罗斯人并非个个相信他有罪；疑团淡释了一点；许多报纸发表文章对他们的控告表示怀疑；有些律师公开责怪玛华·戈洛夫；一个医生协会抗议政府对他的关押；他成了一个公众注目的人物。谁曾想到这个？雅柯夫又笑又哭了一阵。这太奇妙了，简直令人难以相信。他尽量抱着希望，但又生怕还要经受种种苦难。

"为什么搞我？"他问自己达一万次了。为什么这种事发生在一个穷苦的半无知的修配工身上？谁需要这种教育？他早就乐于从书本上受到教育。他每次回答这个问题，答案总是不同。他以为这是个人命运的一部分（他的种种缺点和错误），也是环境的一种力量，不过你怎么把二者分开呢？如果别人确实能办到，但他却办不到。

比如：谁要去发现尼古拉·马克西姆莫维奇醉醺醺地躺在雪地里并把他拖回家，而招来一连串没完没了的麻烦事？这是主的旨意，还是无情的必然性？去寻找你的命运吧！先试试那个胖俄罗斯人埋在雪地里的脸。去对反犹太分子发发慈悲而受苦吧！从他到他拐腿的女儿仅一步之隔，再拐一步就是砖厂，再一拐就跳进了监狱。假如他待在故乡小镇上，这些事决不会发生，至少不至于弄到如此地步。但也许会发生别的事，最好不去想它了。

你一旦离开了家，就到了露天旷野。又下雪又下雨。过去的事像雪一样飘落下来。这意味着：有的人碰上的事是从他个人没想到的许多事件开始的。当然，他没到那里就开始了。我们全上了历史，这是肯定的，但有些人比别人更出色，犹太人比别人更引人注目。下雪天，并不是人人都出去，让雪淋个湿。他已经给搞潮了。他痛心地发觉，他比别人更深地陷入了历史的泥潭。事实证明是这样。究竟什么原因，他永远不会知道。是因为他喜欢读斯宾诺莎的书吗？是一种思想使你爱冒险吗？也许，什么人知道？然而，如果他不是雅柯夫·鲍克，也不是生就的犹太人，他早就不会是卢基安诺夫斯基区的亡命之徒，在他们要找个替死鬼时成了他们动手的对象。他也就不会给抓起来了。他们也许还在物色另一个对象呢。你可以说，这是历史的误会；它充满了各种障碍和局限，好像一所房子的门全给钉死了，你要出来，就得从窗口跳出来。假如你要跳，你也许会头先着地。历史上发生的事太多了，有的时期比别的时期多些。奥斯特洛夫斯基已经给他作了解释。假如条件成熟，不管会发生什么事，往往等你来到现场后才会发生。如果不是多事之秋，你可能顺利地过了关。有时看起来好像要下雨，其实阳光灿烂。在大雪里，他曾碰到尼古拉·马克西姆莫维奇·利比德夫身上戴着黑色百人团的徽章。再没有人住在伊甸乐园了。

尽管他父母亲在故乡镇上毕生穷极潦倒，历史的罪恶还是闯到那里将他们害了。因此他想，到处都是"陷阱"。会不会跌进去，是由历史决定的。历史就是世界上不良的回忆的记录。它所记得的全是不合时宜的事。所以，对于一个犹太人来说，不管他到哪里去，他身上总背了个丢不掉的包袱——当苦役的条件、被解雇的可能性和易受责难的命运。不，不需要到基辅、莫斯科或任何地方去。你可以待在镇上，做点小买卖，在婚礼或葬礼上跳舞，在犹太教堂里祈祷，死在床上，假装平静地死去，但一个犹太人是不自由的。因为政府贬低犹太人的价值，从而破坏他们的自由。所以，不管他在哪里或到哪里去，不管发生什么事，他总是危险的。在他前进的道路上一扇门开了，一只手伸出来抓住他那犹太人的小胡子——雅柯夫·鲍克。他是基辅砖厂一个自由思想的犹太人。但任何犹太人，任何看来貌似犹太人的人都是沙皇的敌对分子和受害者。他被选择来作为谋杀陛下赋予了自由的那个尸体的人；他被关禁，挨饿，受侮辱，虽然他是无辜的，却像只动物给用铁链绑在墙上。为什么呢？因为在一个腐败的国家里，没有一个犹太人是无辜的。这是它的腐败，它对受迫害者的恐惧和痛恨的最明显的表现。奥斯特洛夫斯基提醒过他：俄国有许多比反对犹太人更糟的弊病。那些迫害无辜者的人自己也决不会是自由的。这个想法并不使他满意，相反的，却叫他怒火满胸膛。

这儿发生的事……他又回想到这个，因为他是雅柯夫·鲍克。他有一大堆东西要学。他学过了，确实不容易。经验是他的，比这更坏的经验就是他自己。他自己的经历就是经验。这也意味着他现在可不是以前的他了，他成了知名人士。谁曾想到过呀？所以，他想，我学了一点。我学这个，但这对我有什么好处？它将打开监牢的门吗？它将准我出去继续穷苦度日吗？一旦我自由了，它将多给我一点自由吗？或者我只学过如何了解我的处境吗？你快淹死了，才知道海水是咸的。虽然你知道了这个，但也快溺死了，不过，知道总比不知道好。一个人总要学习，这是他的本性。

打开了链锁，他倒变得不耐烦了。他自己能做什么？时间又过得很快，它像个火车头，拖着两个车厢、三个车厢、四个车厢，一连串的日子，接着两个礼拜过去了。他感到可怕的是：又一个季节过去了。秋来了。一想起冬天，他就颤抖。那严寒真叫他头疼。他们不许奥斯特洛夫斯基再来。苏斯洛夫·斯米尔诺夫来过四次了。他个子高高的，骨架宽宽的，瘦削的鼻子上架着一副厚厚的眼镜，头上是浓密的金色头发，表情易于激动。他来问了许多问题，在薄薄的纸上记了一大堆笔记。他拥抱了雅柯夫并答应说："虽然我们受到愚蠢的官员们的阻挠，尽管他们拖拖拉拉，我们仍尽一切可能开展工作。但是同时，你采取每个步骤都必须小心。正如他们所说的，在鸡蛋上行走，在鸡蛋上，雅柯夫先生，在鸡蛋上行走。"

他点点头，眨眨双眼，用四个手指头压住嘴唇。

"你可知道，"雅柯夫说，"他们杀了比比柯夫？"

"我们知道，"苏斯洛夫·斯米尔诺夫低声说，提心吊胆地望望四周，"但我们找不到证据。不要谈这个，否则你的处境会更坏。"

"我已经说过了，"雅柯夫说，"是跟格鲁贝索夫谈的。"

苏斯洛夫·斯米尔诺夫迅速记了下来，然后擦掉就走了。他说会回来，但没有来，也没有人告诉他什么原因。我又犯了另一个错误？起诉书又收回去？雅柯夫用指甲慢慢地抓自己的肉。一个月剩下的日子又悄悄过去了。他用草纸片撕了一点一点来计算日子。他想，他心里多沉重呀！真是愁肠满腹。他那点滴希望——他愚蠢地壮着胆子才创造出来的希望——忽隐忽现了，暗淡了，破灭了。他的双腿浮肿，他的白齿松动了。他的生命处于最衰弱的时期。这时，监狱长带着一张洁白的纸露面了。他打了个招呼说：审判就要开始了。

5

他的囚室整夜麇集着许多犯人。有的在那里死了，有的还活着。他们的脸支离破碎，青面獠牙的，脸色灰白，两眼深凹，头剃得光秃秃的，布满了伤疤，衣衫褴褛。他们在囚室里爬来爬去。许多人无言地盯着雅柯夫，他也盯着他们。他们眼睛里闪着渴望生活的目光。一个消失了，两个又出现了。雅柯夫想：犯人这么多呀！这是个犯人之国。他们解放了农奴——他们这么说的，但他们不释放无辜的囚徒。他仿佛看到犯人们排着长队。他们目光憔悴，面颊饿得塌陷下去。那长长的队伍从监狱厚厚的墙壁一直延伸到穷困的城市、辽阔而空旷的平原、积雪覆盖着的原始大森林，延伸到西伯利亚破烂的劳改营房。特鲁芬·柯金就在这支队伍里面。他跌断了腿，躺在雪地里，此刻，那长长的队伍正缓慢地从他身边走过去。他闭着眼睛躺着，抽动着嘴巴，但不呼救。

"救命！"雅柯夫在黑暗中喊道。

在开庭审判的那个晚上，雅柯夫心里很怕死。虽然他非常地困，但他不愿意睡。当他那沉重的眼皮合了一会儿时，他看到有人举着刀站在他身旁，要割断他的喉咙。所以，他逼着自己躺着不睡。他将毯子扔在一旁，这样太冷就睡不着。雅柯夫还不断拧自己的胳膊和大腿。要是谁敢闯进囚室，门一开他就大声喊叫。这是他自卫的唯一方法。假如凶手们以为走廊内几个囚室里的犯人会听到并猜想到他正在遭杀害，他们就会害怕。假如他们听到了，不久消息就会传到牢外，人们会说监狱的官员们暗杀了他，而不愿对他进行审判。

风，在监狱院子里默默地呼啸。他的心像生锈的铁链，他的肌肉绷得紧紧的，好像每一块都用铁丝绑着。甚至在寒冷的空气里，他还淌汗呢！在朦胧的灯光照耀下，他看到犯人中有特务等着刺杀他。其中一个就是头发灰白的监狱长，他手里拿着闪闪亮的双头斧。他尽力想把斜视的眼睛藏在手后面，但他的目光炯炯，像宝石一样穿过他的手指头。副监狱长背后握着一条黑色的长牛鞭，解开衣服纽扣，蠢蠢欲动。沙皇虽然脸上戴着白色的面具，头后挂着黑色的面具，雅柯夫还是认出他站在囚室远远的一角，将绿色的滴剂放进一杯热牛奶里。

"这准能让你睡着，雅柯夫·斯帕索维奇。"

"遵命，陛下。"

沙皇在黑暗中消失了。特务不见了，但犯人的队伍望不到尽头。

雅柯夫想：下一步干什么？什么时候发生？审判要开始或他们在最后一刻将它取消了？假定明天早上他们撤销起诉法，他们就希望我在他们给我另一份起诉书前身体垮掉或发疯。许多人在牢里待得比我长些，而且条件也更差些，可我如果不得不在囚室里再待一年，我宁愿死掉。后来，那些挤在囚室里神色忧郁的犯人也陆续不见了。起先是那些站在木板床周围的犯人，然后是那些挤在囚室中间的犯人，再是靠墙边的犯人，最后是一长队脸色阴沉的男人、哭哭啼啼的女人和眼窝发紫、瘦得像鬼的孩子们。这队伍穿过监狱的围墙一直延伸到大雪覆盖的远方。

"你们是犹太人，还是俄罗斯人？"雅柯夫问他们。

"我们是俄罗斯犯人。"

"你们看起来像犹太人。"他说。

雅柯夫睡着了。他知道他睡了，拼命弄醒自己，仿佛听到他睡觉时的哭声，后来哭声在囚室里逐渐减弱了。他不久看见比比柯夫穿着夏天白色西装坐在桌子旁边，挖了一匙草莓酱放在他的茶里。

"雅柯夫·斯帕索维奇，这恐怕不是他们要杀你的时机，"他说，"任何人都知道：这是预先策划好的骗局，它会激起公众的强烈抗议。你务必小心提防的是：出其不意的突然袭击，显然像是偶然事故似的，所以，你现在就睡觉，不要为你的生命担心。假如你要设法出狱，必须记住自由的目的是为别人创造自由。"

"阁下，"雅柯夫说，"我有非凡的洞察力。"

"真的吗？是什么呢？"

"我内心有点变了。我不是以前的我了。我怕得少，恨得多。"

天亮以前，基尼亚带着满脸的刀伤和流血的胸膛来找他，恳求他恢复他的生命。雅柯夫将双手放在小孩身上，尽力从死亡中把他举起来，但无济于事。

到了早上，雅柯夫还活着。他从惊讶中醒来，心情复杂，既抱着希望又意气消沉。已经是十月底了。他在尼古拉·马克西姆莫维奇砖厂里被捕已有两年半了。柯金给他送早餐来时告诉了他日期。早餐包括热牛奶、熟饭、八盎司黑面包、一片黄油和一搪瓷杯的甜味茶，还有一块柠檬和两块糖。另有一条黄瓜和一小段洋葱给他嚼食，以强化牙齿，消除腿肿。柯金感到不舒服，他把食物放下时，手有些颤抖。他看起来脸红红的，他说他要回家睡觉，但监狱长命令他待到雅柯夫离开囚室上法院去为止。

"监狱长说，有全面的保安措施。"

雅柯夫对食物动也不动。

"你还是吃吧！"柯金说。

"我不饿。"

"还是吃吧！上法庭要一整天呢！"

"我太紧张了，现在吃下去，就会吐出来。"

勃列津斯基走进囚室。他看来心神不安，不知道该笑，还是该哭。他不安地笑笑。

"好啦，你盼望的一天终于到来了。现在就要开庭审判。"

"我的衣服怎么办？"雅柯夫问，"我应该穿犯人服，还是穿自己的？"

他不知道他们是否要给他一件丝织的有腰带的长袖长袍和一顶犹太人的圆皮帽。

"这你会知道的。"勃列津斯基说。

两个卫兵陪雅柯夫去浴室。他脱了衣服，被准许用肥皂擦擦，用一桶温水洗洗澡。水的温暖使他偷偷地流了泪。他用桶里的水一点一点慢慢地洗，把身上的臭气和污物全洗掉。

他们给他一把梳子，他细心地梳理自己的长头发和小胡子，后来监狱的理发师来了，他说他一定要剃光头。

"不，"雅柯夫喊道，"以前我不剃光头，现在为什么我一定要剃光头，像个犯人呢？"

"因为你是个犯人，"勃列津斯基说，"牢门还没开。"

"为什么现在要剃光头，而以前不剃呢？"

"这是命令,"监狱理发师说,"坐好,闭上你的嘴巴!"

"他为何剃我的头发?"雅柯夫生气地问柯金。他觉得肚子饿得疼死了。

"必须服从命令!"卫兵说,"这表明你没有什么特权,和别的犯人一样对待。"

"他们对待我比对别的犯人更坏。"

"你知道怎么回答,就什么也别问。"柯金愤慨地说。

"对了,"勃列津斯基说,"闭上你的嘴巴!"

理过发后,柯金跑出去,然后带着雅柯夫自己的衣服回来,叫他穿上。

雅柯夫在浴室里穿好衣服。他庆幸能得到自己的衣服,不过,穿在瘦削的身上显得太大又没有生气。宽松如袋的短裤用一条薄薄的带子拴起来。阴湿的羊皮袄几乎垂到膝盖上。高筒靴虽然挺硬,穿起来倒很舒服。

雅柯夫回到囚室,发现奇怪地点了两盏灯。柯金说:"听着!雅柯夫,我劝你吃点东西。我向你保证:食物里没啥可怕的东西。你最好吃一点。"

"一点不错。"勃列津斯基说,"照他说的办。"

"我不要吃,"雅柯夫说,"我要绝食。"

"你究竟想干什么?"柯金说。

"为了主创造的世界。"

"我认为你不信主。"

"是的。"

"你真混蛋!"柯金说。

"好了,祝你交好运,感情上不要有疙瘩。"勃列津斯基不安地说，"公务是公务，犯人毕竟是犯人，卫兵毕竟是卫兵。"

窗外传来马蹄声，一队人马窜入监狱的院子里。

"是哥萨克。"勃列津斯基说。

"我一定要走在马路中间吗？"

"你会明白的。监狱长在等着，快一点，否则对你不利。"

雅柯夫走出囚室时，六人一队的哥萨克卫兵胸前交叉挂着子弹袋，在走廊里排着队。队长是个蓄着黑色大胡子的粗壮的人。他命令卫兵们把雅柯夫包围起来。

"开步走！"队长发出命令。

哥萨克拥着雅柯夫沿着走廊走向监狱长的办公室。虽然雅柯夫想把腿伸直，但走路还是一拐一瘸的。为了跟上卫兵，他尽量走快一点。柯金和勃列津斯基殿后。

队长在监狱长办公室的里屋仔细搜查了雅柯夫。他写了一张收据，然后交给监狱长。

"年轻人，等一下，"监狱长说，"我要跟这个犯人说句话。"

队长敬了个礼。"我们上午八时出发，先生！"他到外屋去等候。

监狱长老头子用手帕揩揩嘴角。他的眼睛噙着泪水，因此，他也擦了一擦。他取出鼻烟盒，然后又收回去。

雅柯夫紧张不安地望着他。他想：假如你现在要收回起诉书，我就掐死你。

"好啦，雅柯夫，"监狱长格里基斯柯依说，"如果你懂得照检察官的劝告去办，你今天就可以获得自由并离开这个国家。像现在这个样子，你可能按证据给判刑，你的余生将在最严厉的监禁中度过。"

雅柯夫抓抓自己的手掌。

监狱长从抽屉里取出眼镜，戴在鼻梁上校正一下，然后拿起桌上一张报纸，大声读了一条消息：奥德萨有个裁缝，名叫马柯维奇，他是个犹太人，有五个小孩。警察控告他半夜在一条靠水的街上谋杀了一个九岁的男孩。然后，他将小孩的尸体带到裁缝店里，抽干了他尸体里还热着的鲜血。警察发觉他晚上独自在街上逛，便怀疑他，终于在他家里的地板上发现许多血迹，就立即逮捕他。

监狱长放下报纸，然后摘下眼镜。

"我将告诉你这个，雅柯夫，如果我们不判你们中间一个人的罪，我们就判另一个人的罪。我们要给你们来个教训。"

雅柯夫保持沉默。

监狱长气得嘴巴淌口水，他把门推开，挥手叫队长进来。

可是随后副监狱长从过道进来了。他匆忙地跑进来，没有理睬那个队长。

"监狱长，"他说，"我这儿收到一份电报：由于犹太犯人雅柯夫即将开庭受审，禁止给予他什么特权。今天早上没对他搜身。这不是我的过失。请叫他们把他带回囚室，像平常那样进行搜查。"

雅柯夫胸口感受到一阵厌恶的压力。

"为什么现在我得给搜查？你搜查我能得到什么？只有增加我的痛苦。这个人真不知道该适可而止。"

"我已经对他搜查过了，"哥萨克队长对副监狱长说，"这个犯人目前在我的看管中。我将我个人的收据交给监狱长了。"

"收据在我桌上。"监狱长说。

副监狱长从紧身短上衣口袋里取出一张叠好的白纸说："这电报是沙皇陛下从圣彼得堡发来的，命令我们对这个犹太人进行最仔细的搜查，以防止任何可能发生的危险事件。"

"电报为什么不打给我？"监狱长问。

"我早通知你可能有电报。"副监狱长说。

"好吧！"监狱长说。他有点心绪不安似的。

"为什么我还要受侮辱？"雅柯夫嚷着，热血在胸中燃烧，"卫兵们看着我在浴室里光着身子，也望着我穿好衣服。几分钟以前，这位队长在监狱长面前也搜查过我。为什么在审判日我得受进一步的人格侮辱？"

监狱长用拳头在桌上猛击一下。"够了，我警告你，安静点！"

"谁也不听你的，"黑胡子的队长冷淡地说，"回囚室去，开步走！"

雅柯夫想：恐怕除电报上说的以外，还有别的花招。假如他们正想惹我，我最好还是小心点。

他心里难过极了。他被哥萨克卫兵推回囚室。

"欢迎你回老家！"勃列津斯基笑了。

柯金盯着雅柯夫，又吃惊又害怕。

"快点！"哥萨克队长对副监狱长说。

"朋友，请客气点，别告诉我怎样办我的事，我也不告诉你怎样办你的。"副监狱长冷淡地说。他的高筒靴闻起来很臭，好像他刚刚踩到粪便似的。

"进去脱衣服。"他命令雅柯夫。

雅柯夫、副监狱长和两个卫兵走进囚室，队长和别的卫兵留在走廊上等着。监狱长将囚室的门砰的一声关上了。

在囚室里，柯金在自己身上划了十字。

雅柯夫慢慢脱衣服，身体发抖。他赤裸裸地站在那里，只穿一件汗衫。他想：我一定要小心，否则他们会和我过不去。奥斯特洛夫斯基警告过我。可是，他这样提醒自己时，他觉得抑制不住心中的怒火。热血在耳边沸腾。这好像他挖了个洞，然后将铲子丢在一边，但洞越来越深，变成一个坟墓。他仿佛看到他撕碎了副监狱长的脸皮，把他一脚踢死了。

"把嘴张开！"勃列津斯基将一个肮脏的手指头伸到他舌头下面。

"现在把你的屁股扒开！"

柯金盯着墙上。

"把这发臭的汗衫脱掉！"副监狱长命令他。

雅柯夫想：我一定要忍住，不要发火。但眼前忽然一片漆黑，他的愤怒情绪有增无减。

"为什么我要这样？"他嚷着，"我过去从没脱过汗衫，为什么现在要脱掉？你们为什么侮辱我？"

"脱掉，否则，我就撕掉它。"

雅柯夫觉得囚室在晃动、下沉。他想：我早该吃点东西，不吃是个错误。他仿佛看见一个秃头、瘦削而光着身子的人在冰冻的囚室里撕下他的汗衫。可怕的是，他望着他将汗衫往副监狱长的脸上砸过去。

囚室里一片沉静。

副监狱长目光炯炯、杀气腾腾，但他沉着地说："我在我的权限内处罚你，因为你干扰一个监狱官员执行他的任务并且侮辱他。"

他拔出他的左轮枪。

我倒穷霉了。雅柯夫想到他过去的生活。如今，斯莫尔死了，拉伊莎没吃的。我对任何人都没用了，永远没用了。

"等一等，阁下，"柯金对副监狱长说。他那深沉的声音断断续续的，"我接连好几个晚上听到这个人在说话。我知道他的痛苦。他是受够了。不管怎么说，是审判他的时候了。"

"给我滚开！否则，我就向法院控告你不服从命令。你这个婊子养的！"

柯金将他的左轮枪枪口对准副监狱长的脑袋。

勃列津斯基伸手去拿他自己的枪，但他还没拔出来，柯金就开火了。

他打中了天花板，不一会儿阵阵灰尘飘落在地板上。

走廊里响起一阵刺耳的哨声。监狱的钟响了。囚室的铁门被撞开，小白脸队长和他的哥萨克卫兵立刻冲了进去。

"我已经给过个人的收据。"他咆哮着。

"我头疼！"柯金咕哝着。他瘫了下来，满脸鲜血。副监狱长开枪击中了他。

## 6

教堂的钟声响了。

一只黑鸟从天上飞下来。它是乌鸦？是老鹰？或是黑头鹰朝马车降落时生的黑蛋？如果这都不是，它会是什么？雅柯夫想：如果它是颗炸弹，我怎么办？我将躲起来。除此之外，我还能做什么？如果是个炸弹，会把我炸死，我干吗生下来了？

在院子里，雅柯夫在一群官员、来宾和骑着马的哥萨克卫兵默默地监视下，一瘸一拐地在卫兵包围中从牢门走向大门口一辆黑色大马车。这辆马车装有铁护甲。它是由四匹肥头大耳、膘壮腰粗的马拉的。赶车人座位上坐着一个鹰眼的车夫。他穿着长褂子，戴着舌帽，手里拿着马鞭。

雅柯夫被两个哥萨克卫兵推上马车踏板，被警察总长和他的助手关进装着大轮子的车厢里。里面又黑又臭。角上挂着一盏灯，但不亮。窗子又圆又小。雅柯夫伸头朝一个窗口望望，看到了他不要看的东西：监狱长格里基斯柯依戴着军帽，穿着大衣，正在揉一只充血的眼睛。雅柯夫坐回他黑暗中的座位上。

车夫对着马吆喝一声，鞭子一抽，大马车就走了。哥萨克骑兵戴着皮帽，穿着灰大衣，一队拿着闪亮的长矛在前面开路；另一队手握出鞘的剑在后面押着，马车隆隆地穿过大门，嘎吱嘎吱地走到圆石块砌成的马路上。马车很快就上了街，拐个弯，然后沿着一条大马路行进。马路的一边是田野，另一边偶尔有些工厂和住房。

雅柯夫想：我离开了牢房，要么好点，要么坏些。假如坏些，恐怕比以前更坏。

他坐了一会儿，感到很孤独。后来他从窗口看见空中一只小鸟，就满怀激情地望着它，直到看不见。微弱的阳光映射着片片浮云。不一会儿，雪花从四面八方飘来。离马路不远的一片森林，栎树还留着铜色的叶子，但高大的栗树都变黑了，树叶也掉光了。雅柯夫脑子里记得这种树开花时的情景。他为错过那美好的季节而遗憾，但更遗憾的是他在狱中失去了青春的年华。

柯金的死使他觉得不知所措，虽然这种感觉终于使他松了一口气。可是谁能说得上他自己的命运会怎样呢？总算能动身上法院去了。他的审判就要开始了，他们是这么说的。但从他离开故乡小镇骑马到基辅来已经整整三年了。当他们走过一家工厂的砖墙时，那烟囱冒出的烟给风刮到空中，他突然看到一个衰老的犹太人在环形的窗口躲开他，但即使隔了一会儿，那憔悴的脸容、那痛苦的嘴边熏黑的灰色胡子仍然不能从他的记忆中抹去。虽然他不为自己哭泣，但他擦擦眼睛时，手掌都湿了。

路过工厂的大门时，有五六个工人转过身来看看他们的队伍。走了一俄里进入商业区时，雅柯夫抬头看到街道两旁聚集了许多人，他感到很惊讶。此刻虽是大清早，人群一直向前延伸，有五六层之多。正好去上班的工人和公务员、店主、穿着羊皮袄的农民、戴着头巾和有的戴着帽子的女人、三三两两的军事学院学员和士兵以及披着灰色圣衣的神父或牧师，都在望着大马车。电车中断了，乘客从座位上站起来往窗口注视着哥萨克骑兵和隆隆的车队走过去。警察在路边拦住各种马车、汽车和外省来的载货车辆。这些车辆上蔬菜和粮食堆得高高的，有的还装载着一罐罐牛奶。去法院的沿途，每隔一段路就站着骑马的警察，以维持秩序。雅柯夫从这个窗口移到那个窗口，不断地看看路边的群众。

"雅柯夫·鲍克！"他喊着，"雅柯夫·鲍克！"

那个骑着马走在大马车左边的哥萨克卫兵，一个粗眉毛、宽肩膀、胡子花白的人，没有表情地注视着前方；跟在马车门边的骑手是一个二十岁左右的年轻人，他骑着一匹灰色母马，在雅柯夫正盯着窗外时，不时偷偷地瞟一瞟他，好像想权衡一下他究竟是有罪还是无罪？

"无罪！"雅柯夫对他喊着，"无罪！"虽然他说不出道理，他却朝着那位哥萨克人笑了笑，为他的年轻英俊而笑，为他好歹是个自由的人而笑。哥萨克人在母马翘起尾巴在街上拉屎时往前骑，一个小学生指着马粪发笑。

人群中有一些犹太人望着大队人马，心里又同情又害怕。大部分俄罗斯人表情冷淡，不过，有的流露出敌意，有的表示厌恶。一个穿工作服的店主朝大马车啐了口痰。两个小孩起哄。人群中有的男人别着黑色百人团的徽章。雅柯夫一会儿从这个窗口，一会儿转到那个窗口，看看他们在这个地方有多少人。他越看越担心。哪里有一个，哪里就会有一百个。一个脸带血迹、眼睛疲惫的男人将手挥到空中，好像他的手着了火似的。雅柯夫的阴囊痛苦地收缩了，他用手指头乱撕胸口，犹如一只黑鸟就要从伸向天空乱抓的白手中飞出去似的。

雅柯夫发疯似的躲起来。假如这回我要死，我算是白白受了几年的罪。

"你还是该等一等，雅柯夫·鲍克，"陪审团的主席说，"我们都不是贵族或受过教育的人，但我们也不是没有一定社会地位的人。人是通过学习来认识真理的，即使他并不身体力行。如果这迎合他的想象，他有时就会这样做。当官的也许不要我们知道真相是什么，但你可以说，真相会从牢墙的裂缝中出来的。他们可以想方设法欺骗我们，就像他们经常干的那样，可是，我们一定要仔细审查证据，如果事实不像他们说的那样，那就让他们看看自己的良心吧。"

"他们没有良心。"

"如果真是这样，他们就更坏了。我说，你生来并不是无所作为的。"

"我无罪！"雅柯夫说，"你们可以看看我的脸。说说是否有人像我，不管他会做些什么事，他真会杀害一个男孩并抽干他身上的血吗？假如我有点人性的话。你们是人，你们应该会知道的。告诉我：我看起来像个凶手吗？"

主席刚要说话，一阵强烈的爆炸声震撼了马车。

雅柯夫等待死神的来临。他在坟地里徘徊了一会儿，读着墓碑上许多名字，然后从一个坟墓跑到另一个坟墓，一个个拼命搜寻，但找不到他的名字。过了片刻，他就不找了。他已经等了好久啦，可是他也许还要等待更久。假如你是某种典范，死神就离你远点。你的苦恼来自生活——生活贫困，跟人们过不去，深受命运的打击。你活着，你受苦，但你还活着。

他听到尖叫声、呼喊声、骚乱声和马匹受惊的嘶叫声。大马车格格地响着，好像要跳起来，后来撞到地上就停了下来，不断地颤动，但没有倒下去。火药的恶臭刺激他的鼻孔，使他闷死了。门锁咔嗒地响着，门半开了。他觉得非常迫切想回家，去看看拉伊莎，把事情安排好，以便决定干什么。"拉伊莎，"他说，"给孩子穿衣服，将几件必需的东西收拾好，我们不得不去躲起来。"他刚要把门踢开，可又提醒自己别这样。从右边破裂的窗口，他看到人们在奔跑。一个班的哥萨克人带着长矛上了马，从大马车旁跃马追去。另一个班高举军刀跨上马背向大马车跃马冲过来。灰色的母马躺在圆石路上死了。三个警察扶起了年轻的哥萨克骑兵。他的一只脚被炸弹炸断了，高筒靴被炸掉了，他的腿被炸裂流血了。当他们把他抬过大马车时，他张开了眼睛，恐慌而痛苦地望着雅柯夫，好像在说："我的脚跟这有什么关系呀？"

雅柯夫吓得不敢看。那个哥萨克人昏迷了，但他炸断的腿在晃动，鲜血溅在警察的身上。后来，一个哥萨克上校骑马冲到大马车跟前，手上高举着利剑，对着车夫吆喝一声："往前走，往前走！"他下了马，想把门关死，可是门锁不起来。"往前走！往前走！"他大声嚷着。大马车辘辘行驶。四匹马加快了速度，起步朝前跑。

上校骑着一匹白马，代替那个受伤的哥萨克人，在大马车旁边慢慢跑。

雅柯夫坐在阴暗的马车里，心里无比愤怒，他的胸快给憋炸了，好像马车里一点空气也没有。过了片刻，他仿佛看到自己坐在某地的一张桌子旁，面对着沙皇。他们之间点着一支蜡烛，像在囚室里或地下室里什么地方似的。尼古拉二世，中等身材，率直的蓝眼睛，小胡子修得很整齐，但他和他的脸盘儿不配，似乎大了点。他脱光了衣服坐在那里，手里拿着一个圣母玛丽亚的小小银制雕像。他虽然心神错乱，脸色苍白，还给新近发作的咳喘搞得很痛苦。他用温和的声音讲话，那雄辩的姿态是感人的。

"雅柯夫·斯帕索维奇，你虽然使我处于不利地位，我还得给你讲实话。这不仅仅是由于犹太人是共济会成员和革命党人，他们践踏我们的法律，为了免除他们对社会所负的责任，他们有计划地贿赂我们的警察，使他们腐化堕落。我对此可以宽恕一点，但别的不行，特别是你被控告的严重罪行。这使我个人感到非常厌恶。我指的是从基尼亚·戈洛夫身上抽取鲜血。我不知道你是否知道我自己的儿子沙列维奇·阿列克塞患了血友病，我国报刊出于对皇家，特别是皇后的尊敬，当然不提起这件事。我们很幸运，有四个体格健壮的女儿，奥尔加公主，是个勤学的人；塔蒂娅娜公主长得最漂亮，有点爱卖弄风情。我是说着玩的。玛丽亚公主羞羞答答，性情温柔；安娜斯塔斯雅公主是她们中最年轻最活泼的。经过多次祈祷，我们终于生了个儿子、我的王位的继承人，但是主却恣意地把我们的欢乐变成了最大的痛苦：我儿子很不幸，他身上的血液有缺陷，需要合成和治疗。小小的一刀，哪怕是最小最小的一刀，他就可能出血致死。诚如你所想象的，我们照顾他，给予他最大的关怀，时刻为他提心吊胆，因为哪怕是一点点轻微的摔跌，都可能带来致命的后果。阿列克塞的血管很脆弱，只要出一点点小毛病，就会因内出血而给他造成无法忍受的痛苦。我的爱妻和我，我说，加上我的女儿们，个个都跟这个可怜的孩子生死与共。请允许我问一句，雅柯夫·斯帕索维奇，你当了父亲吗？"

"是的，感谢陛下。"

"那你就能理解我们的痛苦。"神色忧郁的沙皇叹气说。

他从桌上搪瓷匣里取出一支卷着绿纸的土耳其香烟并点着时，双手颤抖。他将烟匣递给雅柯夫，但雅柯夫摇摇头谢绝了。

"我从来不想当国王，它使我失去了自己的原貌，但他们不许我拒绝。当了统治者就像背上一个沉重的十字架。我犯了许多错误，但我对你说，这决不是出于对谁的恶意。我的本性是优柔寡断，不像我先父那样，在他统治下，我们都很怕他。可是，一个人办事怎能超越他最大的能力？一个人生来怎么样就是怎么样，就这么回事。我感谢主赋予我高尚的品德。说句真心话，雅柯夫，我不喜欢细谈这些事情。但我可以毫不隐瞒地说，我是个善良的人，我热爱我的人民。虽然犹太人给我造成了许多麻烦，我们有时不得不镇压他们，以维持社会秩序，可我希望他们好，请相信我。对于你来说，如果你准许我说几句，我认为你是个清白正派但犯了错误的人——我强调诚实。我必须请你注意到我的职责和重任。这不是说你自己好像不懂得受苦是什么味道。当然，这已经教你懂得怜悯的大义。"

这时，他咳个不停。他讲完时，声音有点失常。

雅柯夫心神不安地在椅子上动动。"陛下，请原谅我说一句，受苦教我懂得的是：受苦是无用的。倘若我这么说，你不在意的话。不管怎样，如果身上没有压着一大堆不公平的东西，只是自然地这样受苦过日子已经是够受了。'拉斯曼'，我们用希伯来语这么说，就是'怜悯'，每个人都不能忘记。可是，还要想到我们的大多数人，不论是犹太人和非犹太人在你的政府和部长们的统治下多么贫困和无知，多么令人压抑！陛下，这等于说：不管你承认或不承认，你能给我们提供机会。事实上机会也很多，但你能好心好意给我们提供的最好的，却是欧洲最贫穷最反动的国家。换句话说，你已经将这个国家变成白骨之谷。你有过你的机会，但你把它们糟踏了。这是毋庸争论的。要舍本逐末地去扭转一些事情是不容易的，但你早该做点事，以改善我们大家的生活，可以说，为了俄国的前途，你应该做点事，但你没有做。"

沙皇站起来，精疲力竭似的，又咳嗽了。他心情烦躁，发火地说："我虽是个统治者，但我也是一个人，你却责怪我该对我国的全部历史负责。"

"陛下，我责怪你孤陋寡闻，责怪你不学无术。你可怜的儿子是个血友病患者，他血液里缺少什么东西。在你来说，不管感情上如何强烈，总缺少些什么别的，比如说是某种内心的东西吧，它构成一个人对最穷苦人的慈善和尊敬。你说你是善良的，你却以大屠杀来证明这一点。"

"至于那些大屠杀，"沙皇说，"不要怪我。流水不可阻挡。大屠杀如实地表达了人民的意志。"

"如果是这种情况，那就没啥再说的。"桌上放着一支左轮枪，雅柯夫随手可拿到。他给左轮枪生锈的子弹转膛里推上一颗子弹。

沙皇坐下。虽然他脸色发白，胡子变黑，但他望着雅柯夫，没有明显的反应。"我是我穷苦人民的受害者和牺牲品。该怎么样就怎么样吧!"他将香烟捻熄,扔在烛盘里。烛光忽隐忽现,但还燃烧着。

"别期望我求你。"

"这也是为了监禁、放毒和每天六次搜查。我这样做是为了替比比柯夫,为了替柯金和许多我不用提起的人报仇。"

雅柯夫将枪对准沙皇的心脏,扣动扳机。比比柯夫挥动他那洁白的手臂,大声喊着:不要开枪,不要……不要……不要……尼古拉二世自己在胸前画了十字,从椅子上栽了下来,倒在地板上。他惊奇的是他胸前溅满血迹。

马匹继续在圆石路上格格作响地走着。

雅柯夫想:历史嘛,是有办法改变的。沙皇得到的下场是肚子上吃了颗子弹。他吃子弹总比我们吃子弹好些。

大马车左侧的后轮好像有点晃动了。

他想:有件东西,我是学到了。根本没有不问政治的人,特别是一个犹太人。你不能将二者分开,这是够清楚的。你不能坐着不动,看着自己给人家毁掉。

后来他又想:没有斗争就没有自由,斯宾诺莎说的是什么?假如国家的统治违背了人性,把它摧毁也没什么犯罪可言。反犹分子该死!革命万岁!自由万岁!

街道两旁又站着密密麻麻的群众,从路边到屋前围得水泄不通。每个窗口都有几个人探出头来观看,沿途屋顶上站了许多人。街上的人群中有普罗斯基区的犹太人。大马车辘辘地驶过去时,他们看了雅柯夫一眼,有人就当众扭着手大哭。一个蓄着小胡子的男人抓着自己的脸。一两个人向雅柯夫挥手致意,有的呼唤着他的名字。